NUMMER NEUNZEHN

DENNIS SCHULZ

THRILLER

Dieser Titel ist auch als E-Book erschienen

Ansprechpartner:
Dennis Schulz
c/o Fakriro GbR
Bodenfeldstr. 9
91438 Bad Windsheim

Dennis Schulz:
dennis.schulz.hh@gmail.com
oder auf Facebook und Instagram

Covergestaltung:
2percent

Lektorat:
Lektorat Tintenwald
www.lektorat-tintenwald.de

Deutsche Erstausgabe 2021

Für Alfred

Prolog

Träge schaukelte eine Deckenlampe im Luftzug des Westwindes, der sich durch ein Fenster mit angelaufenen Scheiben in den Waschraum zwängte. Der Schein der Lampe ließ den komplett mit weißen Kacheln gefliesten Raum strahlen. Es war ein kaltes Licht, das sich mit der kühlen Raumtemperatur arrangierte und dem Zimmer einen ungemütlichen Charakter verlieh. Ein altes Radio, abgenutzt und mit ausgeschlagenen Ecken, plärrte eine blecherne Melodie.

»Ich kann diesen spanischen Mist nicht mehr hören«, murmelte der Fleischer mit tiefer, beinahe rauchiger Stimme. Er saß, gehüllt in einen weißen Kittel, an einem Arbeitstisch aus Edelstahl, griff nach dem Apparat zu seiner Rechten und wechselte den Sender. »Nicht wahr, meine Liebe?«

Ohne eine Antwort abzuwarten, zog er eine Schublade auf und holte zwei blaue Gummihandschuhe hervor. Genüsslich sog er den Geruch des frischen Latex ein, der ihn von dem säuerlichen Gestank im Raum ablenkte.

»Schon besser«, flötete er, als ein fetziger Song im Radio erklang. Summend zog er sich die Handschuhe über, nahm einen kräftigen Schluck aus einer ausgebleichten Kaffeetasse und griff in eine Blechkiste, die vor ihm auf dem Tisch stand. Vorsichtig, als würde er ein rohes Ei in Händen halten, zog er einen blutbehafteten, mit Fleisch und Knorpelresten versehenen Rippenknochen hervor. Fasziniert betrachtete er das Gebilde, hielt es sich direkt vor die Augen und prüfte es im Stile eines Kunsthändlers, bevor er zufrieden nickte. Dann nahm er ein Stück Stahlwolle und schrubbte mit geübten Bewegungen die Gewebereste herunter, stets darauf bedacht, die Struktur darunter nicht zu beschädigen.

Fröhlich summend genoss er jede Sekunde seiner Arbeit, freute sich innerlich wie ein kleines Kind, das auf einem Trampolin tobte. »Wunderschön, die Rippe. Eine gute Wahl«, lobte er mit einem Blick über die Schulter und lächelte feierlich. Niemand antwortete. Mit einer spitz zulaufenden Chirurgenzange entfernte er ein paar besonders hartnäckige Gewebeteile, begutachtete erneut sein Werk und legte den Knochen behutsam in die Kiste zurück. Die Stahlwolle ließ er in den Mülleimer zu seinen Füßen fallen.

Schwungvoll rollte er auf seinem Stuhl ein Stück zur Seite, griff nach einem weißen Kanister und kehrte zum Tisch zurück. Der beißende Geruch, der dem Plastikgefäß entwich, erinnerte ihn daran, seine Atemmaske und eine Schutzbrille anzulegen.

»Ich sehe aus wie ein Taucher, ja?«, gluckste er mit einem neuerlichen Schulterblick und lächelte, was unter der Maske niemand sehen konnte. Ein Kratzen auf Holz zu seiner Rechten ließ ihn innehalten. »Sei still!«, brüllte er in Richtung der verschlossenen Tür.

Das Kratzen dahinter verstummte augenblicklich.

Der Fleischer lachte schallend auf. »Er ist immer nervös, wenn es um Knochen geht, findest du nicht?«

Nachdem er den Sitz seiner Brille ein letztes Mal kontrolliert und für gut befunden hatte, öffnete er den Kanister und goss einen großzügigen Schwall einer klaren

Flüssigkeit in die Kiste, bis die Rippe vollständig bedeckt war. Dann stellte er sich eine Stoppuhr. Gut gelaunt wandte er sich dem Kreuzworträtsel einer Tageszeitung zu, bis das Piepsen der Uhr seine Pause nach einer knappen halben Stunde beendete.

Mit einer Grillzange fischte er den Knochen aus der Kiste, rollte auf seinem Stuhl zum Waschbecken und spülte ihn dort gründlich ab, bevor er den Rippenbogen mit einem frischen Handtuch sorgsam abtupfte. Anschließend erstellte er mithilfe eines Bohrwerkzeugs feine Löcher an den jeweiligen Enden des Knochens, durch die er dünne Drähte führte und grob verschnürte.

»Schon fertig«, verkündete er dumpf unter der Maske, drehte sich um und präsentierte seine Arbeit der Frau, die nackt auf einem Operationstisch inmitten des Raumes lag. Ihr Gesicht war ihm zugewandt, doch glitt ihr Blick seelenlos ins Leere. Ihre Haut war aschgrau, von dunklen Flecken und blutigen Schnitten übersät. Bisswunden, Quetschungen und schorfige Kratzer überzogen sie von Kopf bis Fuß. Geronnenes Blut, kaum älter als zwei Stunden, umrandete das große Loch, das in ihrem Brustkorb klaffte. Auf dem blanken Metall des Tisches hatten sich dickflüssige Lachen gebildet.

»Ich wusste doch, dass er dir gefällt, ja?«, frohlockte er und hielt die Rippe direkt vor das Gesicht der jungen Rothaarigen. Als hätte sie ihm lobend geantwortet, lächelte er verlegen. »Ach, du nun wieder.«

Mit seiner freien Hand strich er über ihre Haut. Er begann an ihrer Wange, glitt an ihrem Hals hinunter, streichelte über den Ansatz ihres üppigen Busens. Dort, wo einst die Rippe ihren Platz gehabt hatte, hielt er inne.

»Faszinierend, dass dieses Ding vor Kurzem noch in dir gewesen ist, findest du nicht?«

Der Fleischer wandte sich ab und ging zu einem mannsgroßen Gebilde hinüber, das von einem hellen Tuch verdeckt wurde. Er zog den Stoff vorsichtig hoch. Es klapperte leise, als würden trockene Hölzchen aneinanderschlagen. Wieder erschreckte ihn ein lautes Kratzen an der Tür.

»Schnauze!«, bellte er. »Wenn ich wegen dir den Knochen fallen lasse, dann ...«

Doch er besann sich eines Besseren und behielt die Drohung für sich. »Ach, er liebt die Knochen. Wer kann es ihm verübeln?«

Die junge Frau antwortete nicht. Unter ihrem leeren Blick begann er, die Rippe mithilfe des Drahtes am Zielort zu befestigen. Nach kurzen, oft ausgeführten Handgriffen war es erledigt, der Knochen hielt. Sorgfältig ließ er das Tuch wieder herunter, holte tief Luft und stemmte die Hände in die Hüften. Nach einem Moment des Verweilens blickte er auf seine Armbanduhr.

»Herrje!«, rief er überrascht. »Ich muss mich beeilen!« Hastig schritt er zum Operationstisch hinüber. »Die Zeit läuft. Ich muss mich bald um mein nächstes Projekt kümmern!«

Er warf der Rothaarigen einen letzten, fast verliebten Blick zu, dann schob er seine Arme unter ihren Körper und wuchtete sie hoch. Seine Schritte klatschten schwer auf den mit Blut gesprenkelten Bodenfliesen, als er die Frau durch den Waschraum trug. An der Badewanne angekommen, beugte er sich hinab und ließ sie vorsichtig hineingleiten. Es platschte dumpf, als sie in die Wanne rutschte und auf der Seite liegen blieb. Augenblicklich wurde das Weiß des Kunststoffes mit zähem Blut benetzt.

Der Fleischer hob ihren linken Fuß an und kontrollierte, ob der darunterliegende Abfluss verschlossen war. Anschließend packte er sie an Hüfte und Schulter und stemmte sie herum, sodass sie auf dem Rücken lag. Dann nahm er ihre Arme und überkreuzte sie ordentlich vor ihrer Brust. Zum Klang des Radios summend durchquerte er den Raum und schleppte mehrere Kanister zur Wanne hinüber.

»Dieses Mal kein Ammoniak«, gluckste er und schraubte nacheinander die Deckel der Gefäße ab. Er beugte sich zu der Frau hinunter, streichelte ihr ein letztes Mal über die Stirn und zwinkerte ihr zu. Dann übergoss er sie mit einer klaren Flüssigkeit. Es dauerte nur wenige Sekunden, bis ihre Haut eine erste Reaktion zeigte und Blasen warf. Weitere zehn Minuten später war ihr Körper vollständig von der Flüssigkeit bedeckt.

»Gute Nacht, meine Hübsche«, säuselte der Fleischer, schritt zur Tür und legte seine Schutzausrüstung ab. Dann verließ er den Raum, während die Frau allmählich vom Antlitz der Erde verschwand.

1.

»Lissa, ich bin so stolz auf dich!«

Diesen Satz hatte Larissa an jenem Sonntagmorgen schon häufig gehört, und doch freute sie sich jedes Mal aufs Neue, wenn Jessica die magischen Worte sprach und sie überschwänglich in die Arme schloss.

»Wir müssen feiern!«

Larissa lachte und versuchte sich aus der Umarmung ihrer besten Freundin zu lösen, aber die schlanke Brünette war trotz ihrer zierlichen Gestalt erstaunlich stark. »Nun lass mich schon los«, kicherte sie und wand sich hin und her. »Spar dir deine Kraft fürs Schleppen!«

Jessica ließ sie los und ihr freudiges Grinsen erstarb für einen Moment. Doch nur kurz, denn zwei Sekunden später öffnete sie ihre mit Blumenstickereien verzierte Handtasche und zog eine kleine Sektflasche hervor. »Wir haben zwar keine Gläser, und wenn ich mir das mickrige Ding so anschaue, bekommt wohl jede von uns nur einen Schluck, aber wir brauchen angesichts der vielen Umzugskartons etwas Perliges, Prickelndes.«

»Einen Zaubertrank«, ergänzte Larissa. »Du hast recht, den könnten wir wirklich gebrauchen!« Sie griff nach der Flasche, fummelte die Plastikkappe herunter und drehte den Deckel ab. »Auf was stoßen wir an?«

Die Frauen, beide Ende zwanzig und mit dunklen, von einer langen Nacht zeugenden Augenringen, sahen sich kurzerhand im Flur des Mehrfamilienhauses um.

»Auf dein neues Leben?«, schlug Jessica vor, tat so, als hielt sie ein Sektglas in der Hand und vollführte eine feierliche Geste. »Und darauf, dass du nie wieder zu uns Weibern zurückkehren musst.«

Larissa ahmte ihre Bewegung nach und führte die Flasche an ihre Lippen. Der Sekt prickelte, war aber deutlich zu warm und trocken, um ihn genießen zu können. Mit einem vor Ekel verzogenen Gesicht reichte sie das Gesöff weiter. »Trink ruhig aus.«

Ihre Freundin zuckte mit den Schultern, stürzte den Rest hinunter und stellte die Flasche unbedacht in eine Ecke des nach Putzmitteln riechenden Hausflures. Direkt daneben war eine schwere, aus braunem Holz gefertigte Wohnungstür. Auf dem Klingelschild prangte der Name *Larissa Roth*. Eine Fußmatte gab es nicht, und im Gegensatz zur Tür gegenüber standen auch keine Schuhe, Schirme oder sonstige Dinge herum.

»Schließ schon auf«, forderte Jessica zappelig, woraufhin Larissa einen einzelnen klobigen Schlüssel aus ihrer Hosentasche zog. Obwohl sie bereits oft in der Wohnung gewesen war – denn immerhin hatte sie in den Wochen zuvor renoviert – war dieser Moment etwas Besonderes. Ihre Freundin hatte recht: Nun würde für sie ein neues Leben beginnen. Ein eigenständiges Leben, in dem sie frei war, zu tun und zu lassen, was immer sie wollte.

Ihre Hände zitterten, als sie das Metall ins Schloss führte und herumdrehte. Es klackte. Larissa drückte die Tür auf. Sofort strömte der Geruch von frischer Farbe und Holz heraus. Mit einer theatralischen Bewegung forderte sie ihre Freundin auf, einzutreten.

»Nicht schlecht«, lobte Jessica, als sie die ersten Meter auf dem hellen Parkett zurückgelegt hatte. Beeindruckt musterte sie die hohen Altbauwände mit dem eleganten Stuck, einen abgenutzten, aber ansehnlichen Spiegel und eine weiße Ikea-Kommode.

»Fühl dich wie zu Hause.« Larissa führte sie durch die Zweizimmerwohnung und präsentierte nacheinander die Räume. Zum Schluss kamen sie ins Schlafzimmer, in dem sich Jessica auf das Doppelbett fallen ließ und für einen Moment die Augen schloss.

»Die Matratze ist super«, seufzte sie und krallte ihre Nägel in den Stoff. »Es fehlen zwar noch die Bettlaken, Decken und Kissen, aber ich glaube, dass man hier eine Menge Spaß haben kann.« Mit einem vielsagenden Zwinkern hievte sie sich hoch und ging zum Kleiderschrank. Sie zog die Schiebetüren auf. Gähnende Leere empfing sie.

Larissa lachte. »Nicht nur die Laken fehlen. Alles andere auch. Erinnerst du dich noch daran, dass ich dich zum Kistenschleppen herbeordert habe?«

Die Ladefläche des Transporters, ein kleiner, abgenutzter Vito, war bis unter die Decke mit Kartons, Tüten und sperrigen Gegenständen gefüllt. Larissa hatte ihn in den letzten beiden Tagen im Stil einer Tetris-Meisterin beladen und am frühen Morgen zur neuen Wohnung gefahren. Fleißig schleppten die Frauen Stück für Stück des Umzugsguts in den dritten Stock hinauf. Am Anfang fiel es ihnen leicht, doch irgendwann wurden die Beine schwer und der Atem schneller. Als die Mittagsstunde verstrichen war, lichtete sich der Möbelberg und sie gönnten sich eine längere Verschnaufpause.

»Ich habe einen gut bei dir«, jammerte Jessica und ließ sich auf eines von zwei Sitzkissen nieder, die auf dem Küchenboden lagen. Auf ihrem gelben Oberteil hatten sich am Hals und unter den Armen dunkle Schweißflecke gebildet, ihre Stirn glänzte. Der Sommer hatte sich in den vergangenen Stunden erbarmungslos gezeigt und regelrecht schadenfroh seine Sonnenkraft über Hamburg entladen.

Larissa setzte sich zu ihr und schloss für einen Moment die Augen. »Das Wetter ist unmöglich. In den letzten Tagen gab es nur Regen und Wolken, kaum Sonne, und warm war es auch nicht. Ausgerechnet heute brennt es vom Himmel herunter!«

Sie schob die kurzen Ärmel ihres schwarzen Tops ein Stückchen hoch. Dort, wo der Stoff die helle Haut nicht bedeckt hatte, schimmerte es rot. Der Sonnenbrand würde bald furchtbar schmerzen, befürchtete sie und setzte Hautcreme auf ihre imaginäre Einkaufsliste. Vielleicht war damit noch etwas zu retten.

»Wie wollen wir diesen Tag eigentlich feiern?«, unterbrach Jessica ihre Gedanken.

»Feiern?«

»Natürlich, feiern. Es ist ein besonderer Tag!«

Larissa winkte ab, griff nach einer Wasserflasche und nahm einen kräftigen Schluck. »Es ist doch nur ein Umzug.«

Jessica starrte sie fassungslos an und legte ihre Stirn in Falten. »Also, das habe ich mir ganz anders vorgestellt«, grummelte sie. »Es ist nicht nur ein Umzug. Es ist der Start in ein neues Leben. In DEIN neues Leben.«

Larissa dachte nach. Ihre Freundin hatte natürlich recht, es war in der Tat etwas ganz Besonderes.

»Du hast deine letzten beiden Jahre im Frauenhaus verbracht. Länger als die meisten dort. Ich kann mich noch daran erinnern, wie bedauerlich du ausgesehen hast, als ich dort eingezogen bin.«

Larissa starrte ins Leere. Ihre Gedanken glitten zu jenem Tag zurück, als Jessica ihre neue Nachbarin geworden war. Sie erinnerte sich genau an die schallenden Schritte, das Poltern und Scharren von Möbeln. Ihr Einzug ins Frauenhaus war laut gewesen, so kam es Larissa damals zumindest vor. Zu diesem Zeitpunkt war sie überempfindlich gegenüber Lärm. Aber nicht nur das, selbst das Tageslicht und die Gerüche um sie herum waren eine Qual. So lebte sie in ihrer Einzimmerwohnung mit zugezogenen Gardinen, kauerte sich meist in eine Ecke und presste sich ein Kissen auf die Ohren.

»Hey …«, hauchte Jessica, die ihre Gedanken gespürt haben musste, und Mitgefühl spiegelte sich in ihrer Miene wider. »Ich weiß noch genau, wie du vor mir standest, als wir uns abends zufällig im Flur über den Weg gelaufen sind. Du wolltest gerade einkaufen gehen, hast abgewartet, bis es draußen dunkel wurde. Wie ein erschrockenes Reh hast du vor mir gestanden, mit großen Augen und aschfahlem Gesicht.«

Larissa nickte, konnte sich nur zu gut erinnern.

»Dein linker Arm lag in Gips und hing in einer Schlaufe um deinen Hals. Deine Haare waren zerzaust und ungepflegt und um eines deiner Augen zog sich ein blauer Kranz. Dünn warst du, noch viel dünner als heute. Doch das war nicht das Schlimmste. Es war dein Blick, der mir erzählte, was du in den Jahren zuvor erleben musstest. Was er dir angetan hat.«

Larissas Augen füllten sich mit Tränen. Ihr Gesicht wurde heiß.

»Du warst damals gerade mal drei Wochen im Frauenhaus. Es hat so lange gedauert, dich zurück ins Leben zu kriegen. Zwei Jahre, die dir niemand wiedergeben kann. Und jetzt schau dich an! Du hast deine Ausbildung beendet, dich an Hamburg gewöhnt und diese tolle Wohnung renoviert und eingerichtet.« Jessica beugte sich vor und wischte eine Träne von der Wange ihrer Freundin. »Und du willst mir sagen, dass es *nur* ein Umzug ist?«

Sie hatte recht, das wusste Larissa. Trotzdem war ihr nicht danach, diesen Lebensabschnitt überschwänglich zu feiern. Sie spürte, dass sie noch nicht so weit war. Ja, sie hatte sich einen Weg zurück in ihren Beruf gebahnt. Hatte Berlin hinter sich gelassen, Hamburg kennen und lieben gelernt. Hatte hunderte Therapiestunden gemeistert, Freundinnen gefunden und eine Wohnung hergerichtet. Dennoch gab es viel zu tun, ehe sie wieder so leben konnte wie damals, bevor sie Martin kannte, der ihr nichts als Schmerz und Pein beschert hatte.

Sie war noch nicht gesellschaftsfähig. So beurteilte sie sich zumindest selbst. Sie bekam immer noch Angst, wenn Männer ihr zu nah kamen. Bekam jedes Mal Herzrasen, wenn sie ihren herben Duft oder ihre tiefe Stimme wahrnahm. Sogar auf der Arbeit und in der Firmenkantine fröstelte sie, wenn sie sich in der Gegenwart eines ihrer männlichen Kollegen aufhielt, obwohl sie sämtliche Mitarbeiter schon seit Monaten kannte und wusste, dass sie von ihnen nichts zu befürchten hatte.

Trotz der langen Zeit, die seit ihrer Flucht aus Berlin vergangen war, fühlte sie sich noch immer wie ein geprügelter Hund.

»Hey«, drang Jessicas Stimme aufmunternd an ihr Ohr. Larissa blickte sie traurig an. »Wir müssen nicht feiern, wenn du nicht möchtest. Aber gegen Wein und ein paar DVDs hast du sicherlich nichts einzuwenden, oder?«

Es war bereits tief in der Nacht, als die Frauen, beschwipst vom Wein, aus dem Wohnhaus traten und zielstrebig die Max-Brauer-Allee entlangschritten. Sie näherten sich dem Altonaer Balkon, einem Park, der auf einer Anhöhe lag und einen außergewöhnlichen Blick auf die darunterliegende Elbe samt Containerhafen ermöglichte. Sie betraten die Erholungsfläche, passierten einen Spielplatz und steuerten direkt auf eine Abgrenzung zu. Gedämpfte Stimmen, Musik aus tragbaren Boxen und der Geruch von Grillfleisch und Joints umgab sie.

Der Balkon war, wie immer in einer warmen Sommernacht, gut besucht. Menschengruppen aller Art, vom kichernden Teenager bis zum stillen Rentnerpaar, genossen die herrliche Aussicht auf eines der städtischen Highlights.

»Ich liebe die Lichter«, schwärmte Jessica. Sie und Larissa stützten sich auf ein von vielen Händen poliertes Metallgeländer, hinter dem es steil bergab ging. Etwa dreißig Meter unter ihnen, für Hamburger, so wusste Larissa, eine beachtliche Höhendistanz, lag die Große Elbstraße. Sie war gesäumt von Dutzenden Restaurants und Schlemmerbuden, Fischhäusern und -händlern. Gleich dahinter erstreckte sich die breite Elbe, auf der selbst zu später Stunde noch reger Verkehr herrschte. Mehrere große und kleine Frachtschiffe bahnten sich ihren Weg durch die schwarzen Wassermassen. Hinter dem Fluss folgten die im orangenen Licht glühenden Hafenanlagen. Riesige Containerberge, noch größere Verladekräne und diverse Containerschiffe prägten das Bild. Dumpfes Pochen, stetiges Rauschen und leise Motorengeräusche zeugten von der Arbeit, die dort rund um die Uhr verrichtet wurde.

Die Frauen genossen den Anblick. Kühle Winde, sanft und leise, umwehten sie und kitzelten die sonnenverwöhnte Haut.

Nach ein paar Minuten streckte Jessica herzhaft gähnend ihre Arme nach oben. »So gern ich auch hier bin ... Ich muss ins Bett!« Sie drückte ihren Rücken durch, was ihr Nacken mit einem Knacken quittierte.

Larissa fiel es schwer, sich von den hypnotisierenden Hafenlichtern loszureißen. Nach einem Blick auf ihre Uhr musste sie aber zugeben, dass es höchste Zeit war, ihre Freundin nach Hause zu begleiten.

»Morgen wird ein harter Tag«, seufzte sie und wandte sich zum Gehen um. »Viel Schlaf wird es nicht geben, bevor der Wecker klingelt.«

Sie ließen den Balkon hinter sich und tauchten in den spärlich beleuchteten Park ein, dessen Pfade sie in einer sanften Kurve an Hochhäusern vorbeiführten. Als sich der

Weg gabelte, bogen sie nach links ab, durchquerten schmale Gassen und standen schließlich vor einem Plattenbau mit dunklen Fenstern. Der Eingangsbereich, bestehend aus einer unauffälligen Doppeltür und flackerndem Deckenlicht, lag in völliger Stille da.

»Danke fürs Bringen«, murmelte Jessica gähnend und schloss die Tür auf. Bevor sie hineinging, gab sie Larissa einen freundschaftlichen Kuss auf die Wange und umarmte sie. »Lissa, ich bin so stolz auf dich ...«

»Schlaf gut«, gab Larissa gerührt zurück. »Und danke für alles. Ach ja, bevor ich es vergesse ...« Sie zückte einen einzelnen Schlüssel. »Das ist der Zweitschlüssel für meine Wohnung. Du sollst ihn haben.«

Mit einem Lächeln nahm Jessica ihn entgegen und verschwand in der Schwärze des Hausflures. Die Beleuchtung war bereits seit Wochen defekt, und die Hausverwaltung erachtete es scheinbar nicht als wichtig genug, sie zeitig zu reparieren. Ohnehin war das Gebäude, das durch staatliche Zuschüsse und Spendengelder finanziert wurde, in einem maroden Zustand. Larissa war mehr als froh darüber, dass es nun nicht mehr ihr Zuhause war.

Sie trat einen Schritt zurück und blickte an der Hauswand empor, dorthin, wo bis vor Kurzem ihr Schlafzimmer gewesen war. Ein merkwürdiges Gefühl umschloss ihr Herz. Es war keine Traurigkeit, sondern eher die Lust auf etwas Neues. Einen Aufbruch.

»Nie wieder«, murmelte sie, kehrte dem Frauenhaus den Rücken zu und verließ den Ort, der ihr zwei Jahre lang Schutz und Zuflucht geboten hatte.

Nie wieder Gewalt, Hass und Schmerz, wiederholte sie innerlich und ballte die Hände zu Fäusten. *Ich lasse mich nie wieder erniedrigen!*

Doch diese Gedanken waren nur hohle Floskeln, die ihr eingeprägt worden waren. Sie sagte sie stets brav auf, war aber noch nicht bereit, sie zu leben.

Schon bereute sie, dass sie Jessica heimgebracht hatte. Der Anblick des Frauenhauses hatte sie mehr aufgewühlt, als sie zuvor erwartet hatte. Dunkle Bilder, unlängst weggeschlossen, fluteten ihren Kopf, stachen in ihr Herz. Das Gesicht ihres Mannes Martin, mit diesen lieblosen blauen Augen, tauchte vor ihrem inneren Auge auf. Hassverzerrt und bereit, etwas zu tun, das nur böse Menschen taten. Er beschimpfte sie, schubste sie und schlug zu. Sie spürte seine Faust in ihrer Magengrube, als würde er leibhaftig vor ihr stehen. Sie spürte seine Hiebe im Gesicht, auf der Brust und der Taille. Sie spürte das Blut, das ihr so oft aus Nase und Ohren gelaufen war. Sie hörte das ekelerregende Knacken ihres Armes, den er gebrochen hatte, nur weil ihm der Sinn danach stand.

Martin, ein Mann mit hoher Bildung und einem angesehenen Beruf, hatte sie erst geliebt, geheiratet und in den Himmel gehoben. Doch dann war etwas passiert, etwas, das Larissa bis heute nicht verstand, und er hatte sich verändert. Radikal und unumkehrbar, gnadenlos und unmenschlich.

Sie bemerkte erst, dass sie weinte, als ein Windhauch ihr Gesicht streifte und an den feuchten Stellen ein kühles Ziehen hinterließ. Ein leises Schluchzen entfuhr ihr. Sie rieb sich die Augen mit einem Taschentuch trocken. Links und rechts zogen die dunklen Büsche des Parks an ihr vorbei. Von den fernen Geräuschen des Hafens und denen ihrer Schuhe abgesehen, war es still. Gänsehaut kroch an ihren Armen hoch. Und dann hörte sie die Schritte. Sie waren schwer, schnell und kamen von hinten.

Larissa beschleunigte ihr Tempo, wagte es nicht, sich umzudrehen. Die Angst, von dem Mann – es musste einfach einer sein – bedroht und angefasst zu werden, war zu groß. Ihr blieb die Luft weg. Die Geräusche kamen näher. Ein leises Trippeln mischte sich unter die Schritte. Ihr Herz raste, ein ständiges Wummern in ihrer Brust. Dann hörte sie eine tiefe Stimme. Sprach er etwa mit ihr? Wollte er, dass sie stehen blieb, oder beleidigte er sie gar? Sie war so aufgeregt, dass sie seine Worte nicht verstand.

Larissa wimmerte kaum hörbar. Sie wollte, dass es aufhörte, wollte nach Hause, in Sicherheit sein. Rechts von ihr ging der Pflanzenwuchs in ein Café über, das still und verlassen dalag. Mit einem Satz huschte sie in eine Lücke, die zwischen zwei Gebäudeteilen des Cafés klaffte. Doch der erhoffte Fluchtweg erwies sich als Sackgasse. Sie presste ihren Rücken an ein rostiges Metallgitter, saß in der Falle. Der Mann hatte sie in die Enge getrieben. Wäre sie doch nur unsichtbar.

Die Schritte und die Stimme des Mannes wurden lauter. Panisch suchte sie nach einem Ausweg, guckte in ihrer Angst nach oben. Verbogene Metallstreben, versehen mit Spinnweben und abgeplatztem Lack, versperrten einen Weg hinauf. Sie ballte die Hände zu Fäusten. Die Fingernägel bohrten sich schmerzhaft in ihre Haut. Nur noch wenige Sekunden.

Als der Mann in ihr Sichtfeld trat, hätte sie am liebsten geschrien, aber ihre Kehle war wie zugeschnürt. Doch so schnell, wie er aufgetaucht war, so schnell ging er an ihr vorbei. Der Teenager, kaum älter als sechzehn und dünn wie ein Bleistift, redete dabei unablässig in ein Smartphone und führte einen kleinen Hund spazieren. Der Junge war absolut harmlos und hatte sie offenbar nicht einmal bemerkt.

Larissa schloss die Augen und atmete tief durch. Ihre Hände entspannten sich. Sie hatte überreagiert. Wie so oft in ihrem Alltag. Wütend auf sich selbst dachte sie an Jessica und deren Worte.

Ich bin so stolz auf dich.

Sie schnaubte grimmig. Von wegen. Sie stand noch ganz am Anfang, hatte nichts geschafft.

Es dauerte lange, bevor sie den Mut fand, aus der Lücke zu treten und ihren Weg fortzusetzen.

2.

Gemächlich schob sich ein Lastkahn auf der Süderelbe in Richtung Norden. Er lag schwer im Wasser, denn er hatte eine Mischung aus Bauschutt und Stahlschrott geladen. Flache Wellen, erzeugt von seinem Bug, rollten an die umliegenden Ufer. Weit über ihm thronte die stolze Köhlbrandbrücke und warf einen langen Schatten, in dem der Fleischer Zuflucht vor der brennenden Sonne gesucht hatte. Die Bank, auf der er saß, war abgenutzt und morsch, so wie vieles im hiesigen Industriegebiet. Der Lack des Sitzmöbels war stellenweise abgeplatzt und eines der Rückenbretter wackelte bei jeder Bewegung. Das Gras, das den Wegrand säumte, wies vertrocknete Flecken auf, und selbst die Laubbäume in Flussnähe ließen die Blätter hängen. Der Sommer regierte erbarmungslos, und der Eiswagen, den der Fleischer vor wenigen Minuten aufgesucht hatte, dürfte am heutigen Tag einen guten Umsatz erwarten.

Das Schokoladeneis hatte er bereits verspeist. Achtlos schnippte er den Holzstiel in die Uferböschung und wandte den Blick vom Lastkahn ab. Sein Interesse galt fortan einer kleinen Nebenstraße, aus der sich eine Menschentraube drängte und in Richtung des Fähranlegers Neuhof abbog. Seine Vorfreude stieg. Nervös trommelte er mit den Fingern auf den heißen Planken der Bank herum und kratzte an den scharfen Lackkanten. Er konnte es kaum erwarten, sie endlich wiederzusehen.

Als der Menschenstrom abebbte und die letzte Person die schmale Straße verlassen hatte, biss er sich enttäuscht auf die Unterlippe. *Sie macht doch nicht etwa Überstunden?* Er runzelte die Stirn. Normalerweise kam sie pünktlich, zumindest im Sommer, wenn das Wetter schön war. Im Winter oder an verregneten Tagen konnte es schon mal passieren, dass sie länger arbeitete. Manchmal kam sie sogar so spät, dass er das Warten zuvor aufgegeben hatte und sie sich verpassten. Solche Tage hasste er.

Dumpfe Wut stieg in ihm hoch, kämpfte gegen die schwindende Vorfreude in seinem Herzen. Doch dann sah er ihren blonden Haarschopf. Sein Herz machte beim Anblick der Frau einen freudigen Satz, sämtliche Wut erstickte im Keim. Schnell wandte er den Blick ab und tat so, als würde er den Kahn beobachten, der langsam in einer sanften Linkskurve verschwand. Sie durfte ihn nicht bemerken. Er musste unsichtbar bleiben, denn das gehörte zum Spiel dazu.

Als die Blondine zwanzig Meter Vorsprung hatte, erhob er sich und nahm die Verfolgung auf. Es fiel ihm nicht schwer, den Abstand konstant zu halten. Er kannte ihr Schritttempo gut und hatte sich daran gewöhnt. Näher durfte er nicht kommen. Immer, wenn sie den Kopf zur Seite warf, wechselte auch er die Blickrichtung, um zu verhindern, dass sich womöglich ihre Blicke trafen. Sie durfte ihn nicht wahrnehmen, er musste ein Teil der anonymen Masse bleiben.

Zwei Männer stiegen aus einem Kleinbus und steuerten ebenfalls auf den Anleger zu. Der Fleischer begrüßte ihr Auftauchen. Er ließ sich etwas zurückfallen, sodass er schräg hinter ihnen ging. Sollte die Blondine sich doch umdrehen, würde er als Teil der wandernden Menge nicht auffallen, war so gut wie unsichtbar.

Sich in Sicherheit wiegend, betrachtete er sie von Kopf bis Fuß. Sie trug die hellen Strähnen in einem lockeren Dutt. Er mochte es, dass sie im Sommer eine Hochsteckfrisur trug. Im Winter waren ihre Haare meist offen und fielen wie Engelsseide auf ihre Schultern, verbargen so den zarten Hals mit den fast unsichtbaren Leberflecken.

Genüsslich beäugte er ihr schwarzes Oberteil. Es hatte sehr kurze Ärmel und passte wie angegossen. Es musste neu sein, denn es kam ihm nicht bekannt vor. Ihren grasgrünen Rucksack trug sie wie gewohnt nur über einer Schulter, während am Hauptverschluss ein Glücksbringer in Form eines Flechtherzchens baumelte.

Der Fleischer biss sich auf die Lippen, als sein Blick an ihrem Po hängen blieb, der in der gut sitzenden Jeans einfach nur hervorragend aussah. Ihm lief das Wasser im Mund zusammen. Er wünschte, er könnte ihn berühren und streicheln. Aber er musste sich zusammenreißen. Noch durfte er sie nicht anfassen, musste sich mit der Vorfreude begnügen. Auch das gehörte dazu. Dieses Spiel war etwas Besonderes. Sie war etwas Besonderes. Nie zuvor hatte er ein Projekt so genossen.

Die Blondine bog auf einen kleinen Platz und betrat darauf die Brücke, die zu dem schwimmenden Fähranleger führte. Auf dem Ponton hatten sich bereits gut dreißig Menschen versammelt, die erwartungsvoll der Fähre entgegenblickten, die in wenigen Minuten anlegen und sie in den Feierabend steuern würde.

Als die Frau unten ankam und sich abseits der Masse an ein Informationsboard stellte, blieb auch der Fleischer stehen. Er lehnte sich lässig an ein Brückengeländer und beobachtete die Wellen, die ein vorbeisausendes Sportboot hinterließ. Im Augenwinkel sah er immer den blonden Haarschopf. Er würde nichts verpassen.

Die Fähre legte an. Ein Piepen erklang, nervig und zu oft gehört, dann senkte sich die Gangway. Metallisch polternd schlug sie auf den Ponton. Die Menschen strömten aufs Schiff und mit ihnen der Fleischer.

Die Fahrt hatte nicht lange gedauert. Nachdem die Haltestelle Waltershof auf der gegenüberliegenden Flussseite angesteuert worden war, ging es weiter in Richtung Norden und quer über die Elbe. Am Fähranleger Dockland stieg die Blondine wie gewohnt aus und spazierte leichten Schrittes zu der Treppe, die sie auf den Altonaer Balkon führte. Der Fleischer blieb im Hintergrund und achtete tunlichst darauf, dass immer irgendjemand zwischen ihnen war. Keine einfache Aufgabe, denn die meisten Menschen, die zeitgleich die Fähre verlassen hatten, verteilten sich längst in alle Richtungen oder waren in bereitstehende Busse umgestiegen. Nur zwei Frauen, nach der Meinung des Fleischers nervtötende Lästermäuler, die sich mit Leidenschaft über ihre Kollegen im Büro ausließen, nahmen ebenfalls den steilen Weg hinauf.

»Geht schneller, ihr Tratschtanten«, grummelte er in seinen dichten Bart hinein. In diesem Moment wünschte er sich tatsächlich, unsichtbar zu sein. So könnte er der jungen Frau unbesorgt und unentdeckt folgen.

Der Abstand wurde größer. Als sie die letzte Stufe erreicht hatte und außer Sichtweite geriet, überholte er die Waschweiber, stieß ihnen undeutliche Flüche entgegen und hastete hinauf. Oben angekommen, bog er wie gewohnt direkt nach rechts. Doch wo war die Blondine? Der schmale Parkweg war verlassen, nur eine Teenagergruppe war zu sehen.

Der Fleischer runzelte die Stirn, drehte sich besorgt um. Da war sie. Glück gehabt. Verwundert nahm er abermals die Verfolgung auf.

Das Frauenhaus, in dem sie wohnte, lag in der anderen Richtung. Hatte sie nach Feierabend etwas vor? Vielleicht sogar einen Termin? Normalerweise ging sie stets zielstrebig heim. So war sie eben. Er wusste es genau.

Als die Frau auf die stark frequentierte Max-Brauer-Allee trat, folgte er mit nachdenklicher Miene. Ohne ihren hypnotischen Hintern aus den Augen zu lassen, hielt er stets zehn Meter Abstand. Unentdeckt zu bleiben, fiel ihm leichter, nun, da sich so viele Menschen zwischen sie schoben. Die Anspannung legte sich ein wenig. Jetzt konnte er gefahrlos beobachten, was sie tat und wohin sie ging. In seinem Inneren kribbelte es und er musste zugeben, dass er aufgrund dieser Änderung im Ablauf aufgeregt war. Das Spiel war spannender geworden, es galt, Neues zu erfahren.

Hatte sie womöglich einen Termin, gar bei einem Gynäkologen? Die Vorstellung ließ Hitze in seinen Kopf aufsteigen, in den niederen Regionen prickelte es. Er stellte sich vor, wie sie entblößt auf dem Gynostuhl, wie er ihn nannte, saß und dem Arzt alles präsentierte.

»Hm«, stöhnte er und ließ seiner Fantasie freien Lauf. Schade nur, dass er es nicht sehen konnte, sollte es tatsächlich so sein.

Vielleicht musste sie aber auch nur einkaufen, mischte sich ein anderer Gedanke ein. Doch dieser wurde direkt beiseitegeschoben. Die Blondine kaufte nicht ein, zumindest nicht tagsüber. Sie ließ sich alles liefern oder ging am späten Abend, kurz vor Ladenschluss, wenn die Geschäfte so gut wie leer waren. Auch das hatte er in den letzten Monaten herausgefunden. Zudem konnte er ausschließen, dass sie ein Restaurant oder Ähnliches zum Ziel hatte. Sie mied Menschen, so gut es möglich war, und nahm höchstens den Fußweg nach Hause in Kauf.

Ging sie vielleicht zum Friseur? Nein, unwahrscheinlich. Ihre Freundin Jennifer – oder hieß sie Jessica? Er war sich nicht sicher – schnitt ihr die Haare. Daran würde sich wohl kaum etwas ändern. Der Fleischer grübelte. Was gab es in der Nähe, wohin sie gehen könnte? Die in ihm wohnende Spannung stieg an, sein Herz überschlug sich. Er hatte Spaß, noch viel mehr, als er es an normalen Tagen auf den üblichen Wegen hatte. Und trotz der positiven Energie, die ihn durchströmte, hatte er das Gefühl, etwas verpasst zu haben. Hätte er sie doch nur am Wochenende das ein oder andere Mal beobachtet. Aber er war auch nur ein Mensch mit diversen Verpflichtungen. Rippen putzten sich nicht von allein.

Plötzlich schoss ihm ein Gedanke durch den Kopf. Am heutigen Nachmittag hatte er ebenfalls gut zu tun. Die rothaarige Knochenspenderin dürfte sich mittlerweile aufgelöst haben. Wenn er bald heimkam, musste er die Wanne von ihren stinkenden Überresten befreien. Dies dauerte für gewöhnlich mehrere Stunden, machte aber auch Spaß. Pflichtbewusst wischte er die Gedanken beiseite. Es galt, sich auf das Hier und Jetzt zu konzentrieren. Die Blondine war gerade wichtiger.

In diesem Moment bog sie in einen Hauseingang. Der Fleischer blieb verwundert stehen und wartete ab. Nicht, dass sie wieder herauskam und ihm direkt in die Arme lief. Als nach einer Minute noch immer nichts von ihr zu sehen war, trat er mit möglichst gleichmütiger Miene näher. Die breite Eingangstür war verschlossen. Überrascht sah er sich um. Hatte sie geklingelt? War sie eingelassen worden? Ein stechendes Gefühl breitete sich in seiner Brust aus, floss wie Lava durch seinen Körper, expandierte wie eine üble Krankheit. Eifersucht. Besuchte sie einen Mann? Das konnte nicht sein. Nicht sie. Er würde es doch mitbekommen haben, wenn sie jemanden kennengelernt hätte. Oder war es online geschehen?

Der Fleischer ballte die Hände zu Fäusten. Er trat einen Schritt zur Seite und musterte die Bewohnertafel. Mit zitterndem Finger fuhr er Etage um Etage ab, bis er im dritten Stock hängen blieb. Larissa Roth.

Sein Herz machte einen Satz. Er entspannte sich, schloss für ein paar Sekunden die Augen. Die Lava in seinem Inneren verschwand, die Panik löste sich auf. Sie war nur umgezogen, still und heimlich. Mehr nicht. Kein Liebhaber. Kein neuer Partner. Mit raschen Zügen kehrte das Glück zu ihm zurück, vermischte sich mit seiner Erleichterung und schuf ein neues Gefühl. Einen Wunsch, der stärker war als alles, was er in letzter Zeit gefühlt hatte: Er musste sie unbedingt haben, kennenlernen, sich ihr zeigen. Sie als sein Eigen sichern. Er hatte keine andere Wahl, als das Spiel endlich auf die nächste Ebene zu heben. Es war an der Zeit, er spürte es deutlich.

Lächelnd wandte er sich um, verließ den Eingang und folgte pfeifend der Straße zurück zur Elbe. Dort bog er in eine unscheinbare Nebenstraße ein, in der er sein Auto abgestellt hatte. Seine Schritte waren federleicht. Er hatte Lust, vor Aufregung laut zu singen, zu tanzen. *Sollen die Menschen doch gucken*, dachte er froh. Er würde sie bald wiedersehen, seine Larissa. Ihm war alles andere egal. Beinahe alles. Bevor er sie einlud, musste er noch gewisse Dinge erledigen. Stichwort Badewanne. Im Anschluss daran könnte er sich auf die Lauer legen, seine Beobachtungen fortsetzen. Sollten sich ihre alltäglichen Gewohnheiten in der neuen Wohnung nicht geändert haben, wusste er genau, wann und wo er sie treffen konnte.

»Hach, welch wundervoller Tag!«, trällerte er mit sonorer Stimme und ging fingerschnippend seines Weges.

3.

Kaltes Weiß umgab Larissa. Sie stand vor einem großen Schminkspiegel, neben ihr ein hüfthoher Tisch. Darauf lagen zahlreiche zusammengeknüllte und mit blutigen Tupfern übersäte Taschentücher.

Mit zitternden Händen führte sie ein frisches Tuch an ihre aufgeplatzte Lippe. Der Schmerz war stechend, sofort sog sich das Gewebe mit Blut voll. Ihr entfuhr ein leises Wimmern.

»Schatz?!«, zerschnitt eine Stimme den Raum. Sie klang dumpf, weit weg.

Larissa hielt inne und sah sich um. Das Zimmer, in dem sie stand, hatte keine Wände. Der beigefarbene Teppich floss bis in die Unendlichkeit, stieß weder auf Mauern noch andere Möbelstücke.

»Rissa?! Nun komm, zeig dich!« Die Stimme kam näher. In ihr lag etwas Sanftes, Hauchendes. Als würde ein Liebhaber seiner Auserwählten zärtlich ins Ohr flüstern. Und doch jagte sie ihr eine Heidenangst ein. Die Härchen auf ihren Armen stellten sich auf.

Sie wandte sich wieder dem Spiegel zu. Mit traurigen, von rotblauen Flecken umrandeten Augen sah sie sich an. Sie trug einen seidenen Morgenmantel, dessen Kragen mit roten Sprenkeln übersät war. Ein Rinnsal Blut tropfte von ihrer Lippe. Sie wischte es weg und griff nach einem schmalen Döschen. Es enthielt eine helle Abdeckcreme, die Larissa unter Schmerzen um ihre Augen auftrug und vorsichtig verrieb. Obwohl ihr Gesicht nach diesem

Vorgang ein wenig gesünder aussah, den Schmerz vermochte keine Kosmetik der Welt zu lindern.

»Rissa? Meine Geduld ist allmählich zu Ende!« Die Stimme klang wütend, das Süße und Zärtliche in ihr war verschwunden und einer boshaften Strenge gewichen. »Zeig dich!«

»Ich bin hier«, flüsterte Larissa zitternd, während sich ihre brennenden Augen mit Tränen füllten. Langsam ließ sie die Cremedose sinken, griff nach einem Tuch und reinigte ihre Finger. In diesem Moment hauchte jemand in ihr Ohr.

»Das bist du ja, meine Süße ...«

Sie erschrak, wollte herumfahren, doch ihre Angst lähmte sie und unterband jegliche Bewegung. Hände, rau und kalt, legten sich um ihre Taille. Ein Körper schmiegte sich von hinten an sie. Neben ihrem Gesicht erschien das ihres Mannes.

Martins Augen, eiskalt und blau, musterten sie im Spiegel. Sie wandte den Blick ab.

»Du wirst mehr Creme auftragen müssen«, flüsterte er mit strenger Zärtlichkeit in ihr Ohr. »Es soll doch keiner sehen, wie du wirklich aussiehst?!«

Larissa ballte ihre Hände, zwang sich, ihr Spiegelbild und das ihres Mannes zu betrachten. »Besser geht es nicht. Die Creme, sie deckt nicht ...«

Larissa konnte den Satz nicht beenden. Martin, in dessen rundem Gesicht keine Liebe wohnte, funkelte sie an. Er verstärkte den Griff und presste seine Finger in ihre Haut.

Seine Frau keuchte auf vor Schmerz. Sie versuchte, sich ihm zu entwinden, doch er war stärker. Sie spürte seinen heißen Atem, roch den Alkohol.

»Gib nicht der Creme die Schuld, du unfähiges Stück!«

Seine Stimme glich dem erbosten Zischen einer Schlange. Der Druck seiner Finger nahm zu. Sie stöhnte, als der Schmerz unerträglich wurde, versuchte sich wegzudrehen, doch er presste seinen Unterleib an ihren Po. Larissa spürte deutlich die breite Gürtelschnalle und das, was dahinter war. Es machte ihn an, wenn sie litt, erregte ihn so sehr wie nichts anderes.

»Martin, bitte ...«, wimmerte sie, aber vergebens. Ihr Mann packte ihren Nacken und drückte ihren Kopf nach unten. Sie musste sich am Tisch abstützen, als er sich mit Kraft an ihr rieb. »Hör auf!«

Er verpasste ihr einen schmerzhaften Schlag gegen die Schulter. Sie schrie auf und erschlaffte für einen Moment. Diesen nutzte er, um sie mit der Brust auf den Tisch zu pressen. Er griff zwischen ihre Beine und stöhnte vor Lust.

Schweißgebadet wachte Larissa auf. Mit vor Entsetzen aufgerissenen Augen lag sie im Dämmerlicht, vor ihr flimmerte der Fernseher. Ihr Schrei hatte die Musik des einsetzenden Werbeblocks um einiges übertroffen.

Panisch richtete sie sich auf. Ihre Atmung ging schnell, das Herz schlug, als wollte es ihr aus der Brust springen. Angsterfüllt sah sie sich um, doch nichts in diesem fremden Raum kam ihr annähernd bekannt vor. *Wo bin ich? Und ... ist Martin hier?* Es dauerte einige qualvolle Sekunden, bis sie sich erinnerte.

Sie war in ihrem Wohnzimmer, in ihrem neuen Zuhause.

Erleichtert schloss sie die Augen, atmete tief durch und öffnete sie wieder. Es war nur ein Traum, versuchte sie sich zu beruhigen. Nur ein verdammter Albtraum!

Seufzend griff sie nach der Fernbedienung, die vor ihr auf dem Couchtisch lag, und schaltete den Ton aus. Stille umgab sie, schwer wie Blei. Abermals sah sie sich um, aus Angst, Martin könne jederzeit neben ihr stehen.

»Hör auf«, ermahnte sie sich lautstark. Er war nur in ihrem Kopf gewesen, ein schlimmes Bild aus der Vergangenheit. Sie hatte ihn seit mehr als zwei Jahren nicht mehr gesehen. Und doch verfolgten sie seine kalten Augen, hatten sich für immer in ihrem Kopf eingenistet.

Sie zwang sich dazu, die Gedanken daran loszulassen. Es fiel ihr nicht leicht. Der Traum hatte sich zu echt angefühlt, sie an das erinnert, was damals geschehen war.

Zittrig befühlte sie ihren Arm, den er ihr einst gebrochen hatte. Ihre Fingerkuppen stießen auf die feinen Überbleibsel der Operationsnarbe, die an einem Ende eine leichte Erhebung aufwies.

Das Piepsen ihres iPhones riss sie aus den Gedanken. Sie nahm es vom Tisch und warf dabei einen Blick auf die angetrocknete, halb aufgegessene Salami-Pizza.

Auf dem Display prangten mehrere Chatnachrichten von Jessica. Larissa entsperrte das Gerät und öffnete das Programm.

Lissa, es tut mir leid!

Sie legte die Stirn in Falten und las die vorangegangenen Nachrichten. Schlagartig erinnerte sie sich an die vorherigen Stunden. Jessica und sie hatten sich für einen Filmabend treffen wollen, doch dann musste ihre Freundin kurzfristig absagen, da es im Frauenhaus Probleme mit einer neuen Bewohnerin gegeben hatte. Zu diesem Zeitpunkt war die

Pizza schon bestellt, ein Storno kam nicht mehr infrage. So hatte sich Larissa allein mit dem Backwerk vergnügen müssen, was darin resultierte, dass die Hälfte noch unberührt in dem mit Fett vollgesogenen Karton lag.

Ein dumpfer Knall ließ sie zusammenzucken. Er kam aus Richtung Flur. Sie hielt inne und horchte aufmerksam. Schritte hallten im Treppenhaus. Dann klackte es mechanisch.

Sie schloss erleichtert die Augen. *Gott sei Dank, nur einer der Nachbarn an seiner Wohnungstür*, dachte sie. Durchs Mauerwerk drangen leise Stimmen. Eine davon gehörte einer Frau, die andere einem Mann. Sie unterhielten sich, zwar laut, aber dem Ton nach zu urteilen friedlich. Larissa seufzte. Es würde dauern, bis sie sich an die Geräusche des Wohnhauses gewöhnt hatte, dessen Wände offenbar nur papierdünn waren.

Unsicher, was sie mit sich anfangen sollte, sah sie sich um, ignorierte den flackernden Fernseher und warf einen Blick aus dem Fenster. Die Sonne ging unter, das Licht des Tages war beinahe erloschen. Sie hatte mehrere Stunden geschlafen und wusste, dass ihr deshalb eine anstrengende Nacht mit wenig Schlaf bevorstand. An den anschließenden Arbeitstag im Büro wollte sie gar nicht denken. Sie würde wahrscheinlich viel Kaffee brauchen.

Nach ein paar Minuten löste sie sich aus ihrer Starre. Sie ging ins Bad, erleichterte sich und wusch ihre Hände. Als sie in den Spiegel blickte, sah sie eine fremde Frau, die mit traurigem Gesicht in das ihre schaute.

Larissa hatte dunkle Ringe um ihre großen Augen bekommen, wo sonst nie welche gewesen waren. Das Grün der Iris glich kräftigen Tupfern auf einer weißen Leinwand. Es brachte wenigstens etwas Farbe in das rundliche Gesicht, dessen Haut trotz des Sommers bleich geblieben war.

In was habe ich mich nur verwandelt?

Wo waren das Leben und die Energie hin, die sie früher ausgestrahlt hatte? Ihre Haare waren einmal kräftiger gewesen, lang und voll. Mittlerweile trug sie die schulterlangen Überbleibsel in einem Zopf, der ihr rein aus praktischen Gründen gefiel. Was hatte die Ehe mit Martin nur mit ihr gemacht?

Sie seufzte, griff nach einer Anti-Aging-Creme und schmierte sich etwas davon unter die Augen. Eine angenehme Kühle drang in ihre Haut. Sie genoss das Gefühl für einen Moment, gönnte sich eine kurze Flucht aus den Sorgen, die der Albtraum geweckt hatte. Als sie ins Wohnzimmer zurückkehrte, war es draußen bereits dunkel, die Sonne hatte ihren Kampf gegen die Nacht verloren.

Larissa ging zum Fenster und sah hinaus. Das Leben auf der Straße war ruhiger geworden. Der am späten Nachmittag allgegenwärtige Stau hatte sich aufgelöst und Fußgänger ließen sich zu dieser Zeit nur selten blicken. Das war ihr Zeichen.

Sie ging zum Kleiderschrank, zog eine dünne, schwarze Strickjacke über das graue Shirt und kontrollierte den Sitz ihrer Jeans im Spiegel. Dann holte sie ihr Smartphone und fluchte, als es nicht in die engen Seitentaschen der neuen Hose passen wollte. Kurzerhand schob sie es in die Gesäßtasche. Anschließend nahm sie den Haustürschlüssel und verließ die Wohnung.

Wie ein gigantisches Parallelogramm ragte das Dockland über das Gewässer der Elbe. Das markante Bürogebäude war mit gemütlichen Lichtern in Szene gesetzt worden und warf seinen gelblichen Schein über die nachtschwarzen Wellen. Larissa stand auf der öffentlich zugänglichen Dachterrasse und atmete schwer. Die über hundert Stufen der Freitreppe hatten ihr zugesetzt, und das, obwohl sie beinahe jeden Tag hierher pilgerte.

Sie ging zur Südseite der Terrasse und stützte sich auf das kühle Metall der Abgrenzung. Unter ihr lag ein Abgrund von sechs Stockwerken, eine schmale Straße, die am Haus entlang und zu Parkplätzen führte.

Eine kühle Brise streifte Larissa und hob den Saum ihrer Strickjacke. Sie betrachtete den Fähranleger, der nur einige Meter vom Gebäude entfernt als Ponton im Wasser trieb. In wenigen Stunden würde sie ihn wie an jedem Arbeitstag aufsuchen, um in das Gewerbegebiet im Schatten der Köhlbrandbrücke zu gelangen. Doch diesen Gedanken wischte sie beiseite. Sie war nicht hier, um an Arbeit zu denken. Ihr Blick glitt über den Fluss zum Burchardkai, eine riesige Fläche aus Beton und Asphalt, die von tausenden Schiffscontainern in Beschlag genommen wurde. Dumpfes Rauschen und metallisches Pochen drangen von den gigantischen Portal- und Verladekränen, die selbst zu dieser späten Stunde unermüdlich die Container auf anliegende Schiffe luden oder löschten. Die abertausenden Lichter, die das Gelände des Kais fluteten, vermischten sich mit den unzählbaren Leuchtquellen der weiteren Hafenanlagen, die sich an allen Seiten des Geländes anschlossen. Sie erstreckten sich weit in die Ferne und schienen die Unendlichkeit zu prägen.

Larissa wandte den Kopf nach Osten, hin zur majestätisch thronenden Elbphilharmonie und der sich in Bau befindlichen HafenCity. Sie genoss die Ruhe, die abgesehen von den Arbeitsgeräuschen der Verladekräne herrschte. Bis auf ein Liebespaar, das sich einige Meter weiter durch heiseres Kichern und tiefstimmiges Flüstern bemerkbar machte, war sie der einzige Mensch auf der Dachterrasse, die ansonsten tagsüber und vor allem am Wochenende gut besucht war.

Vom Fluss drang das schwache Rattern eines Motors. Sie wandte sich der schwarzen Wassermasse zu und erblickte zwei weiße Lichter, die sich langsam ihren Weg durchs Nass bahnten. Sie gehörten zu einem Binnenschiff, das ansonsten in völliger Dunkelheit lag. Larissa grinste unwillkürlich. Sie konnte sich zum ersten Mal an diesem Tag entfalten, sich frei und wohl fühlen. Fernab von großen Menschenmassen und gewalttätigen Männern blühte sie auf. Für einen Moment erlangte sie das zurück, was sie als ihre verloren geglaubte Unbeschwertheit bezeichnete. Lebenslust durchfloss sie und vermischte sich mit weggesperrten Sommergefühlen.

Sie liebte die Dachterrasse des Docklands. Und selbst wenn es wehte und der Regen, wie die Hamburger stets sagten, nicht von oben, sondern von der Seite kam, stieg sie hinauf. Ihre Besuche dauerten zwar selten länger als eine halbe Stunde, doch war dies meist die schönste und sorgloseste Zeit des ganzen Tages. Jessica wusste von ihrem kleinen Ritual, dennoch stand sie ihm stets kritisch gegenüber. Immerhin suchte ihre Freundin den Ort nur in absoluter Dunkelheit auf. Sie nannte es einen Widerspruch in sich, dass Larissa die späten Stunden wählte, um Menschen und Gefahren aus dem Weg zu gehen, sich aber dem Risiko aussetzte, an die Kreaturen der Nacht zu geraten. Doch Larissa hatte sämtliche Vor- und Nachteile gegeneinander abgewogen und ihren Weg gewählt.

Die Vibration ihres Smartphones riss sie aus ihren Gedanken.

Bist du noch auf?, stand auf dem leuchtenden Display.

Anstatt zu antworten, steckte Larissa das Gerät in die Gesäßtasche zurück. Ihr war nicht danach, sich mit Jessica zu unterhalten. Sie hatte sie versetzt, was zwar einen triftigen Grund hatte, aber dennoch ... Außerdem zeigte die Uhr auf ihrem Handy fast Mitternacht an. Auch wenn sie am Nachmittag ein langes, unfreiwilliges Nickerchen eingelegt hatte, so würde es später im Büro schwer werden, die Augen offen zu halten. In weniger als sechs Stunden stand ihr ein Tag voller Müdigkeit und mangelnder Konzentration bevor.

Sie wandte sich der Treppe zu und ließ das Paar zurück, das mittlerweile wild knutschend ineinander versunken war.

Der Abstieg ging schnell und dauerte nur wenige Minuten. Larissa überquerte den Busparkplatz des angrenzenden Kreuzfahrtterminals und bog in eine Handelsstraße ein. Die Backsteinbauten zu beiden Seiten waren gespickt mit hohen Frachttoren und dahinterliegenden Lagerstätten, die in ein paar Stunden mit allerlei Fisch und anderen Meeresfrüchten beladen werden würden. Doch noch war die Straße menschenleer, kein Fußgänger weit und breit. Sie bog in eine Gasse ein, die zwischen zwei Gebäuden klaffte, und näherte sich der Treppe, die zum Altonaer Balkon hinaufführte. Bevor sie die Stufen jedoch erreichte, hörte sie zu ihrer Rechten ein seltsames Fiepen.

Gebannt hielt sie inne und horchte. Stille. Sicher hatte sie sich nur verhört.

Als sie ihren Gang fortsetzte, drang erneut ein Geräusch an ihr Ohr. Es war ein Winseln, kaum lauter als ein Hauch. Abrupt blieb sie abermals stehen, kniff die Augen zusammen und starrte in die Dunkelheit. Aber dort war nichts. Nur Autos, verunstaltete Müllcontainer und Buschwerk. Dahinter, auf der Rückseite eines Lagerhauses, lag pure Schwärze.

Wieder jaulte es, dieses Mal lauter, deutlicher. Es war eindeutig ein Tier, ein Hund oder etwas dergleichen. *Hatte es Schmerzen?* Das erneute Quieken klang kraftlos. Sie zögerte, warf einen Blick zur Seite und biss sich auf die Lippe. Was sollte sie tun? Selbst wenn sie das Tier fand, was würde sie erwarten? Medizinisch war sie vollkommen ungebildet und könnte daher keinen Hund verarzten. Fieberhaft durchforstete sie ihre Erinnerungen nach einer Tierarztpraxis in der Nähe, die auch einen nächtlichen Notdienst anbot und die sie anrufen konnte.

Zögerlich trat sie einen Schritt vor, lugte zwischen zwei Autos hindurch. Ein seichter Windhauch ließ ihr die Härchen an den Armen zu Berge stehen. Wo war das arme Wesen?

Sehnsüchtig glitt ihr Blick zur Treppe, die hinauf und Richtung Bett führte. Aber ein neuerliches Jaulen ließ ihr Herz bluten. Erinnerungen an ihren eigenen Hund, den sie in Kindertagen einst besessen hatte, kamen ihr in den Sinn. Sie konnte das arme Tier doch nicht verletzt hier liegen lassen.

Sie trat zwischen den Autos hindurch und sah sich um, beugte sich hinab und spähte unter die Fahrzeuge. Aber von einer verbeulten Blechdose abgesehen, war dort nichts. Es winselte wieder. Vorsichtig linste Larissa über die Autodächer hinweg.

»Wo bist du?«, flüsterte sie in einer Lautstärke, die vermutlich kein Wesen außer ihr selbst hören konnte. Ihr Herz beschleunigte sich vor Aufregung. Wäre sie doch nur zu Hause geblieben.

Dem Jaulen schloss sich ein gequältes Bellen an. Es klang herzzerreißend. Sie musste etwas tun.

Ihre nächsten Schritte waren entschlossener und führten sie um die Container herum. Dahinter lag ein dunkler Weg, den weder Straßenlampen noch das Licht des Mondes erhellten.

Sie biss sich abermals auf die Lippe, blieb stehen und starrte geradeaus. Es dauerte nicht lange, bis sich ihre Augen an die neuen Umstände gewöhnt hatten. Dann erblickte sie ihn. Ein plumper, in Schwärze gehüllter Körper lag etwa zehn Meter vor ihr. Es war ein Hund, der zusammengekrümmt die Beinchen über den Boden zog.

»O Gott«, hauchte Larissa und eilte zu ihm. Nach wenigen Schritten hatte sie das Tier erreicht. Es war ein Rottweiler, der sie aus traurigen Augen anblickte. Sie ließ sich neben ihm auf die Knie sinken und versuchte dem Hund zu bedeuten, dass sie ihm helfen wollte. Als sie die glänzende Flüssigkeit bemerkte, die ihm über den Bauch lief, weiteten sich ihre Augen vor Entsetzen.

»Was ist mit dir passiert?«, wisperte sie, die Stimme voller Sorge und Mitleid. Sie wollte ihn behutsam tätscheln, doch als sie den Rottweiler mit der rechten Hand berührte, knurrte er plötzlich und fletschte die Zähne. Hastig zog sie die Finger zurück, doch es war zu spät. Mit einer Geschwindigkeit, die niemand einem verletzten Tier zugetraut hätte, sprang der Hund auf die Beine. Finster starrte er sie an, seine schwarzen Augen funkelten. Er knurrte aus voller Kehle.

»Hey«, wimmerte Larissa ängstlich. Sie verstand nicht, was gerade geschah, und wich ein Stück zurück.

Als der Hund nach ihr schnappte, stieß sie einen spitzen Schrei aus. Sie sprang auf und rannte los, erkannte aber zu spät, dass ihr irgendjemand den Weg versperrte. Orientierungslos prallte sie gegen etwas Weiches, verlor das Gleichgewicht und stürzte schmerzhaft zu Boden. Eine Stimme erklang, tief und männlich, doch sie war zu benommen, um die Worte zu verstehen. Sie schüttelte den Kopf, blickte auf und sah in das lächelnde Gesicht eines Mannes, dessen Haut in Fetzen von den Wangen hing. Grinsend streckte er die Hand nach ihr aus. Larissa stieß ein spitzes Quieken aus und wich zur Seite, wollte aufspringen, doch sie stolperte über den Hund, der sich neben ihr aufgebaut hatte. Keuchend prallte sie mit der Schulter gegen die Backsteinwand des Gebäudes. Der Mann lachte donnernd und trat einen Schritt auf sie zu, ehe er sie fest und schmerzhaft am Arm packte. Larissa versuchte zu schreien, doch die andere Hand des Mannes presste sich auf ihren Mund. Kurz blieb ihr die Luft weg. Dann biss sie zu, schmeckte Salz und Blut. Ihr Peiniger schrie und fluchte, während Larissa auf die Füße sprang und lossprintete. Weit kam sie jedoch nicht.

Etwas Schweres verfing sich zwischen ihren Beinen, brachte sie zum Straucheln und ließ sie schließlich der Länge nach zu Boden stürzen. Als sie aufschlug, prallte sie mit dem Kopf gegen den Bordstein. Die Welt begann sich zu drehen, und gelbe Lichter tanzten vor ihren Augen. Die Geräusche der Stadt waren dumpf geworden, das Geschehen verlangsamte sich und spielte sich wie in Zeitlupe ab. Etwas Heißes lief ihr an der Schläfe herunter. Stöhnend drehte sie sich auf den Rücken und schrie, als sie in die Grimasse des Mannes blickte. Jede seiner Bewegungen ließ die abstehenden Hautfetzen in seinem Gesicht tanzen.

»Wer wird denn gleich weglaufen wollen, ja?«, säuselte er vergnügt, seine tiefe Stimme ein unheilvolles Vibrieren in der Nacht. »Wir haben uns doch noch nicht einmal unterhalten, oder?« Mit diesen Worten zog er etwas Weißes aus seiner Manteltasche. Larissa erkannte nicht, was es war, doch als er sich über sie beugte, bohrte sich ein beißender Geruch in ihre Nase. Die Welt drehte sich schneller, die Geräusche und das Knurren des Hundes wurden dumpfer, glitten in weite Ferne. Im nächsten Augenblick wurde ihr das weiße, nasse Etwas auf Mund und Nase gedrückt. Sie blickte in stahlgraue Augen, die sich eiskalt und vergnügt zugleich in die ihren bohrten, umrahmt von toter Haut und

Schorf. Obwohl sie bereits am Boden lag, fühlte es sich an, als würde sie hintenüberfallen. Ihre Gedanken schwappten wie dickflüssige Wellen durch ihren Kopf, stumpften ab und verebbten schließlich ganz. Dann versank sie im Meer der Ewigkeit.

4.

Wie gebannt klebte Larissas Blick auf dem Computermonitor vor ihr, während das Gerät eine komplexe Excel-Tabelle darstellte. Sie saß auf ihrem ergonomischen Bürostuhl, wippte leicht vor und zurück. Irgendwo im Hintergrund unterhielten sich Kollegen, der Duft von Kaffee war allgegenwärtig.

3 Normcontainer, San Antonio, Chile, las sie still, verglich Zahlenwerte miteinander und rief ein Programm zur Überprüfung von Frachtpapieren auf. Es erschien ein weiteres Dokument, blendend weiß, die Buchstaben in einer ungewöhnlich kleinen Schriftgröße abgebildet. Sie kniff die Augen zusammen, doch das machte es nur schlimmer. Mit jeder Sekunde, die verstrich, fühlte sie sich ein wenig mehr benommen. Es war beinahe so, als wäre sie betrunken.

Herrje! Abermals verengte sie die Augen zu schmalen Schlitzen und versuchte sich zu erinnern, ob sie am Vorabend getrunken hatte. Als sie dabei auf keinerlei nützliche Erinnerung stieß, gab ihr das umso mehr zu denken. Schlagartig gesellte sich zu ihrem Dusel der Anflug von Kopfschmerzen. Auch das noch. Sie wollte ihre Stirn befühlen, aber mit einem Mal fehlte ihr jegliche Kraft dazu. Ihre Hände waren so müde und schwer.

Plötzlich bebte ihr Stuhl, hob sich um mehrere Zentimeter und knallte wieder hinunter. Larissa sah verwundert nach unten. Das Beben begann erneut, diesmal heftiger. Aus einem der Nachbarbüros kam ein fernes, tiefes Lachen. Dem Lachen schloss sich Musik an, die seltsamerweise einen ungewöhnlich dumpfen Klang hatte, als dränge sie durch Stoff hindurch. Die Melodie umgab Larissa wie dichter Nebel.

Irritiert kniff sie die Augen zusammen. Etwas war anders als sonst. Als der Stuhl abermals erzitterte, entfuhr ihr ein gedämpftes Stöhnen. War es ein Erdbeben? Sie wollte zum Fenster gehen und einen Blick auf die Straße werfen, doch sie konnte nicht. Wie ihre Hände zuvor, fühlten sich nun auch ihre Beine müde, beinahe taub an, als hätte sie jemand mit unsichtbaren Schnüren fixiert.

Larissa wandte den Kopf nach rechts und versuchte, nach ihrer Kollegin im Nebenzimmer zu rufen. Wieder versagte ihre Stimme, doch mehr noch: Vor ihren Augen wurde das Büro undeutlich, verschwamm zu einem Ozean.

Sie musste sich unbedingt beruhigen, tief durchatmen. Als sie den Mund öffnen wollte, um einen Schwall Luft einzusaugen, gelang es ihr nicht. Ihr Herz stolperte und klopfte schneller in ihrer Brust. Sie konnte nicht atmen! Es ruckelte unter ihr. Panisch schloss sie die Augen.

Als Larissa sie wieder öffnete, waren das Büro und ihr Schreibtischstuhl verschwunden. Stattdessen herrschte um sie herum nichts als Schwärze. Auch saß sie nicht mehr aufrecht, sondern lag, die Knie an die Brust gezogen, auf einer filzigen Oberfläche. Ihre Füße stießen gegen ein Hindernis, und auch ihr Kopf drückte sich an einen Gegenstand. Ein stetiges Rauschen umgab sie, vermischt mit dem Brummen eines Motors und leiser Musik. Es roch nach altem Stoff und Reinigungsmitteln. Und es ... schaukelte. Oder bildete sie es sich nur ein? Ihr Kopf drehte sich noch immer. Sie hatte das Bedürfnis, die Augen zu schließen, einfach zu schlafen, den Rausch, in dem sie sich befand, zu überspringen. Aber jedes Mal, wenn sie es versuchte, fühlte sie sich wie in einem Karussell gefangen, das sich schneller und schneller drehte.

Larissa wurde schlecht. Als ihr ein stechender Schmerz durch den Schädel schoss, wollte sie die Hände heben, um die betroffene Stelle abzutasten. Doch sie schaffte es nicht. Jemand hatte ihre Handgelenke zusammengebunden. Dumpfe Laute der Angst entfuhren ihr. Ihre Stimme klang fremd und unverständlich. Etwas klebte auf ihrem Mund und verschloss ihre Lippen.

Ein erneuter Schwindelanfall überkam sie und gab ihr das Gefühl, nach hinten wegzukippen. Lichter wirbelten vor ihren Augen, tanzten seltsame Choreografien. Verzweifelt kniff sie die Lider zusammen.

Als sie sie öffnete, saß sie wieder im Büro, vor ihr der Monitor. Sie atmete panisch durch die Nase aus und sog die muffige Luft ein, als würde sie ihr jeden Moment ausgehen. Ihr Blick sprang umher, während die Musik, die sie umgab, auf einen Schlag lauter gestellt wurde.

»Ein toller Song, ja?«, gluckste eine amüsierte Stimme. Sie klang wie der tiefe Bass einer Gitarre. Larissa schnappte nach Luft. Von irgendwo kannte sie den beinahe fröhlich klingenden Singsang. Nur woher?

Als es unter ihr bebte, dieses Mal auffallend stark, geriet sie aus dem Gleichgewicht, schwankte nach links, dann nach rechts. Sie riss die zusammengebundenen Hände vor ihr Gesicht. Als sie ihre blutverklebten Handflächen sah, schossen ihr schlagartig Erinnerungen durch den Kopf und stopften die Lücken des Vergessens.

Sie sah eine dunkle Gasse, schäbige Mülltonnen und einen schwarzen, winselnden Haufen, der vor ihr auf dem Boden kauerte. Die Situation machte einen Sprung.

Sie sah einen verletzten Hund, dessen Fell blutdurchtränkt war. Plötzlich fuhr der Hund herum und knurrte bedrohlich.

Die genüsslich grinsende Fratze mit den kalten Augen, die ihr unendlich bekannt vorkamen.

Zitternd ließ sie die Hände sinken, als sich ein eisiger, doch glasklarer Gedanke durch den Nebel ihrer Erinnerungen schob. Sie befand sich in einem Kofferraum, gefesselt und geknebelt.

Während sie sich entsetzt hin und her wand, lachte der Unbekannte und begann abermals zu sprechen. *Redete er mit ihr?* Doch dazu waren seine Worte zu fern, zu unverständlich. *War jemand bei ihm?* Sekunden vergingen, in denen er keine Antwort bekam, und doch führte er das Gespräch fort, vermischt mit den Klängen des Radios. Nun war sie sich sicher, dass seine Worte nicht an sie gerichtet waren.

Larissa schlängelte sich wie ein Wurm, ihre Arme schrammten über Filz, ihre Füße pressten sich an die Wand ihres Gefängnisses. Als das Auto eine scharfe Kurve beschrieb, rutschte sie einige Zentimeter und stieß mit dem Kopf gegen etwas Hartes. Sie wollte schreien, um Hilfe rufen, doch entfuhren ihr nur dumpfe Klagelaute. Wieder bog das Auto ab, diesmal auf eine unebene Straße. Das Fahrzeug wurde hin- und hergeworfen, als steuerte es über einen Feldweg mit unzähligen Schlaglöchern.

Die Zeit verging so zäh wie Kaugummi. Larissas Denken war von blanker Angst bestimmt, verseucht von der Ungewissheit, die in ihr tobte.

Plötzlich stoppte das Auto abrupt. Der Motor erstarb, das Radio verstummte. Es folgte eine kurze Stille, bevor eine Tür aufgerissen wurde. Als der Unbekannte seinen Wagen verließ, schlossen sich ihm kratzende Geräusche an, als würden Krallen über Plastik schrammen.

»Lauf nicht weg!«, donnerte der Mann und schlug die Autotür zu.

Wieder war es still. Sie war allein, oder zumindest hoffte sie, dass sie es war. Larissa horchte mit gespitzten Ohren, flehte, dass er fortgehen würde, damit sie genügend Zeit hatte, eine Fluchtmöglichkeit zu finden. Doch all ihre Hoffnungen erstickten im Keim, als ihr ein lauter Knall auf dem Kofferraumdeckel den Schreck in die Glieder fahren ließ.

»Alle aufwachen!«, dröhnte es von außerhalb. »Genug geschlafen, ja?«

Der Deckel wurde aufgerissen. Larissa starrte hinaus in die Nacht, musste trotz der Dunkelheit ihre Augen zusammenkneifen. Vor ihr stand ein Mann, geschützt von der ihn umgebenden Schwärze. Hinter ihm wiegten sich vom Mondlicht erhellte Bäume im Wind. Obwohl sie seinen Blick nicht sehen konnte, spürte sie, wie er ihren Körper regelrecht verschlang. Sie war wie gelähmt, starrte angsterfüllt zurück.

»Schön, dass du mitgekommen bist«, verkündete der Mann feierlich und klang dabei so freundlich, als empfinge er einen alten Bekannten. »Aber jetzt ist die Fahrt vorbei und du musst aussteigen.« Er beugte sich zu ihr herab. Bevor sie mehr von ihm erkennen konnte, zog er ihr einen Stoffbeutel über den Kopf. Dann schob er eine Hand unter ihren Rücken, die andere unter ihre Beine. Ruckartig hob er sie aus dem Kofferraum, als würde sie nichts wiegen, und warf sie sich über die Schulter. Der Kofferraumdeckel knallte zu, ehe er sich in Bewegung setzte.

In Larissa kreiste es wieder, ihr Magen rebellierte. Galle stieg in ihr hoch. *O Gott, bloß nicht übergeben!* Sie würde sonst an ihrem eigenen Mageninhalt ersticken. *Alles, bloß das nicht*! Sie wehrte sich mit aller Macht gegen das Klebeband, das jedoch gnadenlos auf ihrer Haut haftete. Als sie erkannte, dass sie chancenlos war, sackte sie in sich zusammen. Hitze stieg in ihren Kopf, breitete sich aus wie Gift.

Sie hörte ein leises Rascheln. Es klang wie Gras, das unter schweren Schritten niedergedrückt wurde. Schließlich veränderte sich das Geräusch, das Rascheln wich dem Knirschen von Schuhsohlen auf Pflastersteinen.

»Gleich sind wir zu Hause«, verkündete der Mann andächtig. Larissa spürte, wie er Stufen hinaufstieg und stoppte. Ein metallisches Klacken folgte, dann ein Quietschen. Er hatte eine Tür geöffnet. Ihr Herz schlug schmerzhaft. Wohin brachte er sie? Die Angst lähmte ihre Gedanken, die Hitze in ihrem Kopf war unerträglich.

Sie wurde durch einen Gang oder Flur getragen, hölzerne Klänge begleiteten sie. Der Boden knarrte, erinnerte an die alten Dielen eines Bauernhauses. Die Luft wurde wärmer, und durch den Stoffbeutel drang ein süßlicher, parfümartiger Geruch. Augenblicklich verstand sie, was es bedeutete, in ein fremdes Gebäude verschleppt zu werden: Sie war nun mit ihm allein. Sie war ihm ausgeliefert. Hitze explodierte hinter ihrer Stirn, ihr Herz machte einen Satz. Alles drehte sich, ihr Körper wurde unendlich schwer. Dann, als die Angst sie vollends überwältigte, verlor sie das Bewusstsein.

Larissa wand sich träge hin und her, erwachte aus einem traumlosen Schlaf. Zunächst registrierte sie, dass man sie weich gebettet hatte, eingehüllt in Stoff – vermutlich eine Decke. Lähmende Kopfschmerzen plagten sie, pochten wie das unnachgiebige Trommeln eines Sklaventreibers auf einem Ruderboot. Sie konnte nichts sehen, denn etwas Klebriges hielt ihre Lider zusammen. Unter größter Anstrengung gelang es ihr, die Hände vors Gesicht zu führen und sich vorsichtig die Augen zu reiben. Das Krustige löste sich und gab ihren Blick frei.

Sie starrte auf eine graue Betondecke mit dunklen Wasserflecken. Daran schlossen sich ebenso triste Wände an, kalt und lieblos. Wo zum Teufel war sie?

Larissa drehte den Kopf zur Seite, stets bedacht, das Pochen nicht zu verschlimmern. Schummrig gelbes Licht breitete sich in einem spärlich eingerichteten Raum aus, in dem es sauer, muffig und nach Reinigungsmitteln roch. Ein kalter Schauer durchzog ihren Körper, als sie die Gitterstäbe erblickte, die das Zimmer mittig teilten. Schlagartig fiel ihr alles wieder ein: das Winseln, der verletzte Hund, Blut, Knurren, Angst und dieses furchtbare Gesicht mit den abstoßenden Hautfetzen. Das Aufwachen in einem

Kofferraum. Sie wimmerte. Dann, als sie sich abermals umsah, dämmerte ihr, dass sie in einer Zelle saß.

Ruckartig setzte sie sich auf. Ihre Bewegung wurde von einem metallischen Rasseln begleitet, zugleich legte sich etwas um ihre Kehle und drückte ihr die Luft ab. Mit zitternden Fingern befühlte sie besagte Stelle und stieß auf kühles Metall. Es war ein Ring, der um ihren Hals gelegt war. Auf der Hinterseite ertastete sie Kettenglieder, schwer und unnachgiebig, sowie ein Bügelschloss. Sie war festgekettet. Angebunden wie ein Hund.

Mit aufgerissenen Augen betrachtete sie die Kette näher, die in einem leichten Bogen von dem Bett, auf dem sie lag, durch den Raum führte und an einer Wand endete. Dort war sie im Mauerwerk unterhalb eines kleinen Fensters verankert. Larissas Atmung wurde augenblicklich schneller, drohte, sich zu überschlagen. Was hatte dieser abstoßende Kerl mit ihr gemacht?

Schockiert sah sie sich um. Auf der gegenüberliegenden Raumseite stand eine schäbige Toilette. Sie war fleckig, das Keramik wies Sprünge und Risse auf und hatte keinen Deckel.

Mit zitternden Beinen stemmte sie sich hoch, wankte benommen durch die Zelle. Das Gewicht der rasselnden Kette zog sie nach unten, erschwerte das Vorankommen erheblich. Mit Tränen in den Augen trat sie an das Gitter heran und umfasste die dunklen Stäbe.

»Hilfe«, wimmerte sie aus trockener Kehle, unendlich schwach und hundert Mal leiser, als sie es wollte. Sie versuchte es erneut, doch ging das Wort auf halber Strecke verloren. Ihr Hals war kratzig und sie lechzte nach Wasser, aber es gab nichts, was ihren Durst stillen könnte. Verzweifelt rüttelte sie am Metall. Nur dort, wo eine schmale Tür aus massiven Gitterstäben eingelassen war, bewegte es sich um wenige Millimeter. Hastig presste sie die Klinke hinunter, doch nichts passierte. Entmutigt versuchte sie, ihren Körper zwischen den Stangen hindurchzuzwängen, aber es hatte keinen Zweck. Selbst ein Kind konnte hier nicht ausbrechen, geschweige denn eine erwachsene Frau.

Hastig fasste sie sich an ihre Gesäßtasche, tastete nach ihrem iPhone. Doch das Gerät war weg und mit ihm die letzte Hoffnung, Hilfe herbeizurufen. Sehnsüchtig sah sie zu der Holztür jenseits ihres Gefängnisses, die in die vermeintliche Freiheit führte.

Ratlos blickte sie sich um, untersuchte den Raum, warf einen Blick hinauf zu der alten Deckenlampe, die ein unangenehm gelbes Licht verstrahlte. Darunter, auf der anderen Seite des Gitters, stand etwas Mannsgroßes, das von einem beigen Tuch verhüllt wurde. Es erinnerte an ein Gespenst mit träge herabhängenden Gewändern. Larissa kniff die Augen zusammen, wollte erkennen, was der Stoff verbarg, doch ein rotes Blinken lenkte sie ab. Es drang aus der linken Seite des Raumes, dicht unterhalb der Decke: eine Kamera, direkt auf sie gerichtet.

Sie erstarrte. Beobachtete er sie etwa? Saß der Mann in diesem Moment an einem Monitor und sah ihr dabei zu, wie sie zitternd ihr Gefängnis abschritt und erkundete? Das Gefühl, ihrem Peiniger schutzlos ausgeliefert zu sein, bohrte sich in ihr Herz. Hastig durchquerte sie die Zelle und kauerte sich neben das Bett. Die Kamera zeigte nun nicht mehr in ihre Richtung. Mit etwas Glück hatte sie ihren Sichtbereich verlassen und einen toten Winkel entdeckt. Aber diese Hoffnung währte nur wenige Sekunden.

Mit einem leisen Surren schwenkte die Kamera und richtete sich erneut punktgenau auf Larissa aus.

Das Herz sackte ihr in die Hose. Sie konnte nichts machen, sich nirgends verstecken. In ihrer Verzweiflung packte sie das metallische Bettgestell, wollte es als Schutz zwischen sich und die Kamera schieben, doch es war im Mauerwerk verankert und rührte sich keinen Zentimeter von der Stelle. Fassungslos ließ sie die Hände sinken. Heiße Tränen rannen ihre Wangen hinunter, hinterließen ein leichtes Brennen auf der gereizten Haut. Was sollte sie tun? Dann fiel ihr das Fenster wieder ein.

Es war klein, gerade so breit, dass sie hindurchschlüpfen konnte. Hoffnung keimte in ihr auf und setzte die letzten Kraftreserven frei, übertönte sogar für einen Moment das Gefühl der Benommenheit. Das Ziel vor Augen kletterte sie auf einen gusseisernen Heizkörper. Ihre Chucks fanden nur wenig Halt auf dem lackierten Metall, aber es reichte, um vorsichtig darauf zu balancieren. Dann kam der Schock: Hinter dem Fenster prangte ein Gitter, dessen daumendicke Stäbe eine Flucht unmöglich machten. Die jähe Hoffnung verebbte so schnell, wie sie aufgekommen war. Und selbst wenn sie es hindurch geschafft hätte, so dämmerte ihr, wäre sie noch immer angekettet.

Vor die Stäbe hatte sich braunes Laub gelegt, versehen mit Schimmel und Spinnenweben. Efeu rankte um das Metall. Dahinter, an oberster Stelle eines schmalen Schachtes, lag der unendliche Himmel, getaucht in sanftes

Dämmerlicht. Sie befand sich unter der Erde in einem Keller.

Das elektrische Surren im Hintergrund lenkte sie ab und verriet ihr, dass der Mann ihr Scheitern beobachtete. Womöglich lachte er sich ins Fäustchen, genoss die Show, die ihm geboten wurde. Sie war ein Tier, gefangen in einem Käfig, dazu verurteilt, dem Zuschauer zu gefallen. Wie die Tiger und Löwen in Zoos, einst stolz und legendär, nun der ewigen Weite beraubt, die sie in Freiheit bewohnten.

Larissa überkam ein kalter Schauer. Erst jetzt bemerkte sie, dass sie fror. Der Sommer drang nicht bis in den Keller vor, in dem sie sich befand. Selbst die schäbige Heizung spendete keinerlei Wärme. Dennoch setzte sie sich auf den Boden und lehnte sich gegen das Gerät. Die Minuten vergingen. Minuten, in denen nichts passierte, die Kamera stets auf sie gerichtet. Hin und wieder warf Larissa ihr einen angsterfüllten Blick zu. Sie wusste genau, dass der Mann sie fortwährend begaffte. Was bezweckte er damit? Was würde er ihr antun?

Die Zeit nagte an ihrer Psyche. Mit jeder Sekunde, die verstrich, stieg in ihr das Gefühl der Beklemmung, der Einsamkeit. Von Angst ganz zu schweigen. Hätte sie doch nur eine Uhr zur Hand. Oder ihr iPhone. Hatte der Mann es ihr abgenommen, oder lag es noch in der dunklen Gasse? Womöglich hatte sie es im Kampf gegen dieses Monster verloren und es diente bald als Hinweis darauf, dass ihr etwas zugestoßen war. Mit einer Portion Glück konnte man sie retten, bevor ihr weiteres Leid zugefügt würde.

Sie schloss die Augen und tat etwas, das sie seit Jahren nicht getan hatte: Sie betete.

Die Zeit verging. Wie lange war sie schon in der Zelle? Wie lange saß sie an dem Heizkörper? Waren es nur wenige Minuten, die sich anfühlten wie Tage – oder gar Stunden? Eine dumpfe Erschöpfung breitete sich in ihr aus. Trotz aller Ungewissheit und Angst wurden ihr die Lider schwer. Mehrfach nickte sie weg, nur um erneut hochzuschrecken. Sie schüttelte den Kopf, massierte ihre Schläfen. Da war es wieder, das krustige Etwas. Sie zog die Hände zurück. Erschrocken stellte sie fest, dass getrocknetes Blut an ihren Fingerspitzen klebte. Ihr Blut.

Wimmernd befühlte sie die Wunde unter ihren verklebten Haaren. Anscheinend war sie nicht tief, erklärte aber ihre Kopfschmerzen.

Larissa hielt es nicht mehr auf dem Boden aus. Sie musste sich bewegen, die Panik mit Schritten bekämpfen. Zitternd erhob sie sich und ging zum Zellengitter, wo sie sich ans Metall klammerte und ihren Kopf dagegen lehnte. Die Kälte der Eisenstäbe war eine Wohltat. Plötzlich hörte sie ein Geräusch. Es kam von der hölzernen Tür. Larissas Herz setzte einen Moment lang aus. Kam der Mann, um sie zu holen?

Ein unheilvolles Kratzen ließ sie zusammenfahren. Sie verkrampfte sich, gefror in ihrer Bewegung. Das Kratzen klang wild, animalisch, gierig. Als auch noch ein dumpfes Knurren erklang, fühlte sie sich in die Gasse zurückversetzt, in der ihr Martyrium begonnen hatte.

Larissa kniff die Augen zusammen, konzentrierte sich auf ihr Gehör. Sie achtete auf jedes Geräusch vor der Tür, auf alles, was ihr verriet, was dort vor sich ging. Plötzlich wurde die Klinke hinuntergedrückt. In der nächsten

Sekunde sprang die Tür auf, als hätte sich etwas dagegen geworfen, und ein schwarzes Biest stürmte herein. Bevor Larissa in irgendeiner Art reagieren, gar schreien konnte, presste sich die donnernd bellende Schnauze eines Rottweilers zwischen den Stäben hindurch. Seine vor Speichel triefende Zunge leckte über Larissas Knie. Von der Wucht des Angriffs überrascht, stolperte sie rückwärts und fiel schmerzhaft zu Boden. Endlich fand sie die Kraft zu schreien. Ihre Stimme zerschnitt schrill das Wüten des Tieres, das daraufhin erst richtig loslegte. Der Hund kratzte mit seinen Pfoten über den Beton, dicht vor ihren Füßen. Japsend wich sie zurück und kreischte so laut, dass ihre Stimme in ein jämmerliches Krächzen überging.

»Rohan!«, dröhnte es von der Tür. Panisch blickte Larissa zu dem Mann auf, der mit verschränkten Armen im Türrahmen stand. »Benimm dich, du dreckiges Mistvieh!«

Der Hund verstummte augenblicklich und setzte sich. Er wirkte wie versteinert, hielt die finsteren Augen aber unablässig auf Larissa gerichtet.

»Hach, wer kann es ihm verdenken?«

Auf dem Gesicht des Mannes breitete sich ein Lächeln aus, umrahmt von einem kräftigen Vollbart. Seine tiefe Stimme verursachte ihr eine Gänsehaut. War er der Mann aus der Gasse? Und der, der sie aus dem Auto gehoben hatte? Wo waren die Hautfetzen, die sein Gesicht entstellt hatten? Oder waren es gar zwei Männer, die sich an ihrem Schicksal vergnügten?

Doch dann traf Larissa der eiskalte Schein seiner Augen, grau und bohrend, tödlich. Sie erkannte ihn wieder. Er war es, ohne jeglichen Zweifel. Der Mann mit dem zerfetzten Gesicht, gegen den sie gekämpft hatte.

»Der gute Rohan. Bellt so laut, ja? Er ist immer nervös, wenn es um Knochen geht.«

Sie schluchzte. Noch vor Kurzem hatte sie geschworen, sich nie mehr schlecht behandeln zu lassen. Das Schicksal meinte es eindeutig nicht gut mit ihr.

5.

»Ich heiße Henning«, sagte der Mann und kam langsam auf den Käfig zu. Seine schweren Arbeitsschuhe hinterließen dumpfe Geräusche auf dem Beton. »Einen Spitznamen habe ich nicht. Manche nennen mich Fleischer, doch das nur zur Info am Rande.«

Larissa schwieg. Selbst wenn sie etwas hätte sagen wollen, so hätte sie kein Wort herausbekommen. Die von dem kräftig gebauten Mann ausgehende Härte ließ sie klein werden, unendlich klein und ängstlich. Mit aufgerissenen Augen starrte sie in das Gesicht ihres Peinigers, bemerkte die breite Nase, die über dem rotbraunen Vollbart thronte. Seine Lippen waren schmal, die Ohren winzig. Beinahe wirkte er wie ein normaler Mensch, gäbe es nicht diese Augen, so boshaft und gefährlich.

Sein nahezu schwarzes Haar war ordentlich gekämmt und nach hinten gelegt, während die Seiten recht kurz geschoren waren. Er war jung, auch wenn der Bart eine genaue Bestimmung seines Alters erschwerte.

»Jetzt weißt du, wie ich heiße, Larissa.«

Ihr lief es eiskalt den Rücken hinunter. Woher wusste er ihren Namen? »Und ich weiß auch ziemlich viel, zum Beispiel eine ganze Menge über dich. Das ist unfair, denn ich bin dadurch im Vorteil. Aber keine Sorge, mit der Zeit werde ich dir einiges über mich verraten. Dies ist nur gerecht, findest du nicht?«

Lächelnd wartete er auf ihre Antwort, doch sie war wie versteinert.

»Ich kann mir gut vorstellen, dass diese Situation befremdlich auf dich wirkt. Immerhin bist du neu hier, kennst mein Haus noch nicht. Wenn ich irgendwo zu Besuch bin, muss ich mich auch erst orientieren, das dauert für gewöhnlich einen Moment.«

Seine Worte drangen zu ihr durch, nur fiel es ihr schwer, ihre Bedeutung zu verstehen. In ihrem Kopf ratterte es. Es tobte ein Kampf zwischen Angst und hunderten von Fragen.

»Ich helfe dir etwas«, verkündete Henning und schenkte ihr ein ermutigendes Lächeln. Er sah aus, wie ein Politiker, der genau wusste, wie er dem gemeinen Volk einen Sachverhalt erklären musste. »Ich erzähle dir etwas über diesen Raum. Vielleicht reicht es ja, damit du dich gleich ein wenig wohler fühlst.« Er zeigte auf das klapprige Bettgestell. »Du kannst es nach Belieben benutzen. Es ist womöglich etwas schmal, aber die Matratze ist weich. Der Bezug ist neu, ich wasche ihn regelmäßig. Freu dich auf schöne Träume.«

Henning wandte sich der Heizung zu. »Die Heizung ist gut, glaube mir, auch wenn sie gerade eiskalt ist. Aber wenn ich sie dir anschalte«, dabei zeigte er auf ein Thermostat, angebracht neben der Tür, »wird sie schnell warm. Wenn du lieb bist und machst, was ich dir sage, dann bekommst du Wärme. Also, immer schön artig sein.«

Er lachte schallend, als hätte er soeben etwas unfassbar Witziges gesagt. »Aber ich bin mir sicher, dass du brav sein wirst und zu schätzen weißt, was ich dir gebe. Es war nicht einfach, den Heizkörper hier herunterzutragen und zu montieren. Zum Glück bin ich ein starkes Kerlchen.« Henning spannte demonstrativ seinen Bizeps an, der sein graues Shirt ordentlich dehnte. Von seinen kräftigen Armen abgesehen, verfügte er über eine ausgeprägte Brust- und Schulterpartie. Seine Hände, eine davon bandagiert, waren Tellergroß und vermutlich stark wie Schraubzwingen. Es wäre demnach unmöglich, ihm in einem Kampf etwas entgegenzusetzen, selbst wenn sie es schaffen würde, ihrer Zelle zu entfliehen.

Henning schien Larissas Blick zu bemerken, denn er lächelte stolz. »Fitness und eine gute Ernährung sind das A und O. Aber dazu später mehr. Ich würde die Einführung gerne fortsetzen.«

Daraufhin zeigte er auf die schäbige Toilette. »Selbst eine Dame muss einmal aufs Örtchen. Auch für dieses Bedürfnis habe ich gesorgt. Wie gesagt, du sollst dich wohlfühlen. Aber auch hier ist das Wasser ab- und anstellbar. Derzeit ist genau eine Füllung im Wasserkasten, teile sie dir gut ein. Daneben liegt etwas Papier, ich lege dir täglich neues hin. Vorausgesetzt, du bist schön brav. Ich mag keine Unruhe. Rohan übrigens auch nicht.«

Beim Klang seines Namens zuckten die Ohren des Rottweilers, ansonsten rührte er sich nicht. Sein bohrender Blick lag beharrlich auf Larissa.

»Du kannst jederzeit aus dem Fenster gucken. Wie du sicherlich schon festgestellt hast, befindest du dich im ersten Untergeschoss.« Wieder lachte Henning, schlug sich theatralisch an die Stirn. »Wie das klingt. *Das erste Untergeschoss.* Man könnte meinen, es gäbe noch ein zweites, gar drittes. Nein. Nennen wir diese Etage einfach beim Namen: Keller. Das trifft es am besten. Larissa, du bist in einem Keller.« Er zwinkerte ihr zu und drehte sich in

Richtung der Kamera. »Du wirst feststellen, dass ich auch in Abwesenheit stets einen Blick auf dich werfen kann. Schließlich muss ich auch arbeiten und kann nicht ständig hier unten sein. Aber wir leben in tollen Zeiten. Ich muss nur eine bestimmte App auf meinem Handy aufrufen und – zack – da bist du. Also, denk nicht, du musst nicht brav sein, nur weil ich nicht physisch anwesend bin. Ich sehe es, wenn du unartig bist.«

Eine Träne rollte Larissas Wange hinab. Ihre Unterlippe zitterte, als sie endlich die Kraft fand, Worte zu formen. »Bitte ... Lassen Sie mich hier raus.« Ihre Stimme war leise, glich dem Piepsen einer Maus.

Henning runzelte die Stirn. Für einen Moment verflog der charmante Ausdruck auf seinem Gesicht. Er überlegte kurz, dann entspannten sich seine Züge. »Du Scherzkeks«, lachte er. »Ich dachte fast, du meinst das ernst. Dich hier rauslassen ... obwohl du gerade erst eingezogen bist, ja? Und außerdem: Bitte sieze mich nicht. Ich bin Henning. Wir sind doch vertraut miteinander.«

Larissa schluchzte hörbar, während weitere Tränen ihr Gesicht fluteten. »Ich will hier raus!«

Er überhörte sie, wandte sich dem verdeckten Etwas zu. »Willst du gar nicht wissen, was sich unter dem Tuch verbirgt?« Seine Miene verriet kindlichen Stolz.

Die junge Frau antwortete mit einem Wimmern und wiederholte ihre Worte. »Ich will hier raus!«

»Interessiert es dich gar nicht?« Eines seiner Augenlider zuckte. Er musterte sie prüfend. »Doch, du willst es wissen.«

»ICH WILL HIER RAUS!«, schrie Larissa, sodass ihr Hals schmerzte. Ihr Schrei hallte von den Betonwänden wider, worauf Rohan ein bedrohliches Grollen vernehmen ließ.

Aus Hennings Gesicht verschwand jegliche Freundlichkeit, und Eiseskälte beherrschte seine Züge. »Nicht ... in diesem … Ton!«

»Ich ...«

»Schnauze!«, bellte er so laut, dass Larissa zusammenfuhr. »Halt deine Schnauze, ja?!« Seine Lider zuckten, unbändige Wut stand in sein Gesicht geschrieben. Er starrte sie an, ballte die Hände zu Fäusten. Die Luft vibrierte, die Aura des Fleischers war allgegenwärtig und angsteinflößend, all das Nette und Höfliche ausgelöscht.

Die Sekunden verstrichen, während Larissa den Blick gen Boden wandte. Eine Ewigkeit verstrich. Als sie wieder aufsah, entspannten sich seine Züge.

Er atmete lautstark durch. »Hier wird nicht geschrien«, flüsterte er butterzart, bemüht, das wütende Zittern in seiner Stimme zu unterdrücken. »Schreien ist böse, das Gegenteil von brav. Verstanden?«

Sie reagierte nicht.

»Es tut mir leid. Ich wollte nicht gleich mit dir schimpfen. Du bist neu hier, und in solchen Momenten der Befremdung ist jeder Mensch etwas dünnhäutig. Ich sehe einfach darüber hinweg. Du bist mein neues Projekt und ich will, dass du deine Zeit bei mir genießt.«

Larissa interessierte es einen feuchten Kehricht, wie er über ihr Schreien dachte. Eine andere Frage beschäftigte sie viel mehr: Was meinte er mit *Projekt*? Was hatte er mit ihr vor, und was würde passieren, wenn ihre Zeit hier endete?

»Gut. Ich sehe, wir verstehen uns. Womöglich ist heute einfach noch nicht der richtige Tag, um dir mehr über meinen Schatz zu erzählen. Ein andermal.« Mit diesen Worten wandte er sich von dem verhüllten Etwas ab, trat zur Zimmertür und verließ den Raum. Rohan hingegen blieb vor dem Gitter sitzen.

Lass ihn wegbleiben, betete sie. *Lass den Psycho einfach verschwinden und nicht zurückkommen.*

Aber es kam anders. Es ertönte ein Klappern, einen Moment später kehrte Hennig zurück. Er hatte einen kleinen, abgenutzten Klappstuhl dabei sowie einen himmelblauen Schuhkarton. Er stellte den Stuhl geräuschvoll vor dem Gitter ab und ließ sich darauf nieder. Den Karton legte er auf seinen Schoß. »Reden wir«, schlug er vor und lächelte, als wäre nie etwas gewesen, als hätte er nicht vor Minuten einen donnernden Wutausbruch gehabt.

Larissa antwortete mit Schweigen.

»Okay, ich fange an. Also, meinen Namen kennst du bereits. Sonst weißt du aber nicht viel über mich. Dafür weiß ich umso mehr über dich, Rissa.«

Sie zuckte beim Klang dieses Namens zusammen. Es gab nur einen, der sie jemals so genannt hatte: Martin. Der Mann, der sie misshandelt hatte. Woher kannte Henning ihren verhassten Spitznamen? Oder hatte er ihn einfach aus ihrem Namen abgeleitet?

»Ich weiß, dass du ausgebildete Schifffahrtskauffrau bist, im Gewerbegebiet abseits der Köhlbrandbrücke arbeitest und gerne mit der Fähre fährst. Ich weiß, wo du einkaufst, welche Wege du gehst und welche Menschen du triffst. Ich weiß, dass du Männer meidest. Alle außer mir.« Er deutete einen höflichen Knicks an. »Danke dafür, ja?«

Larissa ballte die Hände zu Fäusten. Er konnte doch unmöglich ernst meinen, was er da sagte?!

»Ich kenne deine Vorliebe für technische Geräte. Ach ja, das erinnert mich an was ...« Mit diesen Worten zog er ihr iPhone aus seiner Hosentasche und hielt es vor die Gitterstäbe. »Dein Smartphone ist kaputt, das Display ist vollkommen zerstört. Es gibt kein Lebenszeichen von sich.«

In der Tat, das Handy war von dutzenden Rissen überzogen und wirkte regelrecht verbogen. Sie musste im Kampf gegen dieses Monster draufgefallen sein. Würde man es trotzdem noch orten können?

»Ich werde es später für dich entsorgen. Deinen Haustürschlüssel verwahre ich ebenfalls.« Er öffnete den Karton und kippte ihn leicht, sodass sie hineinsehen konnte. »Zugegeben, dein Umzug am Wochenende hat mich ziemlich überrascht. Ich war ganz schön verwundert, als du am Montag nach Feierabend nach links, anstatt nach rechts abgebogen bist.«

Sie zog überrascht die Brauen zusammen. Was meinte er? Hatte er sie verfolgt? Sie versuchte, sich krampfhaft daran zu erinnern, ob ihr sein Gesicht bekannt vorkam.

»Ich weiß auch, was du gerne isst. Wenn du lieb bist, koche ich für dich. Du magst Aufläufe und Salate. Mit Freude bereite ich dir etwas zu.« Sein Blick glitt über ihren Körper, während er sprach. Schamlos begutachtete er die kleinen Rundungen ihrer Brüste, scannte jeden Zentimeter ihres Gesichts, ihrer Hüfte und Beine. Als er die blutig verklebten Haare betrachtete, legte Henning sorgenvoll die Stirn in Falten.

»Das sieht aber gar nicht gut aus«, flüsterte er. »Eine solche Wunde muss gereinigt werden. Außerdem bist du ganz schmutzig. Sieh dich an, voller Dreck, Staub und Schweiß.« Er deutete auf die dunklen Flecken unter ihren Achseln. »Du musst unbedingt duschen. Danach wird es dir sicherlich besser gehen.«

Larissa starrte ihn fassungslos an. Duschen? Wenn sie etwas musste, dann raus aus diesem Keller und ab in die Freiheit. »Ich will nicht«, wisperte sie.

»Es ist eine Frage der Höflichkeit«, entgegnete Henning. »Nicht des Wollens. Wenn man irgendwo zu Besuch ist, dann sauber und ordentlich. Außerdem will ich nicht, dass sich deine Wunde entzündet. Du musst sie reinigen.«

Larissa wandte den Blick ab und starrte gen Boden, das Gewicht der Kette hing schwer an ihrem Hals.

»Komm, gehen wir es an. Ich mache dich mal los.«

Die letzten Worte ließen sie aufsehen. Ihr Herz klopfte im Anflug einer jähen Hoffnung. Würde er ihre Kette lösen? Sie biss sich auf die Lippe. Womöglich konnte sie diesen Moment zur Flucht nutzen.

Henning stellte Stuhl und Karton beiseite und kramte in seiner Hosentasche. Er zog einen klobigen Schlüsselbund hervor. Zahllose Schlüssel und Anhänger baumelten daran. Unter leisem Klimpern fand er schließlich den, den er gesucht hatte, und machte sich am Türschloss der Zelle zu schaffen. Rohan, der das Geschehen noch immer stur beobachtete, wedelte in freudiger Erwartung mit dem Schwanz. Es klickte und die Tür schwang quietschend auf.

Sofort sprang der Rottweiler los, preschte durch den breiter werdenden Spalt und direkt auf Larissa zu. Sie schrie und wich zurück, als das muskulöse Ungetüm nur wenige Zentimeter vor ihr zum Stehen kam und aggressiv knurrte.

Henning lachte schallend auf und betrat seinerseits die Zelle. »Er ist so aufgeregt«, jubilierte er, tätschelte dem Vieh den Kopf und schenkte Larissa ein Lächeln. »Kann sich kaum im Zaum halten.«

Ihr Herz schlug schmerzhaft schnell. Sie robbte verzweifelt rückwärts, doch der Hund wahrte den Abstand. Speicheltropfend starrte er sie an, die pure Mordlust in den Augen. So jäh, wie die Hoffnung auf eine baldige Flucht aufgekommen war, so rasch verebbte sie wieder. Rohan würde sie niemals entkommen lassen. Die Lage war aussichtslos.

Henning hantierte unterdessen an Larissas Fesseln herum. Er öffnete das Schloss der Wandhalterung und wickelte sich das Ende der Kette doppelt um die rechte Hand. »Na dann, steh auf«, flötete er gut gelaunt. »Die Dusche ist auf der anderen Seite des Kellers.«

Sie starrte ihn mit aufgerissenen Augen an, unfähig, sich zu bewegen. Die Angst lähmte sie, klebte sie an den kalten Boden. Scham stieg in ihr auf, als sie realisierte, dass die Kette als eine Art Leine diente. Eine Leine, an der sie hing wie ein gepeinigter Hund.

»Steh *bitte* auf«, wiederholte Henning scharf. Sein Lächeln schwand sekündlich, während das Grau seiner Augen kälter wurde. Als sie sich auch weiterhin nicht rührte, zuckte ein Schatten über sein Gesicht. Ohne Vorwarnung riss er die Hand zurück, wodurch Larissa ruckartig nach vorn gezogen wurde. Das Metall um ihren Hals grub sich tief in ihre Haut. Sie kippte vornüber und musste sich abstützen, um nicht mit dem Kopf aufzuschlagen. Kaum sah sie auf, entfuhr ihr ein erschrockenes Quieken. Rohans Schnauze befand sich nur wenige Zentimeter vor ihrem Gesicht. Sein Speichel war dickflüssig und roch nach altem Fleisch und Trockenfutter. Sie spürte die Wärme, die von dem Biest ausging.

Plötzlich nahm der Zug an ihrem Hals zu. Ihr Peiniger zerrte ungeduldig an der Leine. »Auf!«

Vor Angst schlotternd drückte sie sich hoch. Ihre Knie schmerzten, die Beinmuskulatur brannte, schließlich stand sie aufrecht da. Schützend schlang sie die Arme um ihren Oberkörper.

»Gut. Warum nicht gleich so?«

Das Zittern in Hennings Stimme verriet, dass er angestrengt versuchte, seine Wut zu kontrollieren. »Lass uns gehen.«

6.

Sie verließen den Zellenraum und betraten einen Gang. Er war kalt, roch muffig, und an den Wänden und der Decke hingen fleckige Schalhölzer. Einen Teppich gab es nicht, nur nackten Beton, der im Flackerlicht der Lampen feucht schimmerte. Vergilbte Bilder, mal zeigten sie Containerschiffe, mal alte Autos, hingen schief in Metallrahmen an den Wänden.

Larissa ging voraus, dicht gefolgt von Rohan, der sie nicht aus den Augen ließ. Henning führte die Kette in einem Abstand von knapp zwei Metern und summte einen Song. Offenbar war er bemüht, seine gute Laune zurückzugewinnen. »Etwas schneller«, dirigierte er ruhig und Larissa folgte dem Kommando. Verschlossene Türen ließen insgesamt fünf Räume in dem Keller vermuten. Am Ende des Ganges führte eine hölzerne Treppe hinauf zu einer schweren Eisentür.

»Am Ende links«, lenkte der Fleischer, und sie kam kurz darauf an einer Tür zum Stehen. »Öffne sie.«

Sie drückte die Klinke hinunter. Angespannt ob all der Vorstellungen, was dahinter auf sie wartete, schob sie die Tür auf. Sofort drang ihr ein aggressiv riechender, chemischer Duft in die Nase. Dunkelheit empfing sie. Sie spürte, wie sich Rohan an ihrem Bein vorbei ins Innere drängte. Das Trippeln seiner Krallen entfernte sich rasch und verstummte.

Larissa erschrak, als Henning ihr ins Ohr hauchte: »Du musst schon das Licht anmachen, sonst siehst du nichts.« In seiner Stimme lag Belustigung.

Sie ahnte Schlimmes. Zögernd tastete sie nach einem Schalter. Im nächsten Augenblick erhellte grelles Licht den Raum und warf seinen Schein auf einen auf Hochglanz polierten Operationstisch.

Ihr Herz setzte aus, sie wich erschrocken einen Schritt zurück und stieß gegen ihren Entführer. Dieser gluckste amüsiert, während sie sich angeekelt schüttelte. Mit aufgerissenen Augen betrachtete sie die braunen Lederriemen, die seitlich am Tisch herabhingen. Würde er sie auf dieses Ding schnallen?

Er legte eine Hand auf ihre Schulter und mit sanftem Druck bedeutete er ihr, den Raum zu betreten. »Willkommen im Waschraum«, verkündete er, drängte sich an ihr vorbei und zog sie an der Kette mit. »Wobei ich zugeben muss, dass dieser Raum mittlerweile nicht mehr für Wäsche und dergleichen gedacht ist.«

Larissa stolperte hinein und musste sich am Tisch abstützen. Vom Metall ging eine Eiseskälte aus. Schockiert sah sie sich um.

An der Wandseite der Eingangstür stand ein Arbeitstisch aus Edelstahl, auf dessen Oberfläche ein altes Radio mit ausgeschlagenen Ecken und Rissen im Gehäuse ruhte. Henning ging zu dem Gerät und schaltete es an. Eine blecherne Radiostimme zerschnitt die angespannte Stille. Neben dem Tisch stapelten sich Kunststoffkanister, gefüllt mit milchigen und klaren Flüssigkeiten.

Gegenüber befand sich eine weiße Badewanne, rechts daneben in der Raumecke eine Duschwanne. Sie besaß keinerlei Trennwände, lediglich einen breiten Duschkopf, der an der Decke befestigt und ordentlich angelaufen war.

Von dort aus führte ein Kupferrohr an der Wand hinab zu einer Ansammlung von Stellrädern, die mit unterschiedlichen Farben gekennzeichnet waren.

Henning, der ihren Blick bemerkte, verzog die Lippen zu einem gierigen Grinsen, bei dessen Anblick ihr das Herz in die Hose rutschte.

»Da wären wir«, hauchte er voller Vorfreude. »Betrete die Dusche. Es wird Zeit.«

Um seine Worte zu unterstreichen, kniff er sich theatralisch die Nase zu und fächerte sich mit der freien Hand Luft zu.

Alles an ihr sträubte sich, doch sie wusste, dass sie keine Wahl hatte. Unter seinen und Rohans wachsamen Augen betrat sie die Duschwanne, die leise unter ihrem Gewicht knackte. Das Radio plärrte unaufhörlich, die Kälte war allgegenwärtig.

Henning trat auf sie zu. Für einen kurzen Moment dachte sie, er würde ihr die Klamotten vom Leib reißen, doch dann griff er an ihr vorbei und befestigte ihre Eisenleine an einem Haltebolzen in der gefliesten Wand, sodass ihr lediglich ein Bewegungsraum von etwa einem halben Meter blieb. Den Rest der Kette warf er in einen schmalen Plastikeimer, der unter dem Bolzen an der Wand fixiert war.

Larissa blickte nach oben. Genau über ihr prangte der Duschkopf, an dem vereinzelte Wassertropfen glitzerten. Sie bewegte ihren Kopf, doch hielt die Kette sie an Ort und Stelle. Selbst wenn sie ihre gesamte Kraft aufwenden würde, könnte sie dem Wasser nicht entkommen.

Unterdessen hatte Henning den Raum verlassen. Seine Schritte entfernten sich langsam und verstummten dann.

Plötzlich hörte sie seine Stimme. Der Fleischer schien sich mit jemandem zu unterhalten. Gab es in diesem verdammten Keller etwa noch eine zweite Person, vor der sie sich fürchten musste?

Die undeutlichen Gesprächsfetzen klangen erregt, freudig. Als würde ein Kind seiner Mutter von einem neuen Spielzeug erzählen. Nur, dass niemand antwortete.

Das Gespräch verstummte, stattdessen erklang ein Quietschen, das rasch näher kam. Als Henning durch die Tür trat, schob er das mit einem Tuch verdeckte Etwas vor sich her. Unter dem beigefarbenen Stoff klapperte es hohl, als schlügen trockene Bambusröhrchen aneinander.

Kommentarlos stellte er das Ding neben den Operationstisch, tätschelte es und trat dann auf Larissa zu. »Zieh dich aus«, riss seine Bassstimme sie aus ihren Gedanken.

Erschrocken sah sie ihm in die Augen, die so voller Kälte waren. Ihre Lippen zitterten, sämtliche Farbe wich aus ihrem Gesicht.

»Duschst du etwa mit Klamotten? Ausziehen!«

Sie rührte sich nicht. Sie würde sich nie wieder rühren können. Niemals könnte sie vor ihm ihre Kleidung abstreifen.

»Nein, bitte«, flehte sie und ballte angespannt die Hände zu Fäusten.

Ein nervöses Zucken huschte über sein Gesicht. Es erinnerte sie an die Situation in der Zelle, kurz bevor er laut geworden war.

»Ich möchte mich nicht ständig wiederholen. Zieh dich aus!«

»Ich will nicht ...«

»Was du willst, spielt hier keine Rolle, du ungezogenes Ding!« Das Donnern seiner Stimme fuhr ihr durch Mark und Bein. »Ich sagte bereits, dass es ein Gebot der Höflichkeit ist, sich zu reinigen, bevor man jemanden besucht.«

Sie wich ein paar Zentimeter vor ihm zurück. Die Aura der Wut erdrückte sie, panische Angst keimte in ihr auf. Rohan, der die angespannte Stimmung seines Herren spürte, knurrte und zog die Lefzen zurück.

»Ich ... kann nicht«, winselte Larissa. Sie sah ihm direkt in die Augen, flehte mit Blicken. Doch das gefühllose Eis, welches ihr gegenüberstand, zeigte keine Gnade.

»Zwing mich nicht, dich zu bestrafen!«

Sie wollte ihre Beine bewegen, aber sie war wie angewurzelt. Konnte jeden ihrer Herzschläge spüren, wie sie durch ihren Körper hämmerten.

Es vergingen endlose Sekunden, bevor Henning den Blick von ihr abwandte. »Rohan, stell!«, befahl er dem Tier und wies mit seiner bandagierten Hand in ihre Richtung. Der Rottweiler schoss vor, bellte ohrenbetäubend und stellte sich auf die Hinterpfoten, während die vorderen auf ihrer Brust landeten. Sie wich kreischend zurück, kam jedoch nicht weit, da ihr der Ring um ihren Hals alsbald die Luft abschnitt. Der Hund kratzte ihr unterdessen über Top und Gürtelschnalle. Heißer Speichel prasselte auf ihr Gesicht, vermischte sich mit salzigen Tränen. Das Bellen klingelte in ihren Ohren.

»Rohan, stopp!«

Knurrend ließ das Biest von ihr ab, wandte sich um und verließ die Duschwanne. Folgsam setzte es sich neben sein Herrchen, die gefährlich blitzenden Augen unablässig auf sie gerichtet, und leckte sich gierig die Lefzen.

Larissa zitterte am ganzen Leib, doch sie hatte verstanden. Sie hatte keine Wahl.

Mit glühenden Wangen öffnete sie ihren Gürtel. Ihm folgten der Knopf der Jeans und der Reißverschluss darunter. Wieder sah sie auf, suchte nach Mitgefühl im Gesicht des Peinigers. Doch er nickte nur auffordernd.

Wimmernd zog sie die Jeans herunter, entblößte dünne, hellhäutige Beine und rote Unterwäsche.

»Hübsch«, kommentierte Henning. Seine Stimme hatte sich beruhigt. »Ich mag Pantys.«

Es kostete ihr viel Mühe, sich erst die Chucks, dann die Jeans von den Füßen zu streifen. Da die Kette ihre Bewegungsfreiheit stark einschränkte, musste sie mit den Füßen strampeln, um die letzten Zentimeter der Hose abzustreifen. Kaum hatte sie es geschafft, griff er danach und hielt sich den Stoff der Hose vors Gesicht.

»Schön warm«, schwärmte er, schloss die Augen und roch an dem Kleidungsstück, während Larissa ihn fassungslos anstarrte. Noch nie zuvor hatte sie einen solchen Ekel empfunden. Ihr Magen rebellierte. »Sie riecht eindeutig nach dir. Doch nun fahre fort. Wir haben nicht ewig Zeit.«

»Kann ich ... nicht alleine duschen?«, fragte Larissa mit krächzender Stimme ohne große Hoffnung auf Erfolg. Sie wollte es wenigstens versuchen. »Ich beeile mich auch. Versprochen!«

Henning lachte auf. »Willst du mich um meinen verdienten Lohn bringen? Ich bin auch nur ein Mann. Ich beobachte dich seit Ewigkeiten und wünsche mir so lange, dass du mich endlich besuchen kommst. Da lasse ich mir diesen Striptease doch nicht nehmen!«

»Aber ...«

»Kein Aber. Mach weiter, oder soll Rohan dafür sorgen, dass du motivierter bist, mir zu gehorchen?«

»Nein«, wisperte sie. Unter größter Anstrengung schaffte sie es unter dem Klimpern der Kette, sich so zu verrenken, dass sie ihre Socken ausziehen konnte. Jeden Handgriff führte sie so langsam wie möglich aus, um das Bevorstehende hinauszuzögern. Sie hoffte, *betete*, dass irgendein Wunder geschehen würde. Dass ihr jemand zur Rettung eilte, dass sie nicht nackt vor ihm stehen musste. Doch die Zeit spielte gegen sie und nichts geschah.

»Das Top«, forderte Henning.

Larissa hielt inne. »Wie soll ich es ausziehen?«, fragte sie und befasste den Stahlring um ihren Hals. »Die Kette ...«

»Kein Problem«, antwortete der Fleischer und griff um sie herum in den Plastikeimer, aus dem er eine Stoffschere hervorzog. »Aufschneiden!«

Sie nahm die Schere, wobei sich für einen kurzen Moment die Hände der beiden berührten. Während sich auf seinen Lippen ein Lächeln ausbreitete, zuckte Larissa angewidert zurück. Sie schaffte es nur mit größter Mühe, ihre Miene unter Kontrolle zu behalten und nicht an seine feuchtwarme Haut zu denken. Zögernd setzte sie die Schere am Saum des Stoffes an und schnitt. Als das Oberteil durchtrennt war, streifte sie es sich wie ein Hemd von den Schultern.

Lüstern begaffte Henning ihren Körper. Sein Blick glitt über ihren flachen Bauch und ihre schmale Taille bis hoch zu ihrem rötlichen, etwas ausgeblichenen BH.

»Weiter«, hauchte er, in seiner Stimme eine leichte Vibration.

Larissa drehte sich von ihm weg, griff nach dem Verschluss des Halters und öffnete ihn.

»Fallen lassen!«, forderte der Fleischer. Sie kam dem nach und ließ den Stoff los. Schützend hielt sie sich einen Arm vor die entblößten Brüste. »Umdrehen!«

Zögerlich folgte sie seinem Befehl. Er hatte sie gebrochen. Er und die Angst vor Rohan, seinem vor Speichel triefenden Begleiter.

»Und nun den Rest.«

Eine Träne tropfte ihr vom Kinn, als sie sich bückte und den Schlüpfer hinunterzog. Er glitt an ihren Beinen hinab und wurde alsbald von Henning aufgelesen. Mit der freien Hand verdeckte sie ihre Scham, wandte den Blick ab. Sie hörte, wie er den Geruch des Stoffes einsog, und kniff fest die Augen zu. Sie versuchte eisern, sich auf den Klang des Radios zu konzentrieren und zu vergessen, was vor ihr – *mit ihr* - geschah. Doch es gelang ihr nicht.

Plötzlich hörte sie Schritte. Henning verschwand für einen Augenblick, kehrte aber schnell mit der Kiste zurück, in der schon ihre Schlüssel lagen, und packte die Kleidung dazu. Er stellte den Karton auf den Arbeitstisch und wandte sich Larissa zu. Mit einem nachsichtigen Lächeln trat er an sie heran. »War es so schwer?«

Sie antwortete mit einem finsteren Blick und donnerndem Herzen.

Er bleckte die Zähne. »Zeig mal, was du hast!«

Larissa wusste genau, was er meinte. Und doch ließ sie die Hände nicht sinken.

»Muss ich wieder ...?« Er nickte in Richtung Rohan.

Sie keuchte, rang mit sich, aber gab schließlich die Sicht auf ihre intimsten Körperteile frei. Ihr Gesicht brannte vor Scham.

Henning grinste diabolisch, verschlang sie mit seinen Augen, ließ sich dabei unendlich viel Zeit.

Dann kam das Wasser.

7.

Larissa schrie erschrocken auf. Es war eiskalt. Unter Hennings dröhnendem Gelächter und der beißenden Kälte bekam sie Schnappatmung. Verzweifelt versuchte sie, dem Wasser zu entkommen, kämpfte vergeblich gegen die eiserne Kette, die sie an Ort und Stelle hielt. Ihre Lungen zogen sich zusammen, ihr Herz setzte einen Schlag aus.

»Ups, mein Fehler!«, kicherte der Fleischer mit einem ekelhaften Grinsen im Gesicht, drehte an einem der Regler. »War wohl etwas kalt, ja?«

Larissa überkreuzte die Arme zitternd vor der Brust und wartete mit gesenktem Kopf und zusammengekniffenen Lidern sehnsüchtig darauf, dass die Eiseskälte nachließ, dass alles nachließ. Es fiel ihr unendlich schwer, vernünftig zu atmen, während ihre Zähne klappernd aufeinanderschlugen. Wie weggeblasen waren die Scham, der Ekel vor seinen Blicken. Es zählte nur die Kälte, die durch ihre Haut drang wie Nadelstiche.

Mit größter Mühe schaffte sie es, den Kopf zu heben und ihren Peiniger anzusehen. Er beobachtete das Geschehen mit großem Genuss. Eine unbändige Gier lag in dem Grau seiner Augen, die über ihren Körper wanderten und jede Stelle erkundeten. Während Hennings rechte Hand lässig in der Hosentasche ruhte, lag die linke noch immer auf dem Regler und führte leichte Korrekturen durch. Dabei summte er ein Lied, das sie unter dem Rauschen des Wassers nicht erkannte.

»Jetzt müsste es passen.«

Tatsächlich wurde es wärmer, zwar sehr langsam, aber stetig. Larissas Atmung erholte sich, ihr Herzschlag kehrte zu seinem normalen Rhythmus zurück.

»Ist es der Dame recht?«, fragte er süffisant.

Sie antwortete nicht, konnte keine Worte für das finden, was passierte.

Henning ging unterdessen zum Arbeitstisch und holte sich einen Stuhl. Er platzierte ihn direkt vor Larissa, gerade weit genug vom Duschbereich entfernt, um nicht vom Spritzwasser getroffen zu werden. Dann setzte er sich, verschränkte die Arme und genoss die Show.

Unter seinen bohrenden Blicken kehrte augenblicklich das Gefühl der Scham zurück. Larissa drehte sich um, weg von diesem Monster. Sie wusste, dass sie ihm dadurch ihre nackte Rückseite präsentierte, doch das war ihr lieber, als dass er sie von vorn begaffte. Sie wollte ihn nicht ansehen. Wollte nicht die Gier in seinen Augen lesen, die ihr Körper in ihm weckte. Sie hoffte inständig, dass es bei seinen Blicken blieb, dass er sie nicht anfassen würde, dass er nicht Unaussprechliches mit ihr vorhatte.

»Vom blöde Rumstehen wird man nicht sauber. Du musst schon einen Schwamm benutzen.«

Larissa zögerte einen Moment, sah sich träge um. »Ich habe keinen Schwamm.«

Ihrer Stimme fehlte die Kraft, und doch schien er sie verstanden zu haben.

»Du hast so recht, Rissa! Wie dumm von mir.« Mit diesen Worten erhob er sich, durchquerte abermals den Raum und zog eine Schublade auf, aus der er einen gelben Plastikbeutel hervorholte.

»Ich war einkaufen«, sagte er stolz und schüttelte den gut befüllten Beutel. Mit einem gewinnenden Lächeln zog er ein grünes Shampoo hervor. »Hier, sieh. Dein Lieblingsshampoo. *Grüner Apfel.*«

Larissa starrte fassungslos auf die Verpackung. Woher wusste er das? Es war tatsächlich ihr liebstes Shampoo. Der Duft hatte sie immer an fröhliche Kindheitstage und den Apfelbaum ihres Vaters erinnert.

»Und die dazugehörige Spülung.« Er präsentierte eine weitere Flasche. »Ich möchte dir ein guter Gastgeber sein. Und als solcher freut es mich, wenn ich dir Dinge bereitstellen darf, die du magst. Ich habe dich beim Einkaufen beobachtet und alles niedergeschrieben.«

Der Schock saß tief. Nicht nur, dass er sie auf dem Nachhauseweg verfolgt hatte, er war ihr auch beim Einkaufen auf den Fersen gewesen. Dieser Mann, so kräftig gebaut, mit einem auffälligen Vollbart und donnernder Stimme, hatte sich vor ihr versteckt, verborgen, unsichtbar gemacht. Und sie Trampel, naives Ding, hatte ihn nie bemerkt. Wütend auf sich selbst verzog sie die Augenbrauen.

»Greif schon zu«, forderte er sie auf und hielt ihr die Duschutensilien hin. »Du kannst sie erst mal in den Ketteneimer legen.«

Widerwillig kam sie seinem Befehl nach, denn sie hatte gelernt, dass eine Weigerung ihrerseits unausweichlich einen Wutausbruch seinerseits provozieren würde.

»Einen Schwamm habe ich natürlich auch besorgt.« Er überreichte ihn ihr. »Brauchst du noch einen Rasierer?« In seiner Hand hielt er einen einzelnen Einwegrasierer, pink, wie Larissa ihn zu Hause benutzte.

Sie schüttelte den Kopf, worauf sein Blick zu ihrer Scham glitt.

»Du hast recht«, stimmte er ihr zu und lachte. »Du bist ja schon glatt.«

Mit errötetem Gesicht wandte sie sich ab. *Dieses gaffende Schwein*, fluchte sie innerlich und ballte die Hände zu Fäusten.

Doch er war noch nicht fertig, präsentierte ihr das Deodorant, das sie häufig nutzte. »Und hier noch etwas für gewisse ... Momente.« Er hielt eine türkise Pappverpackung hoch. »Tampons habe ich auch besorgt. Du weißt schon, wenn es mal wieder so weit ist. Extra saugstark.«

Sie starrte ihn entsetzt an. Ihr Gesicht brannte, während er hingegen kindlich grinste.

»Ich weiß viel über dich, nur deinen Regelplan kenne ich nicht. Sag Bescheid, wenn du sie brauchst.« Zufrieden ließ er sich wieder auf dem Stuhl nieder, stellte die Tampons neben sich auf den Boden. »Schwamm und Shampoo hast du bekommen. Also benutze sie auch.«

Larissa schwieg, sah ihn nicht an. Sie hielt still, bewegte sich nicht, ertrug das Wasser und hoffte, dass dieser schreckliche Moment bald endete und dem Fleischer Gucken genügen würde. Wut und Angst kämpften in ihr, rangen mit der Fassungslosigkeit. Sie begriff nicht, warum ausgerechnet ihr all das passierte. Sehnlichst wünschte sie sich, dass dieser Keller und alles darin nur ein furchtbarer Traum waren.

»Rissa!«, fuhr er sie an. Sie schloss die Augen beim Klang dieses Namens. »Ich habe dir etwas gesagt!«

Sie ignorierte ihn. Liter um Liter rannen an ihr herab, ließen die Haut allmählich runzelig werden.

»Du bist ein undankbarer Mensch!«

Larissa schüttelte kaum merklich den Kopf. Undankbar?

»Und als Gast eine Katastrophe. Ich habe mir so viel Mühe gegeben. Habe dir dein Lieblingsshampoo besorgt. Und Tampons. Weißt du eigentlich, wie behämmert *Mann* sich dabei fühlt, wenn er diese Dinger kauft? Du könntest wenigstens Danke sagen.«

Sie wusste, dass sie ihn provozierte, doch schaffte sie es nicht, sich dazu durchzuringen, sein Spiel zu spielen.

Ein Scheppern erklang, und im nächsten Augenblick packte er sie am Arm. Larissa riss die Augen auf, sah ihn angsterfüllt an. Sein Griff war kräftig und schmerzte. Er zog sie zu sich heran, sodass ihr Kopf durch die Kette schmerzhaft zur Seite gerissen wurde. Wimmernd verzog sie das Gesicht und keuchte, legte ihre Hände auf das unnachgiebige Metall.

»Ich hasse Undank«, zischte Henning. Seine Stimme vibrierte. Von Rohan kam ein dumpfes Grollen. »Muss ich dich bestrafen?«

»Bitte«, winselte Larissa schmerzerfüllt. »Hör auf. Lass ... mich ...«

Er ließ sie los, trat zu den Stellrädern. »Deine letzte Chance.« Seine Augen bohrten sich in ihre.

Sie rang mit sich. Stolz kämpfte mit Angst. Aber es hatte keinen Zweck. Sie musste es tun. »Danke«, wisperte sie mit gesenktem Blick.

»Danke wofür?«

Sie atmete durch. »Danke für das Shampoo.«

»Und?«

Sie wusste, was er hören wollte. »... und die Tampons.«

»Geht doch«, gab er zurück. Seine Züge hatten sich entspannt, dennoch legte er eine Hand auf den Temperaturregler.

»Bitte nicht wieder kalt stellen«, flehte sie.

Er lachte schallend. »Du hast dich zwar bedankt, aber nur mit Gewaltandrohung. In Zukunft muss es von dir aus kommen, ohne dass ich dich dazu auffordere. Damit du das nicht vergisst, erteile ich dir eine Lektion! Keine Sorge, es wird nicht kalt.«

Es dauerte einige Sekunden, bis sich die Temperatur veränderte. Er hielt sein Wort, es wurde nicht kalt. Es wurde warm. Wärmer. *Heiß.*

Larissa schrie, Rohan bellte, Henning lachte.

Mit geröteter Haut und klatschnass verließ Larissa den Waschraum. Sie wimmerte, während die Kette leise rasselte und ihre tropfenden Haarsträhnen im Rhythmus der Schritte hin und her schwangen. Henning und der Hund folgten ihr mit kurzem Abstand. Der kalte Beton brannte unter ihren Füßen, und sie hinterließ feuchte Abdrücke, die mit jedem Schritt schwächer wurden. Als sie im Zellenraum ankamen, war sie beinahe froh, wieder eingesperrt zu werden. So war sie dem Fleischer und seiner Töle zumindest nicht länger physisch ausgeliefert. Hätte er ihr doch nur etwas zum Abtrocknen gegeben. Oder zum Anziehen. Ihr war trotz der heißen Dusche so unendlich kalt.

Henning führte sie in die Zelle und befestigte die Kette wieder über der Heizung. Dann ließ er sie stehen, nackt und weinend. Die Zellentür fiel scheppernd ins Schloss und wurde umgehend verriegelt. Einen flüchtigen Moment lang hoffte sie, er würde sie diesmal wirklich allein lassen, doch kaum hatte er den Zellenraum verlassen, kehrte er auch schon zurück. Henning brachte einen Kunststoffeimer mit, den er neben sich auf den Boden stellte. Zudem trug er ein Bündel frischer Wäsche.

»So kannst du nicht bleiben«, erklärte er und hielt ihr nacheinander die verschiedenen Kleidungsstücke vor das Gitter. Es handelte sich um leichte Stoffwäsche, einfarbig beige und deutlich zu groß, der Kleidung von Gefängnisinsassen nicht unähnlich.

Sie starrte ihn ausdruckslos an, sparte sich die vergebliche Mühe, ihre Nacktheit vor ihm zu verbergen.

»Es ist bitterlich kalt hier unten. Man würde meinen, es wäre Winter, ja?« Er lächelte sie tröstend an. »Los komm, hol dir die Sachen.«

Träge setzte sich Larissa in Bewegung, streckte ihren Arm aus und wollte nach den Stoffen greifen, da ließ er sie fallen. Sie landeten direkt in dem mit Wasser gefüllten Eimer.

»Upsi!« Er lachte schallend auf, wurde dann aber schlagartig ernst. »Wenn du noch einmal so ungehorsam bist wie vorhin unter der Dusche, lernst du mich richtig kennen!« In seiner Stimme lag nichts Menschliches, im Gegenteil. Der Fleischer war ein Sadist, verdorben und absolut böse.

Sprachlos starrte sie in den Eimer, wo sich die Kleidung vollständig mit Wasser vollgesogen hatte.

Mit einem erhabenen Grinsen reichte er ihr die triefenden Stoffe. »Anziehen«, verlangte er ruhig, beinahe flüsternd.

Sie hatte keine Wahl. Sie durfte ihn nicht abermals provozieren. Kommentarlos versuchte sie sich zuerst an der Hose. Es war schwer, die pitschnassen Stoffschichten zu trennen, um einen Fuß durch das Hosenbein zu bekommen. Sofort drang die Kälte des Wassers an ihre Haut und hinterließ feine Stiche. Es dauert lange, bis sie die Hose vollständig angezogen hatte, und als sie es endlich geschafft hatte, hing sie schwer und tropfend auf ihren Hüften. Nach kurzer Zeit bildete sich eine Pfütze zu ihren Füßen.

»Weiter«, raunte der Fleischer.

Larissa hob das Oberteil auf. Ein letztes Mal hielt sie inne, sah ihm direkt in die Augen. Ein dicker Kloß verstopfte ihren Hals und sie schniefte. »Bitte«, hauchte sie, versuchte so viel Schmerz wie möglich in ihre Stimme zu legen. Doch das Grau in seinen Augen, hart wie Stahl, war Antwort genug.

Als sie schließlich die triefenden Klamotten angelegt und die Knöpfe des Oberteils zugeknöpft hatte, nickte er zufrieden. Er wandte sich von ihr ab, schritt am Gitter entlang und steckte seine Hand zwischen den Stäben hindurch. Mit einem Ruck zog er die Decke vom Bett. »Die nehme ich mit«, zischte er und verließ mit einem strengen Pfiff den Raum. Rohan folgte ihm, dann fiel die Tür ins Schloss.

Larissa war allein, stand vor Kälte zitternd und mit klebend nasser Kleidung inmitten ihres Gefängnisses und lauschte den Schritten, die sich allmählich entfernten und mit dem Knall einer Tür verstummten.

8.

Henning gähnte herzhaft. Der Motor seines Autos erstarb mit einem Stottern. Er stieg aus, streckte sich und genoss für einen Moment die Stille. Schlurfend betrat er anschließend das Haus, ging in die Küche und öffnete den Kühlschrank. Er nahm ein Feierabendbier heraus, schlug die Tür zu und hebelte den Kronkorken mit einer Schere ab. Das Bier lag angenehm kalt in der Hand, die von einem Verband umwickelt war. Er stöhnte genervt auf. Den hatte er ganz vergessen. Seufzend stellte er die Flasche ab. Vorsichtig entfernte er Lage um Lage des Gewebes, bis eine nässende Bisswunde zum Vorschein kam. Ein seltsamer Geruch breitete sich aus, eine Mischung aus Wundsalbe und altem Blut. Es brannte etwas, als die Raumluft auf die Verletzung traf. Tapfer spülte er die Hand mit Leitungswasser ab und tupfte sie mit einem Küchentuch trocken.

»Komm!«, befahl er Rohan, der sehnsüchtig den Kühlschrank beäugte.

Im Wohnzimmer angekommen, ließ er sich auf seinem Lieblingssessel nieder, legte die Beine auf einen Hocker und schloss einen Moment lang die Augen, bevor er endlich den ersten Schluck nahm. Das süffige Bier rann angenehm prickelnd seine Kehle hinab und kühlte die Spuren des bisher heißesten Tages des Jahres.

Er warf einen Blick zur Seite und sah aus dem Fenster, hinter dem sich die noch junge Nacht erstreckte. Bald würde es abkühlen, so hoffte er. Im aufgeheizten Wohnzimmer gab es zwar einen Ventilator, doch verbreitete dieser bei Betrieb einen unangenehmen Geruch, der an angeschmorte Kabel erinnerte und war aus diesem Grund stets ausgeschaltet. Eine Schweißperle lief an Hennings Schläfe herunter.

Auch der Rottweiler litt unter den Temperaturen. Rohan hatte sich in sein Körbchen gelegt, das direkt neben dem Fernseher stand. Er hechelte unablässig und machte nicht länger den Anschein, als stünde ihm der Sinn nach übermäßiger Bewegung. *Wer könnte es ihm verdenken?*, dachte Henning und nahm einen weiteren Schluck. Vielleicht sollte er ihn heute Nacht im Keller schlafen lassen? Immerhin ist dieser selbst im Sommer erstaunlich kühl. *Ach was!*, bewertete er den Gedanken. *Da muss er jetzt einfach durch!*

Auch Hennings Tag war hart gewesen. Die Transportschienen, welche die zu zerlegenden Schweinehälften zu den Arbeitstischen fuhren, hatten sich an einer Weichenstellung verklemmt, und so waren er und seine Kollegen dazu gezwungen gewesen, die schweren Tiere mit Manneskraft zu tragen. Dieser Vorgang musste zügig vonstattengehen, da die Kühl- und Verarbeitungskette nicht unterbrochen werden durfte. Sie wuchteten die Hälften mit jeweils fünf Mann durch die Halle. Trotz aller Bemühungen und Überstunden gelang es ihnen nicht, das Tagesziel zu erreichen. Sie konnten nichts dafür, das wusste auch ihr Chef, und dennoch fühlte sich der Feierabend seltsam an. Als hätte man versagt, Erwartungen nicht erfüllt. Verfluchter Ehrgeiz. Was waren im Vergleich dazu Rohans Hitzeprobleme wert?

Der Fleischer nahm den nächsten Schluck und griff zur Fernbedienung, die auf dem Armpolster des Sessels lag. Er öffnete YouTube und startete einen Stream seiner Lieblingssendung.

»German Crime«, verkündete die raue Stimme des Erzählers. Nach einem kurzen Intro begann die Folge. *Endlich ist sie online*, dachte er glücklich und ließ sich tiefer in das Polster sinken. »Fritz Honka, einer der bekanntesten deutschen Serienmörder der Nachkriegszeit ...«, plapperte der Bericht mit dramatischer Hintergrundmusik und zeigte das Polizeifoto eines Mannes mit fliehender Stirn und schielenden Augen.

Lange hatte Henning auf diese Ausstrahlung warten müssen. Obwohl er die Geschichte des in Leipzig geborenen und in Hamburg zum Mörder gewordenen Mannes auswendig kannte, so hoffte er auf neues, ihm unbekanntes Bildmaterial. Doch zuerst wurden die ihm gewohnten Fotos der Frauen gezeigt, die allesamt aus dem Hamburger Trinkermilieu stammten und sich Fritz als Prostitutionsobjekte angeboten hatten. Die wenigen Tatortfotos, die über den Bildschirm flimmerten, waren zu Hennings Enttäuschung zensiert. Wütend ballte er die Hände zu Fäusten. Wozu zum Teufel war die Sendung mit *FSK ab 18* gekennzeichnet worden, wenn es keine dementsprechenden Bilder gab? Grobe Pixel verbargen die toten Körper der Frauen. Nur mit Fantasie waren genaue Konturen und Kleidungsstücke zu erkennen.

Frustriert leerte Henning die Flasche und stellte sie neben dem Sessel ab. Er hatte sich doch so gefreut. Hatte den Erscheinungsbildern der angeschwollenen Gliedmaßen entgegengefiebert, den blutigen Schnitten und Würgemalen. Deutlich sah er die aufgedunsenen Gesichter der Leichen vor sich, die mal mit offenen, mal mit geschlossenen Augen dalagen. Henning erinnerte sich, dass er schon als Teenager Berichte über Fritz Honka gelesen und im Fernsehen verfolgt hatte. Damals hätte er nie zu träumen gewagt, dass er selbst einmal auf den Spuren des Serienmörders wandeln würde, dass er selbst eines Tages töten würde. Doch so spielte das Leben. Manchmal schlug man eben außergewöhnliche Wege ein.

Er hatte sich schon immer für den Tod interessiert. War es zu Anfang reine Neugier, gespickt mit Mitgefühl, Fassungslosigkeit und Sensationsgier, so wurde sein Denken mit der Zeit komplexer. Es veränderte sich fortlaufend. Als er fast sechzehn Jahre alt war, hatte seine Schulklasse einen Ausflug in ein Kriminalkommissariat gemacht. In einem unbeobachteten Moment war es ihm gelungen, eine achtlos abgelegte Mappe zu öffnen und die Fotos eines Busunfalls darin zu betrachten. Obwohl sie nur schwarz-weiß waren, so konnte er deutlich die Blutlachen erkennen, die sich um zwei Mädchen mit zerquetschten Köpfen gebildet hatten. Er erinnerte sich genau, wie sein Herz einst vor Entsetzen einen Satz gemacht hatte, dass es ihm den Magen umdrehte und Hitze in seiner Stirn brannte. Und obwohl er schockiert und angeekelt gewesen war, konnte er die Fotos nicht aus der Hand legen. Irgendetwas auf den Bildern hatte ihn gefangen, etwas tief Verborgenes geweckt.

Als er schließlich von einem Kommissar erwischt und lautstark gemaßregelt worden war, folgte eine einwöchige Schulsuspendierung. Die nächsten Tage hatte er mit Nachdenken verbracht. Zunächst schämte er sich. Aber nicht dafür, dass er die Fotos angesehen hatte, sondern dafür, dass er mehr davon sehen wollte. Die Art, wie die Mädchen im Tode lagen, mit ihren unnatürlich verdrehten Armen und Beinen, ließ ihn nicht los. Sie sahen aus wie echte Menschen und doch so anders. Leblos, kalt, wie abgenutzte und vergessene Puppen. *Ist es immer so?*, hatte er sich gefragt. Oder hatte der Tod verschiedene Gesichter?

Dem Internet sei Dank konnte er dieser Frage auf den Grund gehen. Es war nicht leicht gewesen, doch mit gewissen Kniffen trickste er die Zensurfilter der zu diesen Zeiten noch primitiven Suchmaschinen aus und erlangte Zugriff auf tausende Leichenfotos, Tatortberichte und Videos. Da war zum Beispiel eine weite, belgische Graswiese ohne besondere landschaftliche Erhebungen oder Details. Wäre sie nicht mit den Wrackteilen eines Passagierflugzeuges übersät gewesen, hätte sich niemand für sie interessiert. Doch da lagen sie: zerfetzte Leiber, Füße, die neben verkohlten Flugzeugteilen ruhten, Torsos, die zwischen Sitzen klemmten, Innereien, die sich um Kabel gewickelt hatten ...

Er sah sich Bild um Bild, Video um Video an. Fantasierte, dachte sich individuelle Geschichten zu jedem Opfer aus. Über die Monate und Jahre hinweg sammelten sich unzählbar viele Motive in seinem Kopf an. Keiner bekam es mit. Weder Freunde noch die Pflegeeltern, bei denen er lange Zeit gelebt hatte, ahnten etwas von seiner aufkeimenden Leidenschaft. Er war intelligent genug, ein ausgeklügeltes Schauspiel aufzuziehen. Sogar die Therapeuten, zu denen er aus Gründen, an die er sich nicht mehr erinnern konnte, regelmäßig geschickt wurde, vermochte er problemlos zu täuschen. Sie hielten ihn zwar für sonderbar, zwingend beobachtungswürdig, doch sagte keiner von ihnen voraus, was einmal aus ihm werden würde. Und so ging es immer weiter.

Dann war der Tag gekommen, an dem er die Snuff-Filme entdeckt hatte. Videos, echt und ungestellt, in denen Menschen auf brutalste Art und Weise gequält, vergewaltigt und schlussendlich getötet wurden. Seine Welt änderte sich schlagartig. Es war nicht das Sexuelle, was ihn an diesen Videos fesselte. Nein. Er war kein Triebtäter, kein Vergewaltiger. Er wurde von der Grausamkeit des Todes und der zugefügten Qualen angezogen.

Langsam keimte in ihm der Wunsch auf, selbst einmal in den Kreislauf des Lebens einzugreifen. Zu töten. Er wollte herausfinden, wie es war, wenn ein Mensch starb. Er musste es fühlen, richtig erleben. Auch das beste Video der Welt hätte ihm nicht die erhoffte Befriedigung verschaffen können. Er musste es selbst tun, die warme Haut des Opfers spüren, seinen Duft riechen, das Geräusch der verebbenden Atmung hören.

Doch er war kein Mörder und im Allgemeinen ein gesetzestreuer Mensch. Lange unterdrückte er mit aller Kraft das, was in ihm heranwuchs. Zwang sich, ein normales Leben zu führen. Bis er sie ins Auge fasste: Franziska, die Tochter seiner Pflegeeltern.

Sie hatte rotes, hüftlanges Haar, das stets wundervoll nach Blüten roch. Es glänzte, fiel glatt herab, und an besonderen Tagen hatte sie es zu einem komplizierten Zopf geflochten. Ihr junges Gesicht strahlte vor Lebensfreude. Sie war immer fröhlich, hilfsbereit und nett zu ihm gewesen. Im Nachhinein betrachtet, hatten diese Eigenschaften ihr Todesurteil unterschrieben. Er hatte sich in sie verliebt. Sie wurde der wichtigste Mensch in seinem Leben. Heimlich schmachtete er ihr nach, verfolgte fortan jeden ihrer Schritte, und das über Jahre. Verließ sie ihr Zimmer, war er immer in ihrer Nähe, und sie bemerkte es nur, wenn er es wollte.

Zunächst wusste er selber nicht, warum er ihr seine Liebe nicht gestand. Es wäre so einfach gewesen. Er brauchte lange, um zu verstehen, dass es keine normale Liebe war, die er für sie empfand. Nein, es war etwas anderes. Und dann, als seine Verwirrung lang genug angedauert hatte, kam ihm die Erkenntnis, so absurd und unerwartet: Sie würde sein erstes Projekt werden. Mit ihrer Hilfe würde er herausfinden, wie sich der Tod anfühlte, wie man ihn beeinflusste. Und er würde die Anatomie des menschlichen Körpers kennenlernen und erforschen. Konnte es etwas Intimeres geben?

»Fritz Honka erzielte ein ungewohntes, mediales Interesse«, erklärte der Erzähler und Henning wurde aus seinen Gedanken gerissen. Er wusste nicht, wie viel er von der Sendung verpasst hatte, und es war ihm egal. Neues würde er sowieso nicht erfahren. »Die Öffentlichkeit fiel in eine Schockstarre, als der Täter, ein Mann aus ihrer Mitte, schließlich per Zufall aufflog. Ganz Hamburg trauerte um die Frauen, die auf brutale Art und Weise unweit der berühmten Reeperbahn ermordet wurden.«

Auch Henning verspürte jähes Mitgefühl, doch galt es nicht den Opfern. Er lachte bei diesem Gedanken auf, sodass Rohan den Kopf hob. Wie absurd, die Beute zu betrauern! Seine Anteilnahme galt Fritz Honka, dem Mörder selbst. Er konnte sein Werk nie zu Ende bringen. War geschnappt, verurteilt und ins Gefängnis gesteckt worden, wo man ihn psychiatrisch betreute. Kurz nach seiner Freilassung war er unter falschem Namen in ein Altenheim gekommen, wo er Jahre später einsam verstarb. Ein wahrhaft unwürdiges Ende für einen Mann, der Großes geleistet hatte.

Henning schüttelte den Kopf. Er würde es besser machen. Er würde es öfter machen. Er würde viel größer als Honka werden.

Ein Schmunzeln huschte über sein Gesicht, als der Fernseher Trauerkerzen und weinende Menschen an Gräbern zeigte. Wie unnötig. Er stellte fest, dass die Sendung in eine unerträglich sentimentale Richtung abdriftete. Er griff nach der Fernbedienung und schloss die App.

Der Fleischer überlegte und wog ab, was er als Nächstes tun sollte. Herzhaft gähnend entschloss er sich, ins Bett zu gehen. Morgen wartete ein neuer Tag voller Aufgaben ... und er würde Larissa wiedersehen.

Bei dem Gedanken an die junge Frau, nur wenige Meter unter ihm, schwoll sein Herz an. Er sah auf die Kuckucksuhr zu seiner Linken und rechnete. Seit ihrer Dusche waren nunmehr elf Stunden vergangen. Sie musste mittlerweile vollkommen durchgefroren sein. Henning beglückwünschte sich im Stillen zu der harten Strafe, die er ihr aufgebrummt hatte. Sie würde ihn nie wieder vor den Kopf stoßen.

Was sie wohl gerade tat? Er musste es herausfinden.

Per Knopfdruck rief er das Menü des Fernsehers auf und stellte den Eingang auf HDMI 2 um. Sofort veränderte sich das Bild und gewährte einen Blick in die Zelle.

Da saß sie am rechten Bildschirmrand, zusammengekauert an der kalten Heizung, die Knie eng an den Körper gezogen. Sie starrte mit glasigen Augen ins Leere. Man könnte meinen, sie sei erfroren, doch ab und an bewegte sich einer der nackten Füße. Bei genauerer Betrachtung erkannte er sogar die Atmung der jungen Frau, das Heben und Senken ihrer Brust. Sie litt, quälte sich. Henning hätte in diesem Moment kaum glücklicher sein können.

Er nahm sein Smartphone zur Hand und öffnete die App zur Kamerasteuerung. Auf dem Display erschien dasselbe Bild wie auf dem Fernseher, nur dass in der unteren Ecke Pfeilsymbole aufleuchteten. Er berührte eines davon. Sofort bewegte sich die Kamera, sodass Larissa in der Bildmitte zentriert wurde. Sie blickte auf, hatte das Surren offensichtlich bemerkt. Ihm kam es vor, als sähe sie ihm direkt in die Augen. Dann senkte sie den Kopf und vergrub ihn in den Armen. Ein tolles Motiv. Er aktivierte eine Schaltfläche, und die App machte ein Foto.

9.

Die Nacht war quälend langsam und ohne eine einzige Sekunde Schlaf vergangen. Dabei fühlte sich Larissa so unendlich schwer, als wöge ihr Kopf samt Kette eine Tonne. Doch hatten ihr die Angst sowie die lähmende Kälte verboten, die Augen zu schließen. Später, als die Geräusche der Außenwelt vollkommen erstarben und es auch im Haus totenstill geworden war, kam der Hunger. Ihr Magen knurrte unaufhörlich, verkrampfte sich und protestierte mit voller Kraft gegen das, was ihm widerfuhr.

In unregelmäßigen Abständen war sie aufgestanden und hatte ihren steifen Körper unter dem Rasseln des Eisens zum Fenster geschleppt. Sie war auf den Heizkörper geklettert und hatte einen Blick nach draußen riskiert. Doch sie wagte kaum zu hoffen, irgendeinen Menschen auf sich aufmerksam machen zu können. Sie wusste noch nicht einmal, wo sie sich befand und ob es überhaupt Passanten in der Nähe gab. Auch hörte sie des Nachts keine Autos mehr, was bedeutete, dass sie abseits stark befahrener Wege gefangen war. Die zahlreichen Flugzeuge, die sie am Abend wahrgenommen hatte, waren verstummt. Nur der Mond zeigte sich ihr, warf weißes Licht auf die vereinzelten Wolken und die Blätter, die vor dem vergitterten Fenster lagen.

Dann war sie gefallen. Abgerutscht. Es war beim vierten oder fünften Mal passiert, als ihre tauben Füße den Halt verloren und vom Heizkörper glitten. Larissa fiel und landete unsanft auf der Seite. Es hatte laut geklatscht, sie hatte geschrien, sich aber augenblicklich den Mund zugehalten. Sie wollte ihren Peiniger nicht aufschrecken und verärgern. Angespannt hatte sie mit aufgerissenen Augen am Boden gelegen, hatte gewartet und gelauscht. Doch das über ihr liegende Haus war still geblieben, selbst die Kamera verharrte in ihrer Position. Kein tiefes Brüllen, kein Bellen oder Surren. Er hatte es nicht bemerkt. Oder doch? Zeichnete das Gerät, dessen rotes Licht unablässig blinkte, das Geschehen in der Zelle auf?

Der Schmerz in ihrer Hüfte verschwand schnell, mehr als ein blauer Fleck würde vermutlich nicht zurückbleiben. Dafür musste sie vermehrt niesen. Die kühle Luft nagte an ihr.

Sie robbte zurück und lehnte sich wieder gegen den Heizkörper. Die von dem Stahl ausgehende Kälte kümmerte Larissa schon lange nicht mehr. Die nasse, mittlerweile eher klamme Kleidung hatte ihren Körper dermaßen heruntergekühlt, dass sie den Temperaturunterschied kaum bemerkte. Selbst das Zittern und Klappern ihrer Zähne fiel ihr nicht mehr auf.

Sie war kurz davor gewesen, die Klamotten auszuziehen. Kälter würde es nicht mehr werden, im Gegenteil, womöglich würde sie sich sogar besser fühlen. Doch dadurch würde sie sich dem Fleischer abermals nackt präsentieren, immerhin hatte er sie durch die Kamera stets im Auge. Also harrte sie aus.

Die Zeit verging und Larissas Gedanken drifteten in alle erdenklichen Richtungen ab. Sie stellte sich viele Fragen. Warum war sie hier, was hatte er mit ihr vor? Als sie in der Dusche gestanden hatte, nackt und angekettet, war sie davon ausgegangen, dass er sie vergewaltigen würde. Und im Anschluss hätte er sie umgebracht und irgendwo verscharrt. Niemand hätte sie jemals gefunden. Doch nichts dergleichen war passiert. Sie lebte noch, war unangetastet. Aber wie lange würde es dabei bleiben? Wollte er sie zunächst mürbe machen, bevor er in seinem perversen Spiel die nächste Runde einleitete? Sie wusste nicht warum, doch beschlich sie das Gefühl, dass ihr künftiges Schicksal etwas mit dem zu tun hatte, was sich vor dem Zellengitter unter der Stoffabdeckung befand. Wieso war Henning sonst so erpicht darauf gewesen, dass sie danach fragte, was das Tuch verbarg?

Die Gefangene wurde mit zunehmender Zeit immer kreativer, was das mögliche Vorhaben des Mannes anging. Ohne dass sie es wollte, malte sie sich die schlimmsten Szenarien aus, dichtete die makabersten Enden ihres eigenen Lebens zusammen. *So bin ich immerhin auf alles vorbereitet,* dachte sie traurig und schluchzte. Dort, wo vor Stunden noch Tränen brannten, zeugten nun trockene Salzspuren von ihrer Hilflosigkeit. Es waren nicht nur die Tränen, die ihr versiegten. Larissa fühlte sich zunehmend ausgetrocknet. Was, wenn er ihr auch am Morgen nichts zu essen oder zu trinken gäbe?

Verunsichert wandte sie den Kopf zur Toilette und fragte sich, wie viel Überwindung es sie kosten würde, das Spülwasser daraus zu trinken.

Sie trat einen Schritt näher und lugte über den Rand der Kloschüssel. Aber es befand sich kein Wasser darin.

Kurz nachdem Henning gegangen war, hatte sie sich erleichtert, stets die abgewandte Kamera im Blick. Er hatte nicht gelogen, als er von rationierten Spülungen gesprochen hatte. Während das Wasser im Rohr verschwunden war, lief kein neues in den Kasten nach. Dafür drang ein ekelerregender Gestank aus der Toilette. Wahrscheinlich besaß sie nicht einmal einen Geruchsverschluss.

Dieses Arschloch, schimpfte sie still und ballte die Hände zu Fäusten.

Plötzlich hörte sie über sich ein Geräusch. Ein Klappern, als wäre etwas zu Boden gefallen. Dem folgte ein Schlag. Eine Tür? Schritte. Dumpf und weit weg. Larissa horchte angespannt. Es vergingen Sekunden. Dann wurde erneut etwas zugeschlagen und ein Motor heulte auf.

Larissa sprang auf und humpelte auf schmerzenden Füßen zum Fenster. Als sie nichts erkennen konnte, wuchtete sie sich trotz aller Bedenken abermals auf den Heizkörper.

Draußen dämmerte es, erste Sonnenstrahlen kündigten einen neuen Sommertag an. Sie hörte, wie ein Auto losfuhr. Das Geräusch näherte sich dem Fenster, aber bevor sie sehen konnte, wer oder was am Haus vorbeifuhr, knirschte Kies und das Geräusch entfernte sich in eine andere Richtung. Sie presste ihr Gesicht an das kalte Glas, um jeden Millimeter Sichtfläche optimal nutzen zu können. Doch das Einzige, was sie sah, war die feine Staubwolke, die das Fahrzeug aufgewirbelt hatte.

Nachdenklich glitt Larissa zu Boden, ging zum Gitter, lehnte sich an und horchte mit geschlossenen Augen. Stille. War er wirklich weggefahren? Oder schlief er noch?

Ihr Blick schwenkte zur Kamera. Das Gerät blinkte unablässig rot, jedoch war die Linse nicht direkt auf sie gerichtet. Zum ersten Mal in endlosen bangen Stunden fühlte sie sich unbeobachtet. Ja, mittlerweile war sie sich sicher, der Entführer hatte das Haus verlassen. Erleichterung mischte sich unter die Kälte ihres Körpers, und sie vermochte für einen Moment ihre Angst zu bändigen.

Sie entschloss sich dazu, diesen Höhenflug zu nutzen. Hastig eilte sie zur Zellentür und untersuchte den Schlosskasten, der sie von ihrer Freiheit trennte. Das scharfkantige Metall war fest in der Tür verschweißt. Larissa hämmerte mit blanker Faust dagegen, drückte und zog, doch es gab nicht nach. Hektisch sah sie sich um, suchte die Zelle nach allem ab, was ihr helfen konnte. Nur erkannte sie schnell, dass die spärliche Einrichtung nicht viel hergeben würde. Dann fiel ihr Blick auf das Bett.

Keuchend stürmte sie hinüber, die Kette rasselnd hinter sich herziehend. Sie fiel vor dem Metallgestell auf die Knie und riss die dünne Matratze fort. Darunter hatte sie Drahtfedern oder irgendwelche Holzlatten erwartet, wurde aber enttäuscht. Der obligatorische Lattenrost war durch eine schlichte Metallplatte ersetzt worden, hielt angeschweißt ihrem Drücken und Ziehen stand. Ein herber Dämpfer. Doch Larissa gab nicht auf, sprang auf die Füße und sah sich weiter um. Dann hastete sie zur Toilette hinüber, befühlte den kühlen Wasserkasten und untersuchte jeden Winkel des Porzellans. Irgendwo musste ein Draht oder Gestänge befestigt sein. Doch von einem fingerdicken Zulaufrohr aus Plastik und der Spülmechanik aus sprödem Kunststoff abgesehen, konnte sie nichts finden.

»Fuck!«, schrie sie frustriert und hämmerte gegen den Spülkasten. »Fuck, fuck!«

Ihre Stimme klang hysterisch und drohte sich zu überschlagen. Verzweifelt schlang sie die Arme um den Kasten, ruckelte und zog daran, in der Hoffnung, ihn abreißen zu können. Mit etwas Glück konnte sie das schwere Teil zur Zellentür schleppen und auf das Schloss werfen. Dass es dadurch aufgesprengt würde, war zwar unwahrscheinlich, aber sie musste es einfach versuchen.

Ein lauter werdendes Knirschen verriet, dass das Material allmählich nachgab. Bald hätte sie es geschafft. Larissa stöhnte vor Anstrengung, stemmte einen Fuß gegen die Mauer und legte all ihre Kraft in diesen Moment. Doch plötzlich zerschnitt das Bellen eines Hundes die Stille.

Vor Schreck rutschte sie ab, verlor das Gleichgewicht und fiel zu Boden. Wieder landete sie auf der Hüfte. Der dort vor Kurzem erst abgeebbte Schmerz peitschte abermals durch ihren Körper, trieb ihr nun doch Tränen in die Augen. Das Bellen wurde lauter, kam immer näher. Ein Knall ertönte, als der Hund auf die verschlossene Holztür traf. Dem Krach folgte wildes Kratzen.

Larissa wich zurück, stieß mit dem Rücken gegen kaltes Mauerwerk. Sie war unfähig zu schreien, den Blick auf das gerichtet, was sie vor dem Untier schützte. Sie betete, dass die Tür dem Ansturm standhalten würde. Sie wollte dieses laute Mistvieh nicht bei sich haben, wollte nicht sehen, wie es die Schnauze erneut zwischen die Stäbe schob und nach ihr schnappte.

Das Bellen drang durch Mark und Bein, glich einem Donnersturm, der nicht nachlassen wollte. Sie presste die Hände auf die Ohren und kniff die Augen zu. *Es wird bald aufhören*, wiederholte sie in Gedanken. *Bald wird es aufhören.*

Zu ihrer Überraschung hörte es tatsächlich auf. Sie öffnete die Augen in dem Moment, als die Tür aufschwang. Rohans muskelbepackter Körper zwängte sich durch den breiter werdenden Spalt und sprang mit zwei Sätzen auf das Gitter zu. Er bellte nicht mehr, sondern blickte sie nur knurrend aus bösen Augen an.

Endlich schaffte sie es, zu schreien.

Sie schrie lange, legte all ihren Frust, ihre Wut und Angst in ihre Stimme, bereit, Glas und Metall bersten zu lassen. Rohan, der zunächst verunsichert wirkte, stimmte mit seinem Bellen ein.

»Verdammte Scheiße!«, brüllte jemand. »Haltet eure Fressen!« Henning hatte unbemerkt den Raum betreten. Fassungslos riss Larissa den Kopf hoch und starrte in das Grau seiner zu Schlitzen verengten Augen. Sie verstummte sofort, während Rohan nicht daran dachte, sich zu zügeln. Der Fleischer holte zu einem schweren Tritt aus, der das Tier am Hinterleib traf. Der Hund quiekte erschrocken auf und fuhr herum. Dann kassierte er den nächsten Tritt. Nach dem dritten zog der Rottweiler den Schwanz ein, winselte in den höchsten Tönen und ließ sich demütig auf die Seite fallen.

»Dummes Mistvieh«, zischte der Fleischer. »Einen solchen Lärm zu veranstalten. Einmal noch, dann schneide ich dir deine beschissenen Klöten ab und lasse sie dich fressen, ja?!«

Rohan winselte. Unter ihm bildete sich ein nasser Fleck.

»Und eingepisst hast du dich jetzt auch noch, oder was?« Henning deutete auf die offen stehende Tür. »Raus mit dir, aber schnell!«

Ohne zu zögern, sprang der Rüde auf und spurtete los, bog um die Ecke und war verschwunden.

Der Fleischer stemmte die Hände in die Hüften, sah sich um und machte sich ein Bild von der Szene. Erst jetzt fiel Larissa auf, dass er eine Tragetasche mit sich führte. »Was war hier los?« Seine Stimme war urplötzlich ruhig und frei von Wut. »Hat er dir Angst gemacht?«

Larissa fehlten die Worte, sie hatte keine Kraft zum Sprechen.

»Ich war gerade unterwegs und habe etwas zu essen besorgt. Kaum bin ich wieder da, höre ich das missratene Vieh wie wild bellen. Ich habe mir Sorgen gemacht.« Seine Augen bohrten sich in die ihren. »Oder hast du etwas angestellt?«

Sie schüttelte hastig den Kopf.

»Warum ist er dann so ausgetickt? Das tut er sonst nur bei Lärm.«

»Ich ... ähm ... weiß es nicht.«

»Lüg mich nicht an«, bellte er so laut, dass sie zusammenzuckte. »Du weißt, was dir sonst blüht?«

Natürlich wusste sie es. Er würde sie bestrafen. Schmerzlich fiel ihr die Dusche wieder ein, die sie abwechselnd ins Eis und in kochendes Wasser schmiss. Und wer wusste, welche unmenschlichen Methoden er noch zu bieten hatte.

»Ich ...«, stammelte sie schließlich, »... bin heruntergefallen.«

»Heruntergefallen?« Ernsthafte Verwunderung lag auf seinem Gesicht.

»Ja. Vom Heizkörper. Ich wollte gucken ... was draußen los ist. Ob es schon hell geworden ist. Dann bin ich abgerutscht und auf der Hüfte gelandet. Ich habe geschrien. Und dann kam der Hund.«

Henning dachte für einen Moment lang nach. Dann glitt sein Blick zur Kamera. »Wenn ich mir die Aufzeichnung ansehe, werde ich also sehen, wie du von der Heizung fällst?«

Larissa nickte hektisch. Es war nicht einmal gelogen, aber auch nicht die ganze Wahrheit.

Der Fleischer sah sie lange und prüfend an. Schließlich entspannten sich seine Züge. »Es wird schon so gewesen sein«, schloss er und machte einen Schritt auf sie zu. »Denn immerhin weißt du mittlerweile, was passiert, wenn du mich verarschst. Ich müsste dich bestrafen. Und das möchtest du nicht, ja?«

Sie nickte in vorgetäuschter Aufrichtigkeit.

»Rohan ist Geräuschen gegenüber sehr empfindlich. Er muss ihnen sofort nachgehen. Bin ja selber schuld, ich habe ihn erzogen. Was soll's ...«

Er trat direkt ans Gitter heran und zog Stoffe aus der Tragetasche. »Das ist für dich«, sagte er in beinahe fürsorglichem Tonfall. »Deine Bestrafung ist vorbei. Zieh dir etwas Warmes an. Sonst wirst du noch krank. Ich brauche dich noch.«

Larissa erschauderte. Er brauchte sie noch? Wofür?

Doch sie hatte keine Zeit, darüber nachzudenken. Er hielt ihr die Kleidung auffordernd hin. »Gib mir das nasse Zeug, ich werde es waschen.«

Sie zögerte zunächst, wusste aber, dass ihr keine Wahl blieb. So entkleidete sie sich, entblößte abermals ihre Brust, ihren Körper, einfach alles. Henning sah ihr schamlos dabei zu.

Zuerst zog sie sich in Windeseile die Hose über. Sie war aus einem dünnen Stoff, wieder beige und etwas zu weit. Dann legte sie das gleichfarbige Oberteil an, unter dem sich ihre Brustwarzen deutlich abzeichneten.

Dem Fleischer entging das offensichtlich nicht, denn er verzog die Lippen zu einem anzüglichen Lächeln. »Ziemlich kalt hier unten, ja?«

Sie antwortete nicht, vermied es, ihn anzugucken. Er sollte die Abneigung in ihren Augen nicht bemerken.

»Socken bekommst du auch.« Er gab ihr ein Paar schwarzer Strümpfe, dick und augenscheinlich selbstgestrickt. Sie vermittelten einen wärmenden Eindruck, würden den Eisklumpen, die vor Kurzem noch Füße gewesen waren, die herbeigesehnte Wärme verschaffen.

Nachdem sie die Socken angezogen hatte, überreichte er ihr eine Bettdecke. Zu guter Letzt zog er eine metallene Schüssel mit Plastikdeckel und eine Wasserflasche aus dem Beutel.

»Etwas zu trinken«, erklärte er und schüttelte die Flasche mit dem abgenutzten Etikett einer Billigmarke. »Vernünftiges Leitungswasser. Still. Selbst abgefüllt. Kohlensäure ist ungesund und verursacht Blähungen. Ich habe dir außerdem etwas Gemüse und Obst geschnitten und ein paar Rosinen untergemischt. Teile es dir gut ein. Wir wollen ja nicht, dass du zu schnell isst. Schnellesser werden dick.«

Was stimmte nicht mit diesem Kerl?

Sie nahm die Gegenstände entgegen, stellte die Flasche auf den Boden und wog die Schüssel in den Händen. Sie war gut gefüllt, nur fühlte sich Larissa wie ein Affe im Zoo, dem man einmal täglich etwas Grünzeug in den Käfig warf. Wut stieg in ihr auf wie heißes Wasser. Plötzlich legte sich eine Hand auf ihre Wange. Warm und rau. Sie keuchte und wich einen Schritt zurück. Dabei fiel ihr Blick auf eine übel aussehende Bisswunde auf seinem Handrücken. Erinnerungen an den Kampf in der Seitenstraße flammten auf. Sie hatte ihn gebissen, tief und blutig. Die Wunde glänzte leicht im Schein der Lampe und verströmte den Geruch von Salbe und Eiter.

»Ich wollte mich nur verabschieden«, beschwichtigte er sie vorsichtig. »Ich muss bald zur Schicht. Ich werde erst spät wiederkommen.«

Larissa sah ihn ausdruckslos an, er starrte erwartungsvoll zurück. Scheinbar hoffte er auf eine Reaktion. Sollte sie etwa bedauern, dass sie ihn in den nächsten Stunden nicht sah? Die Sekunden vergingen. Dann legte sich etwas Ernstes in sein Gesicht.

»Der Tag wird kommen, an dem du mich vermissen wirst. Glaube mir, ich weiß, wovon ich spreche. Spätestens wenn du tagelang ohne Wasser und Nahrung auskommen musst. Dabei fällt mir ein ...« Der Fleischer ging zu dem Stellrad neben der Tür und drehte daran. Sofort drang ein Rauschen aus dem Zulauf der Toilette, Wasser lief in den

Spülkasten. »Ah, du warst also auf Toilette? Schön. Hast du dir auch die Hände gewaschen?«

»Nein«, antwortete sie verwundert. Wie hätte sie das tun sollen? Es gab schließlich kein Waschbecken, und der Spülkasten war leer gewesen. »Wie ...«

»Es ist ziemlich eklig, zu pissen oder zu scheißen und sich dann nicht die Hände zu waschen!«

Larissa war fassungslos. »Wie hätte ich sie waschen sollen?«

Er ging auf das Zellengitter zu, so nah, dass er beinahe mit der Nase dagegen stieß. »Ist mir scheißegal«, zischte er und funkelte sie an. »Und dennoch hast du es zu tun!« Sein Blick fiel auf die Wasserflasche zu ihren Füßen. »Du hast doch genug Wasser zur Verfügung. Schraub den Deckel ab und hol die Handwäsche nach.«

Sie zögerte, kaute betreten auf ihrer Unterlippe. Sie hatte tierischen Durst und konnte das Wasser nicht an so etwas verschwenden.

»Rissa ...«, quetschte er zwischen zusammengebissenen Zähnen hervor, stand kurz vor einem Wutausbruch. Sie spürte es in jeder Faser ihres Körpers. So durstig sie auch war, sie wollte nicht wieder bestraft werden, immerhin hatte sie eben erst warme Kleidung bekommen.

»Ich wasche sie«, beschwichtigte sie ihn eilig, hockte sich auf die Knie und öffnete die Flasche. Vorsichtig goss sie unter dem strengen Blick des Mannes abwechselnd Wasser über beide Hände. Sie zitterte, was das sparsame Dosieren erheblich erschwerte. Dann verrieb sie das kostbare Nass theatralisch zwischen den Handflächen.

»Mehr Wasser«, befahl er.

Sie schniefte und goss einen weiteren Schwall aus.

»Mehr!«

Flehend blickte sie auf. »Bitte, ich habe Durst.«

»Mehr Wasser!«

Aus dem Hintergrund kam ein dumpfes Grollen. Rohan war zurückgekehrt, witterte die Wut seines Herren und baute sich neben ihm auf. Larissa sackte in sich zusammen, dann goss sie so viel Wasser über ihre Hände, dass die Flasche beinahe vollständig geleert war.

Henning nickte zufrieden. »Das sollte genügen.«

Ohne weitere Floskeln wandte er sich um und gab Rohan ein Handzeichen, woraufhin das Tier freudig mit dem Schwanz wedelte und ihm folgte. Die Tritte hatte es vergessen.

Als der Fleischer bei der Tür ankam, hielt er kurz inne und drehte an einem zweiten Rad. »Ich schalte dir die Heizung an.« Mit diesen Worten knallte er die Tür hinter sich und dem Hund zu.

Ein Windhauch glitt durch den Raum, hob den Stoff des verhüllten Etwas geisterhaft an. Darunter klapperte es, als träfen trockene Hölzer aufeinander. Larissa starrte fassungslos auf den Lichtspalt, wo noch kurz ein Schatten zu sehen war, der sich aber rasch entfernte. Schließlich wurde eine Tür ins Schloss geworfen. Stille.

Es dauerte fast zwei Minuten, bis sich die Gefangene aus ihrer Starre lösen konnte. Gierig setzte sie die Flasche an die Lippen und saugte die letzten Milliliter Wasser aus dem Plastik. Doch ihr Durst war noch nicht einmal ansatzweise befriedigt. Mit einem schrillen Schrei warf sie die Pfandflasche durch die Zelle. Sie tobte, schrie, stampfte. Ihr war egal, ob Henning es mitbekam. Die Kraft der Verzweiflung ließ sie die Nerven verlieren.

Stöhnend fiel sie vor der Wasserpfütze – mehr war von ihrer Ration Trinkwasser nicht übrig – auf die Knie. Mit den Händen patschte sie darin herum und versuchte, die kostbare Flüssigkeit aufzufangen. Sie musste trinken. Mit einem Mal hielt sie schockiert inne.

Was tat sie da?

Bestürzt starrte sie auf ihre glänzenden Handflächen, an denen nun grauer Schmutz, etwas Sand und Haare hafteten. Hastig trocknete sie sich an ihrer Kleidung ab, sackte zusammen und weinte bitterlich, während hinter ihr der Heizkörper knackend seine Arbeit aufnahm.

10.

Wurde sie vermisst?

Diese Frage stellte sich Larissa immer und immer wieder. Sie lag auf dem Bett und hatte die dünne Wolldecke um sich gewickelt. Ihr Blick ruhte stur auf dem Fenster, auf dessen schmieriger Scheibe Schatten und Lichtreflexionen tanzten. Neben ihr stand die leere Metallschüssel. Sie knabberte an dem letzten Stückchen Karotte. Das Knacken der Heizung hatte einen melodischen Takt angenommen und wirkte beruhigend, beinahe hypnotisch.

Ob Jessica sie suchte? Wenn sie sich recht erinnerte – das andauernde Durstgefühl erschwerte jegliches Denken – dann war dies der zweite Tag ihrer Gefangenschaft. Irgendjemand musste sie doch vermissen. Immerhin war heute Mittwoch, sie hätte auf der Arbeit erscheinen müssen, genau wie gestern. Ihre Kollegen sorgten sich bestimmt schon um sie, und ihr Vorgesetzter hatte im Rahmen seiner Fürsorgepflicht die Aufgabe, sich um ihre unangemeldete Abwesenheit zu kümmern. Oder? Gab es in solchen Fällen gewisse Fristen, die zuerst einmal ablaufen mussten, bevor jemand eine Suche organisierte? Sie versuchte, sich angestrengt zu erinnern. Daran, was sie in Büchern, Filmen und Sendungen aufgeschnappt hatte. Sie guckte gern Krimis, solange sie nicht zu spät abends liefen. War dort nicht immer die Rede davon, dass Menschen erst nach Ablauf von achtundvierzig Stunden gesucht wurden?

Nein, wenn sie ehrlich mit sich selbst war, musste sie sich eingestehen, dass im Augenblick vermutlich niemand nach ihr suchte. Nicht einmal Jessica. Ihre beste Freundin kannte sie gut genug und wusste, dass Larissa hin und wieder Zeit für sich brauchte und sich manchmal mehrere Tage nicht meldete. Oder stand Jessica bereits wild klopfend an ihrer Wohnungstür, voll der Sorge und Verzweiflung? Hatte sie die Polizei informiert?

Fragen über Fragen und keinerlei Antworten, nur reinste Spekulationen, die Larissa allmählich mürbe machten.

Womit hatte sie all das verdient? Sie glaubte weder an Gott noch an Karma. Und doch überlegte sie fieberhaft, ob sie in ihrem Leben etwas derart Furchtbares getan hatte, um den Aufenthalt in dieser Zelle verdient zu haben.

Sie dachte an Martin, ihren Noch-Ehemann, der sie so lange malträtiert und gequält hatte.

Martin ...

Ein bisher so dunkles Kapitel in ihrem Leben, von dem sie nie geglaubt hätte, dass es durch etwas getoppt werden könnte. Und doch saß sie hier.

Dabei hatte ihre Beziehung mit Martin so verheißungsvoll begonnen. Als sie ihn kennengelernt hatte, war sie gerade Anfang zwanzig und er ein wahrer Gentleman gewesen. Lieb, charmant und höflich. Er trug sie auf Händen und holte ihr sprichwörtlich die Sterne vom Himmel. Er umsorgte sie, schützte sie und gab ihr das Gefühl, etwas Besonderes zu sein.

Sie erinnerte sich an einen Tag in Dubai. Martin hatte heimlich ein Frühstück für sie organisiert, das sie auf der Hotelterrasse eines unglaublich hohen Gebäudes genossen. Niemand außer ihnen war dort gewesen, nur ein Kellner, der regelmäßig nach dem Rechten sah. Die Zeit war wie im

Fluge vergangen. Nach dem Essen hatten sie am Geländer der Terrasse gestanden, in die weite Wüste geschaut. Einander berührt, wie sie sich noch nie zuvor berührt hatten.

Monate später hatte ihre Hochzeit stattgefunden, und sie bezogen ein Haus am Stadtrand von Berlin. Sogar Nachwuchs war geplant gewesen. Dann, von einem Tag auf den anderen, war etwas passiert. Martin hatte sich verändert, als hätte er zuvor nur eine billige Maske getragen. Er fing an, sie zu beleidigen, zu schlagen ...

Bis heute ärgerte sie sich darüber, sich nie gegen ihn zur Wehr gesetzt zu haben, doch seine plötzliche Charakteränderung hatte sie in eine Schockstarre versetzt. War es sein stressiger Job? War ein geliebter Mensch verstorben? War ihm etwas widerfahren, das so schlimm war, dass er allen Anstand verlor? Sie hatte nie erfahren, was ihn so verändert hatte, doch gleichsam war es ihr unmöglich gewesen, ihn zu verlassen. Bis zum Schluss hatte sie gehofft, er würde wieder der Alte werden. Der, für den sie zu diesem Zeitpunkt noch immer so viel Liebe empfand.

Die Ungewissheit darüber, wie sie ihn verloren hatte, war beinahe so furchtbar wie das, was er ihrem Körper angetan hatte. Und als sie dachte, es könnte nicht schlimmer werden, hatte er sie vergewaltigt.

Noch heute hatte sie Angst vor dem Schlafengehen, weil jener Tag sie bis in ihre Träume verfolgte. Der Schminkspiegel, die blutigen Papiertücher ...

Larissa schlug sich die Hände vors Gesicht. Sie musste die Gedanken an Martin vertreiben. Eisern starrte sie an die

Zellendecke. Zählte die feuchten Stellen im Beton, erfasste jedes Spinnennetz, jedes Krabbeltier. *Einfach ablenken*, dachte sie bemüht, doch je mehr sie sich verkrampfte, umso mehr wollten ihre Gedanken in die Vergangenheit zurückkehren.

Nachdem Martin sie vergewaltigt hatte, wurde er unruhig, richtig nervös. Und das nicht, weil er ihr etwas Furchtbares angetan hatte, sondern nur, weil er Angst vor den Konsequenzen hatte. Er schlug sie so lange, bis sie Blut spuckend versprach, nicht zur Polizei zu gehen, keinen Arzt zu konsultieren und mit niemandem darüber zu sprechen. Dem Zufall war es zu verdanken, dass ihr Vater sie am nächsten Tag besucht hatte, als sie allein und mit unterlaufenen Augen in ihrer Wohnung saß.

Zunächst hatte sie ihm nichts sagen wollen, zu groß war die Angst vor Martin und dem, was er mit ihr anstellen würde. Doch schließlich hatte sie den drängenden Fragen ihres Vaters nachgegeben und sich ihm unter Tränen anvertraut. Obwohl er nur widerwillig zustimmte, die Polizei herauszuhalten, fuhr er sie bereitwillig zu einer guten Freundin. Sie leitete eine Organisation, die sich um Frauen wie Larissa kümmerte. Schon wenige Stunden später hatte sie ein Zimmer in einem Frauenhaus bezogen. Martin würde niemals die Adresse herausfinden, das hatte man ihr versprochen.

Die Angst vor seiner Rache legte sich dennoch nicht. So kam es, dass sie nur zwei Wochen später Berlin verließ und in ein Schutzhaus in Hamburg-Altona umzog. Es kümmerte sie nicht, dass er niemals vor Gericht landen würde. Obwohl ihr Vater ihr diesbezüglich ins Gewissen redete, wollte sie

Martin und seine Taten einfach nur vergessen. Und vielleicht, mit viel Glück, eines Tages wieder die Frau sein, die sie einst gewesen war.

Das Surren der Kamera riss sie aus den Gedanken. Sie blickte über die Schulter und sah, wie sich das Gerät auf sie ausrichtete. Es war ihr egal. Sie konnte Hennings Blicken sowieso nicht entkommen.

Im Augenwinkel nahm sie eine weitere Bewegung wahr. Eine kleine Maus, die über den Zellenboden huschte.

Die Müdigkeit, der sie zu lange widerstanden hatte, zog sie immer tiefer und tiefer. Sie konnte sich nicht mehr wehren. Ihr voller Bauch und die vom Heizkörper ausgehende Wärme ließen ihre Lider schwer werden. Selbst ihr Durst und die dröhnenden Geräusche der Flugzeuge, die in Hausnähe flogen, konnten den Schlaf nicht abwenden. Sie tauchte ab in eine Welt voller Dunkelheit, Beton und Angst. Ab und an erwachte sie aus ihren unruhigen Träumen, dämmerte aber sofort wieder weg. Das Sonnenlicht, das durch das Fenster drang, wurde im Verlauf der Stunden schwächer, und als es verschwand, erklang das Geräusch eines Autos, das am Haus zum Stehen kam. Dumpfes Hundegebell erschallte.

Larissa schlief tief und fest. Sie bemerkte nicht, wie sich Minuten später die Tür öffnete. Henning schlüpfte herein, schlich auf sie zu und kauerte sich vor die Gitterstäbe. Er betrachtete die Schlafende, lächelte glückselig. Vorsichtig streckte er die Hand aus, berührte ihre Wange, fühlte die Wärme der Haut. Sie zuckte schwach, warf die Stirn in winzige Falten. Er stöhnte leise.

Plötzlich wachte sie auf und fuhr hoch. Angsterfüllt starrte sie ihn an. Erst dann schrie sie wie am Spieß.

11.

Larissas Schrei klingelte in seinen Ohren. Der Fleischer hatte nicht damit gerechnet, dass die Fratze sie so sehr erschrecken würde. Er lachte laut und schallend auf, während Rohan kläffend miteinstimmte. Es amüsierte Henning, zu sehen, wie die Frau mit aufgerissenen Augen aufsprang und versuchte, aus dem Bett zu flüchten. Nur leider verhedderte sie sich dabei in der Decke, kam ins Taumeln und stürzte der Länge nach hin.

Larissas Schrei verstummte augenblicklich und wich einem Wimmern. Musik in Hennings Ohren. Sie robbte über den Boden, weg von ihm und Rohan, der unablässig bellte.

Weit kam sie nicht. Die Kette hatte sich am Gestell des Bettes verfangen. Larissa drehte sich auf den Rücken und zog verzweifelt daran, aber das Metall hielt unnachgiebig stand.

Genüsslich baute sich Henning vor ihr zu voller Größe auf. Er suhlte sich förmlich in der Angst in ihren Augen, konnte in ihnen den Schrecken lesen, der sie beherrschte. »Rohan, Rohan«, lachte er, trat an den Vierbeiner heran und tätschelte dessen Kopf. »Nun lass doch unseren Gast in Ruhe.«

Der Hund verstummte augenblicklich, blieb jedoch an Ort und Stelle stehen, seine finsteren Augen auf das Opfer gerichtet.

Larissa zog und zerrte an der Kette. Als sie sie endlich frei bekam, rutschte sie auf dem Po rückwärts, ehe der Heizkörper ihre Flucht beendete.

»Hey«, flüsterte Henning einfühlsam und hob beschwichtigend die Hände. »Es ist alles gut, liebe Rissa. Ich bin es nur.« Er fuhr sich über den Kopf, spürte dabei deutlich die Hautfetzen, die in alle Richtungen abstanden. An ihnen haftete etwas Feuchtes, rot Glänzendes. Rauer Schorf kratzte über seine Hand. Schließlich fand er am Hals eine Erhebung, unter die er einen Finger schob. Seine Gefangene keuchte angewidert, als er begann, an der Haut zu ziehen. Mit einem kräftigen Ruck und einem feuchten Schmatzen zog er sich das gruselige Gesicht vom Kopf. »Nur eine Maske, ja?!«

Larissa folgte seinen Bewegungen mit aufgerissenen Augen und offenem Mund. Als er den Latexlappen vor die Deckenlampe hielt, sodass sie ihn gut erkennen konnte, entspannte sich ihre Miene deutlich. Ihre Angst wich Verwunderung. Sie legte die Stirn in Falten, musterte die modellierten Züge des Kunstgesichts. Dann erhellte sich ihr Blick, als würde sie sich an etwas erinnern.

Zufrieden drehte sich Henning um und knüllte das Gummi zusammen. Einem Basketballspieler gleich, warf er die Kugel in hohem Bogen auf den Flur hinaus, wo sie in einem Mülleimer verschwand.

»Und er entscheidet das Spiel«, grölte er im Stil eines Stadionsprechers und vollführte einen überspitzten Siegestanz. »Die drei goldenen Punkte!«

Er genoss jede Sekunde, da er wusste, dass sein Projekt ihn beobachtete. Larissa ließ ihn nicht ein einziges Mal aus den Augen. Ihre Angst war greifbar, triefte aus jeder ihrer Poren.

Und dann war da noch die andere. Sein Blick verweilte auf seinem von Stoff verdeckten Schatz.

Er musste unwillkürlich lächeln und zwinkerte dem Objekt zu, was Larissa nicht entging. Entgeistert glitten ihre Augen abwechselnd zwischen Henning und dem Ding hin und her.

»Hat dir die Maske gefallen? Ich wollte unbedingt herausfinden, ob du sie wiedererkennst.«

Sie schwieg.

»Andererseits könnte ich es dir nicht verdenken, wenn nicht. Immerhin musstest du in der Gasse ordentlich einstecken, wenn ich dich an deine Platzwunde erinnern darf. Zudem habe ich dir Chloroform verabreicht, und davon nicht gerade wenig. Aber wie ich anhand deiner Reaktionen sehe, hast du sie definitiv wiedererkannt. Weißt du vielleicht, warum ich mich für eine solche Maske entschieden habe?«

Larissa schüttelte langsam den Kopf.

»Nun ja«, begann Henning zu erklären, »es gab in den USA mal einen ganz speziellen Serienmörder ...«

Sie zuckte beim Klang des Wortes *Mörder* zusammen. Er ignorierte es.

»Sein Name würde dir nichts sagen, er ist eher unbekannt. Aber seine Taten sind umso interessanter. Denn immer, wenn er die erwählten Opfer entführte, tat er das in den absurdesten, abscheulichsten Outfits. Dadurch wurde das jeweilige Opfer nicht nur maximal verängstigt, sondern er blieb bei Kameraaufnahmen vollkommen anonym.

Niemand erkannte jemals sein Gesicht, das durch die Masken so verformt war, dass es zu keinen bekannten Steckbriefen passte. Ich habe diese Technik noch erweitert.«

Mit stolzgeschwellter Brust kam er in Fahrt. »Ich verwende auch Körperimplantate, um meine Konturen zu verändern. Wobei, Implantat ist nicht ganz richtig. Ich implantiere nichts. Ich schnalle mir Muskeln aus Silikon auf Brust und Hintern, Arme und Bauch. So werde ich breiter, als ich es ohnehin schon bin. In Kombination mit einer Maske und einer etwas veränderten Gangart wirke ich wie ein anderer Mensch. Sollen sie mich doch filmen, erkennen können sie mich nicht. Und bevor du fragst: Auch mein Auto werden sie niemals zurückverfolgen können. Es hat ein gefälschtes Kennzeichen. Wenn ich in Tatortnähe geblitzt oder sonst wie gefilmt werde, kann niemand den Halter ermitteln. Das Auto verschwindet dann in meiner Garage, während ich im Alltag mit einem zugelassenen Fahrzeug unterwegs bin. Gut, nicht wahr? Nun ja, genug von mir. Hat dir dein Essen geschmeckt?«

Die Gefangene beäugte ihn misstrauisch, musste das Gesagte offenbar erst verdauen. Dann nickte sie schwach.

»Was jetzt, ja oder nein? Ich kann dich nicht hören.«

Er wartete auf eine Antwort, doch Larissa saß nur da, den Blick stumm auf ihn gerichtet. Ihre Lippen zitterten, ihr Gesicht war weiß wie der Mond. Ihm wurde heiß, als ihm ihre Schönheit bewusst wurde. *Eine Schönheit, die hier unten im Keller erst richtig aufblühen wird.* Dafür würde er sorgen.

»Lecker«, presste sie hervor.

Er klopfte sich anerkennend auf die Schulter. »Ich habe mir beim Schneiden anständig Mühe gegeben, obwohl ich nicht gerne in der Küche stehe. Wobei«, überlegte er und strich sich mit Daumen und Zeigefinger über die Unterlippe, »das stimmt so nicht. Es gibt Tage, an denen koche ich stundenlang. Und du?«

Henning war in Plauderlaune. Die letzten Stunden im Zerlegebetrieb waren eintönig, richtig einsam gewesen. Obwohl er in seiner Schichtgruppe stets von Kollegen umgeben war, so hatten sie so viel Arbeit zu verrichten, dass keine Zeit für ausufernde Gespräche blieb. Da auch die Pausen weggefallen waren, um den Anlagenausfall vom Vortag zu kompensieren, hatte er sich kaum mit echten Menschen austauschen können. Doch natürlich hatte er Bedürfnisse, die gestillt werden mussten. Und zum Glück hatte er einen Keller, in dem er sie stillen konnte.

»Also?«

»Ähm ...«, begann Larissa zaghaft, als wartete sie auf etwas, das ihr gefährlich werden konnte.

»Keine Sorge.« Er hob beschwichtigend die Hände. »Ich will nur reden. Smalltalk. Du warst so lange allein hier unten. Hast du gar keinen Redebedarf?«

In ihrem Gesicht standen lediglich Abscheu und Angst geschrieben. Aber das machte nichts. Jeder seiner Gäste war so gewesen. Am Anfang. Wieder flog sein Blick zu dem Ding unter der Stoffhülle. Wirklich jeder. Er lächelte. Irgendwann hatte sich jede Zunge gelockert. Henning kannte da ein paar Druckmittel ...

»Los, komm schon. Erzähl etwas über dich. Lass mich an deinem Leben teilhaben, ja? Kochst du gerne?«

Sie überlegte einen Moment, als müsse sie sich die Antwort erst aus einem klobigen Stück Holz zurechtschnitzen. Dann antwortete sie beinahe im Flüsterton. »Hin und wieder.«

Jedes Wort klang, als wäre es mit viel Mühe und Kraft herausgepresst worden.

Henning setzte sich dicht vor den Eisenstäben in den Schneidersitz und legte einen interessierten Gesichtsausdruck auf.

»Und was? Erzähl mir jetzt nichts von Dosenfutter. Dose auf, ab in den Topf, aufwärmen. Das kann selbst die untalentierteste Küchenkraft. Nein, ich will wissen, was du kochen kannst.«

Wieder überlegte sie. War sie nur schüchtern oder einfach doof? Jeder Mensch wusste doch, was er kochen konnte. Wollte sie nicht mit ihm reden? Sein Augenlid zuckte, als ein zartes Wutgefühl in seiner Brust erwachte.

Als sie das Zucken des Lids bemerkte, weiteten sich ihre Augen erschrocken. Und dann kamen die Worte. »Risotto«, begann sie. »Und Aufläufe, Eintöpfe. Manchmal Suppen oder Wild mit Weinsoße.«

Henning lächelte zufrieden. *Geht doch.* Sein Herz machte einen erneuten Satz. Ihre Stimme, recht tief für ein so schlankes Ding, hatte eine angenehme Klangfarbe. Sie war niedlich anzusehen, musste er sich eingestehen. Wie sie dasaß, am Heizkörper lehnte und die langen Haare über das Metall flossen.

»Weinsoße und Wild?«, fragte er nach. »Welches Fleisch?«

»Wildschwein oder Reh. Es kommt darauf an ...«

»Auf was?«

Sie zögerte einen Moment. »Auf Saison und Preis. Und die Qualität.«

Der Fleischer nickte. Er als Fleischverarbeiter wusste genau, wovon sie sprach. »Also, wenn ich dir aus dem Betrieb Wild mitbringe, dann könntest du uns etwas daraus kochen?«

An ihrer Reaktion erkannte er, dass das Zubereiten von Speisen so ziemlich das Letzte war, das sie freiwillig für ihn tun würde. Und dennoch nickte sie gezwungen.

Henning grinste. »Gut, dann ist das beschlossene Sache. Wenn ich mal wieder gutes Fleisch zu fassen bekomme, zweige ich uns etwas davon ab. Dann sagst du mir, was ich ergänzend kaufen soll. Hach, wir machen es uns richtig gemütlich und haben dann ein Date, ja?«

Larissa schluckte, nickte jedoch.

Welch wundervoller Moment. *Ob sie sich gerade in ihn verliebte?*

Zufrieden erhob er sich. Unter ihrem wachsamen Blick durchschritt er den Raum. »Hast du dich eigentlich schon einmal gefragt, was sich unter diesem Stoff verbirgt?« Ehrfürchtig legte er eine Hand auf das Tuch. Bei der Berührung klapperte es leise darunter. Rohan, der die ganze Zeit still auf dem Boden gelegen und gedöst hatte, sah neugierig auf und fiepte. »Ja ja«, flötete Henning dem Tier zu. »Ich bin auch aufgeregt.«

Larissas Augen waren voller Furcht. Sie schrien förmlich, dass sie *nicht* wissen wollte, was sich unter der Abdeckung verbarg.

Aufflammende Wut gesellte sich zu seiner Vorfreude. Er hasste Desinteresse. Wieder zuckte sein Augenlid.

Larissa spürte offenbar, dass sich seine Stimmung veränderte, denn sie setzte sich hastig auf. »Ich ... Ich will es wissen!« Ihre Stimme war so zart wie Morgentau, so zerbrechlich wie ein trockenes Blatt im Herbst. Ihre großen Augen glitzerten wässrig. Herrje! Wie konnte er ihr böse sein?

»Na gut«, besann er sich, rang sich sogar zu einem Lächeln durch. »So sei es.«

Er beugte sich hinab, griff den Stoff am Saum und begann, ihn langsam nach oben zu ziehen. Rohan sprang auf und eilte zu seinem Herren, blieb dicht neben ihm stehen, die finsteren Augen auf das Geschehen gerichtet. Er jaulte leise. »Ich muss vorsichtig sein«, erklärte der Fleischer seine achtsamen Bewegungen. »Damit nichts abbricht, verstehst du?«

Der Stoff glitt höher. Etwas Helles, Weißes kam zum Vorschein. Henning warf einen Blick auf die Blondine, die die Stirn in Falten gelegt hatte. Mit der Weile schien sie das, was sie sah, zu erkennen. Sie presste sich fester an den Heizkörper. Ihre Finger gruben sich in die Hose. Sie schluchzte auf, als mehr sichtbar wurde.

Knochen.

Henning lachte fröhlich. Seine Stimme schallte durch den Keller. Dann zog er den Stoff in einer fließenden Bewegung vollständig herunter.

Larissa schrie, als sie das Skelett sah, das im gelben Schein der Lampe leicht zitterte und hohl klapperte.

»Darf ich vorstellen? Das ist Franziska, ja?!«

12.

Ein Albtraum! Nichts anderes konnte es sein. Nichts anderes *durfte* es sein. Larissas Herz raste, ihr Hals war wie zugeschnürt. Sie wünschte sich sehnlichst, endlich aufzuwachen, aus dieser Zelle und dem, was vor ihren Augen passierte, zu entkommen.

Das Tuch fiel lautlos zu Boden. Das hohle Klackern der Knochen ließ das Blut in ihren Adern zu Eis gefrieren. Henning lachte laut, während sie das von Drähten und Schrauben gehaltene Gebilde musterte.

Das Skelett war an einer Metallstange befestigt, sodass die Beine fünfzehn Zentimeter über dem Boden schwebten. Wobei, *Beine* traf es nicht ganz. Es war nur eins, dem zu allem Überfluss der Fuß fehlte. Ein zweites gab es nicht. Genauso wie es nur einen Oberarmknochen anstelle zweier Arme gab. Der mächtige gelbliche Oberschenkelknochen war mit Gewindestiften in der Hüfte verankert. Die Wirbelsäule, die Arme sowie einige Rippen fehlten. Die wenigen vorhandenen mündeten in einem länglichen Holzteil, das offenbar das fehlende Brustbein ersetzte. Ein paar Halswirbelknochen hielten den grauen Totenschädel in Position. Er war von groben Rissen durchzogen und wirkte, als hätte jemand mit einem schweren Werkzeug wie wild darauf eingeprügelt.

»Bevor die Frage aufkommt«, unterbrach Henning ihre Schockstarre, »es sind echte Menschenknochen.«

Die Beiläufigkeit, mit der er diesen Satz sprach, entsetzte Larissa fast noch mehr als das Skelett selbst. Sie wusste nicht, was sie sagen sollte, verstand nicht, was gerade passierte.

Henning bemerkte ihre Verunsicherung und lachte. »So gucken sie alle, nicht wahr, Rohan?«

Der Hund zeigte keine Reaktion. Sein Blick lag gierig auf dem Skelett, er musterte jeden einzelnen Knochen. Sabber tropfte ihm aus dem Maul und fiel dickflüssig zu Boden.

»Wenn ich ihn nicht so streng abgerichtet hätte, würde er die Knochen stehlen«, erklärte der Fleischer mit ruhiger Stimme. »Er liebt Knochen.«

Larissa hörte ihm gar nicht mehr zu. Tausende Gedanken fluteten ihren Kopf, verwandelten sich in bedrohliche Fragen. Was hatte dieses Skelett zu bedeuten? Was hatte es *für sie* zu bedeuten?

Unterdessen trat Henning dicht an das Gebilde heran, strich mit seiner großen Hand über das Gerippe. Er stöhnte begierig, warf dem Schädel einen verliebten Blick zu. Es klapperte leise, als der Oberarmknochen in eine leichte Schwingung geriet. Der Fleischer streichelte den beinahe zahnlosen Unterkiefer mit einer Zärtlichkeit, als würde darüber die weiche Haut einer Geliebten liegen. Die freie Hand legte er auf den Hüftknochen. Er summte leise, bewegte sich im Takt der Melodie.

Er tanzte.

Er tanzte mit dem Skelett.

Voller Verzückung führte er das Gebilde, dessen stählerne Stützstange in einer runden, mit Rädern ausgestatteten Grundplatte steckte, durch den Raum. »Wenn du nur wüsstest, wie froh ich darüber bin, dass ich endlich mit Franziska tanzen kann«, hauchte Henning. »Vor wenigen Monaten noch sah es ziemlich bescheuert aus. Es fehlten der Beinknochen und noch viel mehr Rippen. Man hätte denken können, ich sei durchgeknallt.«

Larissa blieb ein bissiger Kommentar im Halse stecken. War er noch ganz bei Trost? Meinte er ernst, was er sagte? Oder war all das nur eine perfide Art, sie in den Wahnsinn zu treiben?

Und dann sprach er die Worte, die ihr Leben für immer verändern sollten.

»Ich bin gespannt, welche Knochen sie von dir bekommt.«

Larissas Herz stolperte. Knochen? Von ihr? Hatte sie sich verhört? Panisch rasten ihre Gedanken. Das durfte nicht sein! Er würde sie ermorden. Töten. Ausweiden. Ihre Welt brach zusammen. Sie fiel in ein tiefes Loch voller Eiseskälte.

»Möchtest du dir Franziska etwas genauer angucken?« Henning schenkte Larissa ein aufmunterndes Lächeln. Während sie wie versteinert dasaß, schob er das Puzzle aus toten Menschen dichter ans Gitter heran.

»Jetzt mal ganz im Ernst«, fuhr er fort, sein nachsichtiges Schmunzeln schlagartig erloschen. »Ich bin diese Art der Reaktion gewohnt. Keine deiner Vorgängerinnen hat sich zunächst getraut, sich intensiv mit Franziska zu beschäftigen. Einige hatten sogar regelrechte Panikattacken, und ich musste das Kennenlernen unterbrechen und Tage später wiederholen. Dabei hatten alle die Chance, Teil von etwas Großem zu werden, etwas Unsterblichem. Auch du sollst diese Möglichkeit bekommen. Es würde dir gut tun, dich rechtzeitig an ihren Anblick und ihre Gegenwart zu gewöhnen. Aber ich kann auch verstehen, dass es am Anfang schwerfällt. Ihr Frauen seid hier unten in einer für euch ungewohnten Umgebung. Ihr müsst euch erst einmal einleben. Doch sorge dich nicht. Ich gebe auch dir Zeit dafür, liebe Rissa.«

Dieser Name! Larissas Hände zitterten. Sie hörte Hennings Worte, verstand sie, und doch kam es ihr vor, als würde der Fleischer eine fremde Sprache sprechen.

Sie schüttelte langsam den Kopf, während ihr Tränen in die Augen stiegen. Er war geisteskrank. Eine andere Umschreibung gab es nicht für jemanden, der Menschen tötete und ihre Knochen zu einer Art Kunstwerk zusammensetze, einem Projekt, das grausamer kaum sein könnte.

Ich bin gespannt, welche Knochen sie von dir bekommt.

Ihr Ende stand bereits fest.

»Vielleicht kann ich dir die Angst etwas nehmen«, schlug er zärtlich vor. Das Raue in seiner Stimme wich. Wieder einmal schwenkte seine Laune von dem einen ins nächste Extrem um. »Gegen deine Tränen«, sagte er und zog ein Taschentuch aus der Hose.

Larissa war wie festgefroren, starrte ihn regungslos an.

Abermals zuckte sein Augenlid, er warf die Stirn in grimmige Falten. »Ich meine es nur gut«, grollte er.

Sie wusste, dass es besser wäre, das Tuch anzunehmen, doch wie sollte sie es tun, wenn sie zu sehr zitterte, um sich nur einen Zentimeter fortzubewegen?

»Schön«, schnaubte er, knüllte es zusammen und steckte es zurück. Er wandte sich für einen Moment ab und stemmte die Hände in die Hüften. Sein breites Kreuz hob und senkte sich in tiefen Atemzügen. Nach einigen bangen Sekunden drehte er sich um. Er wirkte sichtlich entspannt, hatte die aufkeimende Wut offenbar hinuntergeschluckt. Doch es war nur eine Frage der Zeit, bis es erneut gefährlich werden würde.

Henning trat neben das Skelett, streichelte den Beckenknochen und fuhr an der metallischen Stützstange aufwärts. Er glitt über die Rippenbögen und legte die Hand schließlich auf das, was Larissa als Schulter bezeichnen würde. »Franziska besteht derzeit aus sechsunddreißig Knochen. Jede Frau, die meinen Keller besuchte, spendete zwei davon. Du kannst leicht ausrechnen, wie viele Frauen hier waren.«

Natürlich konnte sie das, aber sie schwieg dennoch. Erwartete er tatsächlich eine Antwort? Die Zeit verging.

Er starrte sie an. Plötzlich holte er aus und schlug mit der flachen Hand gegen einen der Gitterstäbe. Es knallte so laut, dass Larissa spitz aufschrie. »Wie viele Frauen waren hier?«, brüllte der Fleischer.

»Achtzehn«, schrie Larissa. »Achtzehn Frauen!«

Und sie war Nummer neunzehn.

»War das so schwer?«, bellte Henning und ballte die Hände zu Fäusten. »Gewöhn dir endlich an, mir zu antworten, Miststück!«

Ihre Unterlippe zitterte. Tränen rannen wie Wasserfälle ihre Wangen hinunter. Sie fühlte sich anhand der schieren Übermacht ihrer Angst benommen.

Die Brust des Fleischers bebte, so heftig atmete er. Glühend heiße Wut drohte ihn zu übermannen. Rohan schien es ebenfalls bemerkt zu haben. Er zog winselnd den Schwanz ein und brachte sich in einer Ecke des Raumes in Sicherheit.

Henning atmete noch ein, zwei Mal durch, dann begann er zu erklären, die grauen Augen unablässig auf Larissa gerichtet. »Jede Frau gibt zwei Knochen. Den einen wähle ich, den anderen sie selbst. Das ist das Spiel. Ich könnte es mir auch leicht machen und direkt zwei Knochen aussuchen und herausschneiden. Aber das hätte keinen Anspruch, keinen Charme. Die Knochen wären einfach nur da, gewaltsam entnommen. Sie hätten keine Story. Und darauf kommt es eben an. Ich spreche viel mit den Frauen, lerne sie kennen. Sie erzählen mir ihre Lebensgeschichte. Und siehe da, irgendwann finde ich den Knochen, der die interessanteste Geschichte trägt und am besten zu Franziska passt. Wie dieser Unterschenkelknochen zum Beispiel.« Henning deutete auf das Bein. »Mit ihm hat es auch eine besondere Bewandtnis.« Liebevoll beugte er sich hinab und strich mit den Fingern über das tote Weiß, ehe er an einer Stelle innehielt, an der quer eine gezackte Linie verlief.

Larissa kniff die Augen zusammen und überlegte, ob es sich dabei um einen verheilten Bruch handelte.

»Ein schwerer Knochenbruch«, bestätigte er ihre Vermutung. »Der Knochen gehörte einst Lisa. Sie war eine junge Fußballspielerin, eine sehr gute sogar. Sie spielte sogar für diverse U-Nationalmannschaften. Beeindruckend, nicht wahr? Na ja, bei ihrem vorletzten Saisonspiel wurde sie schlimm gefoult. Die Gegenspielerin hat sie so hart getroffen, dass der Knochen brach und sich aus der Haut bohrte. Nach zwei oder drei Operationen kehrte sie auf den

Platz zurück, aber sie war sportlich nur noch der Schatten jener Person, die sie einst gewesen war.«

Er machte eine kurze Pause, um das Erzählte sacken zu lassen. »Wie du siehst, und ohne weiter ins Detail zu gehen, hat dieser Knochen eine Geschichte. Nachdem Lisa mir von ihrem Leid berichtet hatte, war mir klar, dass ich den Unterschenkel wählen würde.« Henning betrachtete sein Werk mit väterlichem Blick. Oder war es der eines Verliebten? »Das war der eine Teil. Nun musste sie selbst den zweiten Knochen wählen. Das erwies sich als wahre Geduldsprobe. Doch irgendwann hatte ich sie so weich geklopft, dass sie sich für einen Halswirbelknochen entschied. Willst du wissen, warum?«

Larissa starrte ihn an. Nicht, weil sie sich tatsächlich dafür interessierte. Nein. Sie fragte sich, wie er nur so kalt und abgebrüht über seine furchtbaren Taten reden konnte.

»Ihr jüngerer Bruder erlitt einen schweren Unfall, als er noch sehr klein war. Er brach sich einen Wirbelknochen und war fortan gelähmt. Weil Lisa ihren Bruder liebte und jahrelang umsorgte, hatte der Halswirbelknochen als solcher eine gewisse Symbolkraft für sie und war ein Sinnbild für sein Leiden. Also wählte sie ihn.«

»Ich glaube dir nicht«, piepste Larissa.

Henning kniff die Augen zusammen. »Wie bitte?«

»Ich glaube dir nicht«, wiederholte sie. Sie konnte sich beim besten Willen nicht vorstellen, dass die arme Frau sich freiwillig entschieden hatte, ihren Knochen herzugeben. Henning musste sie mit Gewalt und Psychoterror dazu gebracht haben. Würde es auch ihr so ergehen? Oder ergab sich ihr doch noch eine Möglichkeit zur Flucht?

»Ob du mir glaubst oder nicht, ist mir scheißegal!«, bellte der Fleischer. Larissa zuckte zusammen. »Du wirst mir schon glauben! Alle haben mir geglaubt!«

Es war so weit. Wut schoss wie Lava aus den Augen des Ungeheuers, walzte durch die Zelle und verbrannte alles um sich herum.

»Ich hätte niemals gedacht, dass du so derart aufmüpfig bist! Und undankbar! Ich dachte, dass ich dir die Flausen in der Dusche ausgetrieben hätte! Hast du etwa nicht genug gefroren? Willst du wieder einen Tag in Nässe und Kälte verbringen?«

Bei der Erinnerung an das letzte Mal zog sich alles in ihr zusammen.

»Nein«, japste sie, während ihr Herz raste. »Bitte, bitte nicht!« Sie musste ihn beruhigen, irgendwie besänftigen. Eine weitere Nacht ohne Kleidung, Wärme und Essen würde sie nicht überstehen.

Der Fleischer tigerte vor den Gitterstäben auf und ab, während Franziskas leere Augenhöhlen auf Larissa gerichtet waren. Es kam ihr vor, als würden ihre toten Augen sie beobachten, sie verurteilen. Das Skelett grinste sie an. Es war ein Lächeln, dem viele Zähne fehlten.

»Was ist mit ihrem Gebiss passiert?«, fragte Larissa, der bei diesem Anblick eine Idee gekommen war. »Gibt es dazu auch eine Geschichte?«

Der Fleischer hielt inne, warf ihr einen verwunderten Blick zu. Sein Gesicht war hochrot, auf seiner Stirn pulsierte eine Ader. »Was?!«, keifte er perplex.

Larissa stand auf. Ihre Knie zitterten, wollten ihr nicht so recht gehorchen. »Erzähl mir die Geschichte von Franziskas

Kopf«, forderte sie mit dünner Stimme. »Bitte. Ich ... Ich wollte dich nicht verärgern. Es tut mir leid.« Sie ballte die Hände zu Fäusten. *Bitte*, betete sie, *lass ihn den Wutausbruch vergessen!*

Es dauerte lange, doch schließlich entspannten sich seine Züge. Er rang sich sogar zu einem Lächeln durch und musterte die Tränen, die von ihrem Kinn auf das beige Oberteil tropften. Fast dachte sie, so etwas wie Mitleid in seinem Blick erkannt zu haben, aber dann erhob er seine Stimme, so kalt und ruhig, dass es Böses verheißen musste.

»Liebe Rissa«, begann er, »denkst du eigentlich, ich wäre dumm? Denkst du, du könntest mich verarschen?«

Ein Kälteschauer floss durch ihren Körper. Die Zeit verlangsamte sich. Er hatte sie durchschaut. Sie versuchte, etwas Überzeugendes zu erwidern, doch war ihr Mund fest verschlossen, wie zugeklebt.

Henning zog einen Schlüssel aus seiner Hosentasche und machte sich am Türschloss der Zelle zu schaffen. Larissa befürchtete das Schlimmste. Würde er ihr etwas antun, sie bestrafen? Ängstlich glitt ihr Blick über die Muskeln, die sich unter seiner Kleidung strafften. Es würden schmerzhafte Schläge werden. Da gab es keine Zweifel. Martin war vermutlich nur halb so viel Mann gewesen wie Henning, und trotzdem war es ihm oft gelungen, sie blutig zu prügeln.

Die Tür schwang auf, quietschend und schnell. Sie machte sich wimmernd auf das Schlimmste gefasst. Doch zu ihrer Verwunderung trat er nicht ein. Nein. Er musterte sie. Das kalte Grau seiner Augen sprach ein Urteil. Dann grinste er.

»Ich könnte dir nie etwas antun.«

Die Sekunden verrannen. Bevor sie wusste, wie ihr geschah, huschte ihr ein Wort über die Lippen. »Danke.«

Henning lachte auf. Donnernd und unendlich amüsiert. »*Ich* könnte dir nie etwas antun ...« Er trat einen Schritt zur Seite. »Aber er schon. Rohan!«

Der Hund verstand das Kommando und preschte vor, und ehe Larissa schreien konnte, warf er sich auf sie. Sie stürzte hart zu Boden, schlug mit dem Kopf gegen den Heizungsstahl und blieb auf dem Rücken liegen. Ihr Sichtfeld verschwamm. Larissa schrie, als seine Krallen über ihre Beine schrammten. Das Bellen des Tieres dröhnte in ihren Ohren. Dann folgte der Schmerz. Stark und brutal. Der Rottweiler hatte sich in ihrem rechten Unterschenkel verbissen.

Blut strömte warm über ihre Haut und tropfte auf den schmutzigen Boden. Sie schrie und schrie. Doch je lauter sie wurde, desto fester biss er zu. Keuchend und schluchzend versuchte sie, von dem Untier wegzurutschen, es mit kräftigen Tritten und Schlägen abzuwehren. Aber er war zu stark, hielt sie an Ort und Stelle gefangen, widerstand allem, was sie ihm entgegensetzte.

Plötzlich erklang ein Pfiff, woraufhin der Hund sofort losließ. Larissa sprang auf und preschte einen Meter vor. Schmerz loderte auf, explodierte in ihrem Bein. Sie verlor das Gleichgewicht und prallte mit der Schulter gegen die Betonwand. Dann wurde alles schwarz.

13.

Als Larissa die Augen wieder aufschlug, lag sie auf dem Bett, eine dünne Decke über sich gebreitet. Die schweren Kettenglieder verliefen geschwungen wie eine Schlange über den Stoff und glitten von der Bettkante aus zu Boden.

Sie atmete tief durch. Dann bewegte sie ihren Kopf zur Seite und sah sich verunsichert in der Zelle um. Das bereute sie sofort. Ein unangenehmes Schwanken ließ ihr Sichtfeld verschwimmen. Ihr wurde schlagartig schlecht, doch sie musste sich zusammenreißen.

War noch jemand in der Zelle? War Henning da, mitsamt diesem schrecklichen Hund? Doch außer dem Skelett, das dicht vor der verschlossenen Zellentür stand, war niemand im Raum.

Die Erinnerungen an die Momente, bevor alles schwarz geworden war, kamen nur träge zurück. Erst als nach einer unbedachten Bewegung ein stechender Schmerz durch ihren Unterschenkel zuckte, schossen ihr Bilder in den Kopf.

Ruckartig setzte sie sich auf, riss die Decke beiseite und ließ sie zu Boden fallen. Vom Unterleib abwärts war sie nackt, nur an der Stelle, wo Rohan sie gebissen hatte, trug sie einen dicken Verband. Henning musste ihn ihr angelegt haben. Sofort schoss ihr die Schamesröte ins Gesicht. Ihr Blick glitt hastig zur Kamera, die auf ihr ruhte und rot blinkte.

Mit zitternden Händen zog sie die Decke wieder über alles, was der Perverse nicht sehen durfte. Nur den rechten Unterschenkel ließ sie frei und untersuchte den Verband genauer. Als sie ihn berührte, flammte der Schmerz auf wie Feuer. Sie zog ihre Finger zurück und verharrte reglos, den Blick auf die Verletzung gerichtet. Sie hatte Angst vor dem, was sich unter dem Verband befand. Und dennoch musste sie erfahren, wie schlimm es um sie stand.

Das Ende des Stoffes war auf der Rückseite des Unterschenkels mit zwei Metallklammern fixiert. Sie biss die Zähne zusammen und löste erst die eine, dann die andere. Vorsichtig wickelte sie Lage um Lage ab. Je weiter sie kam, desto rötlicher färbte sich das Gewebe. Als sie schließlich die letzte Schicht abwickelte, schrie sie auf vor Schmerz. Getrocknetes Blut zerrte an der Wunde.

Larissa hielt die Luft an, als sie die zerfetzte Haut sah. Ihre zerfetzte Haut! Rohans Zähne hatten zahlreiche Risse hinterlassen. Einige davon maßen ein bis zwei Zentimeter. Wundflüssigkeit suppte an den Stellen hervor, die sie beim Abwickeln des Verbandes aufgerissen hatte.

Henning musste die Verletzung vor dem Verbinden gereinigt haben, denn ein beißender, klinischer Geruch ging davon aus. Aber was, wenn das nicht reichte? Bei dem Gedanken an eine entzündete, eiternde Wunde stieg Übelkeit in ihr hoch. Wenn sie sich wenigstens waschen könnte!

Suchend sah sie sich um, doch auch diesmal blieb ihr Blick nur am Spülkasten der Toilette hängen.

Sie atmete tief durch, sammelte Kraft. Dann wuchtete sie sich hoch, die Decke fest umklammert. Als sie stand, holte sie ein starkes Schwindelgefühl ein, ließ sie nach links und rechts taumeln.

»Woah«, keuchte sie und musste sich am Zellengitter festhalten. Sie schloss die Augen und versuchte, das Schwanken zu überstehen. Dann torkelte sie los, Schritt für Schritt, die Decke wie einen Rock um sich gewickelt. Das Surren der Kamera folgte ihr. Er beobachtete sie.

Als sie die Toilette erreichte, stützte sie sich auf den Wasserkasten und hielt inne. Ein alter, muffiger Geruch ging von dem angelaufenen Porzellan aus, vermischt mit dem unverkennbar aggressiven Gestank eines Abflusses. Auf der Wasseroberfläche hatte sich eine dünne, gräuliche Haut gebildet. Larissa würgte.

Reiß dich zusammen, ermahnte sie sich selbst. Sie hielt die Luft an, um den Gestank nicht mehr wahrnehmen zu müssen, dann nahm sie den Deckel des Wasserkastens herunter. Die trübe, muffige Brühe im Inneren ließ Larissa endgültig die Beherrschung über ihren Magen verlieren. Sie schaffte es gerade noch, sich über die Schüssel zu beugen, ehe sie sich in einem Schwall übergab.

Als ihr Mageninhalt, so wenig es auch war, sie verlassen hatte, fiel sie nach hinten und landete auf dem Gesäß. Ihr Bein pochte schmerzhaft.

»Verdammt, verdammt, verdammt!«, schrie sie mit einer Kraft, die sie selbst überraschte. Ihre Finger gruben sich in die Decke.

Das Surren der Kamera erklang. Mit zusammengebissenen Zähnen beobachtete sie, wie sich das Gerät von ihr wegdrehte und auf die Betonwand ausrichtete. Das Blinken erlosch. Schlagartig erinnerte sie sich daran, wie empfindlich Henning auf ihr Schreien reagierte. Doch sie konnte nicht anders. All der Schmerz, die Wut und Verzweiflung ließen etwas in ihr aussetzen.

»Hier wird nicht geschrien!«, äffte sie den Fleischer nach. »Als Besucher ist man respektvoll! Bla bla!«

Sofort wusste sie, dass sie ihren Ausbruch bereuen würde, und verstummte abrupt. Er würde sie für das, was sie gesagt hatte, bestrafen.

Sie lauschte, versuchte Schritte auszumachen, die den Fleischer ankündigten. Die Sekunden vergingen, wurden zu Minuten. Nichts passierte. War er nicht im Haus? War er unterwegs? Larissa entspannte sich etwas. Was immer ihr auch blühte, es würde nicht jetzt geschehen.

Mit dem Saum ihres Ärmels wischte sie sich den Mund sauber. Der bittere Geschmack von Erbrochenem lag schwer auf ihrer Zunge. Wieder fiel ihr Blick auf den Wasserkasten. Das Reinigen der Wunde konnte sie vergessen. Wer wusste schon, welche Keime sich in dem Wasser befanden.

Langsam richtete sie sich auf und stolperte zum Bett zurück, griff unterwegs nach ihrer Hose, die sie im Gitter hängend entdeckt hatte, und ließ sich vorsichtig auf die Matratze sinken. Sie steckte ein Bein nach dem anderen in die Hosenbeine, stets bedacht, die Wunde nicht zu berühren. Zum Glück war der Stoff so weit geschnitten, dass sie ihn auf der Seite des verletzten Beines bis zum Knie aufwickeln konnte. Dann nahm sie den abgewickelten Verband und umwickelte unter Tränen des Schmerzes die blutige Haut.

Nachdem sie sich ein letztes Mal in der Zelle umgesehen hatte, legte sie sich nieder und zog die Decke bis zum Kinn hoch.

Ihre Gedanken kreisten. Henning hatte sich selbst als Mörder betitelt, sammelte Knochen, die er seinen Opfern entnahm. Schlagartig erinnerte sie sich an den metallenen Operationstisch im Waschraum. Ihr wurde eisig kalt, als sie daran dachte, wie er darauf irgendwelche Frauen zerschnitt. Wie er auch sie bald zerschneiden würde.

Sie drehte sich so, dass sie einen Blick auf das Skelett werfen konnte. Ein Schauer überkam sie, als sie die Knochen musterte. Achtzehn Frauen. So viel Mensch steckte in dieser bizarren Figur, von der eine so furchtbare Aura ausging, als würde sie tatsächlich leben. Und sie würde Mensch Nummer neunzehn werden und zwei weitere Stücke zu Franziska beisteuern. Larissa fragte sich unwillkürlich, welchen Knochen er von ihr wählen würde.

So ein absurder Gedanke! Sie durfte nicht so denken. Sie durfte sein Spiel nicht mitspielen. Täte sie es doch, müsste sie sich eingestehen, dass sie ... verloren war.

Henning kam erst am Abend zurück. Er hatte die Zelle mit versteinerter Miene betreten, Larissa finster gemustert. Sie erwartete ein Donnerwetter, eine Bestrafung für das, was sie Stunden zuvor durch den Raum gebrüllt hatte. Doch es passierte nichts. Auch Rohan blieb still. Stattdessen setzte sich der Fleischer zu ihr ans Bett, betrachtete sie ausführlich, während sie stets den Blick gesenkt hielt. Dann fragte er sie, wie es ihr und vor allem der Wunde ging. Als sie nur wimmerte, statt zu antworten, holte er einen Verbandskasten und versorgte sie gründlich, wickelte beinahe fürsorglich denn alten Stoff ab und bestrich die blutigen Stellen mit einer Salbe.

Der neue Verband saß wie angegossen. Währenddessen berichtete Henning im Tonfall eines Mediziners, dass er die Verletzung, während sie bewusstlos war, ordentlich gesäubert und desinfiziert hatte. Zudem gestand er, dass er ihr ein starkes Schmerzmittel gespritzt hatte. Das erklärte das Schwanken, das sie beim Aufwachen verspürt hatte.

Larissa traute dem herrschenden Frieden nicht. Wo blieb die Explosion? Wann würde er sie bestrafen? Seine strengen Gesichtszüge sprachen Bände. Spielte er nur mit ihr? Wollte er sie in Sicherheit wiegen, bevor er hinterhältig zuschlug? Sie war innerlich angespannt, richtig aufgewühlt und wünschte sich, er würde endlich beginnen, den Bann der Verunsicherung brechen.

Zu ihrer Überraschung passierte etwas ganz anderes. Er stand auf und löste die Kette aus ihrer Verankerung. »Ich habe gekocht. Du musst Hunger haben! Aber zuerst musst du dich waschen!«

14.

Was zum Teufel war gerade passiert? Diese Frage wiederholte Larissa im Stillen immer und immer wieder. Vor wenigen Minuten noch hatte sie in der Zelle gesessen, angekettet und voller Angst, was Henning mit ihr anstellen würde. Nun saß sie gewaschen und parfümiert an einem ordentlich gedeckten Tisch mit weißer Decke, vor ihr ein großer, flacher Teller, neben dem das Besteck – Gabel und Löffel – penibel drapiert war. Ein bauchiges Weinglas stand zu ihrer Rechten, in der Tischmitte brannte eine Kerze. Der Duft von frischen Blumen, ausgehend von einem voluminösen Mischstrauß, stieg in ihre Nase. Irgendwo in der Ferne klapperte es metallisch.

Sie ließ den Blick durch das Zimmer schweifen, das direkt zwischen dem Zellen- und dem Waschraum lag. Der Esstisch befand sich nahe der Tür. Auf der gegenüberliegenden Seite stand ein großer Röhrenfernseher, davor ein breites, graues Sofa mit dicken Polstern. Hinter dem Möbelstück ragte eine Eisenstange aus dem Boden, an deren oberem Ende ein Ring angeschweißt war. Larissa drehte sich um. An der Wand hinter ihr befand sich ebenfalls ein solcher Ring. Ihre Kette war mit einem Bügelschloss daran befestigt.

Wieder klapperte es in der Ferne, ein hochfrequentes Piepen mischte sich darunter. Dann erkannte sie Hennings Stimme, die undeutlich, aber zufrieden etwas murmelte. Rohan, der neben dem Sofa lag und aus einem glänzenden Blechnapf widerlich aussehende Schlachtabfälle fraß, sah erwartungsvoll auf. Plötzlich erklangen Schritte auf der hölzernen Treppe.

Der Gefangenen sackte das Herz in die Hose. Hätte er nicht noch länger wegbleiben können? Am besten für immer?

Als der Fleischer den Raum betrat, balancierte er ein schwer beladenes Tablett und warf ihr ein herzliches Lächeln zu. Sie erwiderte es mit einem verwunderten Blick. Ihr fiel auf, dass er sich fein zurechtgemacht hatte. Er trug ein weißes Hemd, das in einer schwarzen Jeans steckte. Der Stoff spannte sich über den Muskeln. Der kräftige Vollbart wirkte gepflegt, womöglich hatte er ihn gestutzt. Seine Haare hatte er nach hinten gekämmt.

»Ich hoffe, du hast Hunger mitgebracht?«, tirilierte er und stellte das Tablett am Rande des Tisches ab. Es war beladen mit allerhand Köstlichkeiten. Der Duft von gebratenem Fleisch, gedünstetem Gemüse und Pfeffer strömte durch den Raum. »Rumpsteak, medium«, erklärte er und verteilte ansehnliche Fleischstücke in rekordverdächtiger Größe auf die beiden Teller. Sie waren mit grobem Salz sowie einer dünnen Scheibe Kräuterbutter bedeckt, die bereits zerfloss. »Dazu eine Ofenkartoffel mit Sourcream und Bratgemüse.« Er tat erst ihr, dann sich selbst besagte Speisen auf. Feierlich hielt er ihr zwei Weinflaschen vors Gesicht. »Rot oder weiß?«

Larissa zögerte. Ihr kam die gesamte Situation merkwürdig vor. Noch immer wartete sie auf den Knall. Jetzt etwas zu essen, gar einen Wein auszusuchen, kam für sie nicht infrage. Dabei hatte sie seit Stunden einen

Bärenhunger und Durst. Vielleicht sollte sie die Angst und ihren Stolz für einen Moment vergessen.

»Sei nicht so schüchtern«, motivierte der Fleischer seinen Gast. »Ich kann dir den roten empfehlen. Er ist angenehm rassig, hat eine hervorragende Säure.«

Sie nickte zaghaft. Er stellte zufrieden grinsend den Weißwein zurück auf das Tablett. Während er die gewählte Flasche entkorkte, erklang ein ekliges Knacken. Rohan hatte einen kurzen, aber dicken Knochen in seinem Napf gefunden und zerlegte ihn in seine Einzelteile. Blutige Fleischreste fielen herab, Knorpel und Sehnen verschwanden im Schlund des Rottweilers.

Henning, der den Wein derweil in Larissas Glas goss, folgte flüchtig ihrem Blick.

»Er liebt Knochen«, kommentierte er das Geschehen. Larissa drehte sich der Magen um, als einige der Fleischfasern am Stoff des Sofas hängen blieben. »Nur Tischmanieren hat er nicht. Ich hoffe, das ist bei dir anders, ja?« Er ließ sich ihr gegenüber nieder und reichte ihr ein Steakmesser.

Sie nahm es schweigend entgegen. Irgendwie wunderte es sie, dass sie überhaupt ein Messer bekam. Befürchtete er nicht, dass sie es gegen ihn einsetzen könnte?

Wieder drang ein Knacken aus Rohans Richtung. Gieriges Schlabbern und Kauen folgte.

»Ich bringe aus dem Betrieb oft Schlachtabfälle mit«, begann Henning zu erzählen. »Rohan braucht hin und wieder etwas, das er zerbeißen kann. Ich will ihn bei Laune halten. Nicht, dass er irgendwann anfängt, seine animalischen Triebe an meinen Gästen auszulassen.«

Larissa erschauderte. Sie musste an den Biss denken, den das Vieh ihr zugefügt hatte. Wie auf Kommando fing ihre Wunde zu brennen an. Sie wollte sich nicht ausmalen, was geschah, wenn der Hund ernst machte und sich nicht von seinem Herren zurückpfeifen ließ. Unweigerlich musste sie an ihr bevorstehendes Schicksal denken.

»Manchmal gelingt es mir auch, gutes Fleisch herauszuschmuggeln.« Er deutete auf die beiden Steaks. Mit einem frohen Gesichtsausdruck griff er zu Messer und Gabel und schnitt sich das erste Stück zurecht. Er kaute genüsslich. Mit einem Nicken in Richtung ihrer Portion forderte er sie zum Essen auf.

Zögerlich nahm sie ihre Gabel. Ihr Magen rumorte und knurrte vor Hunger. Sie musste es tun, koste es, was es wolle. Sie musste unbedingt bei Kräften bleiben. Sollte sich eine Chance zur Flucht ergeben, würde sie ausgehungert nicht weit kommen. Und obwohl ihr beim Anblick ihres Peinigers alles verging und ihr das Schmatzen des Hundes Übelkeit verursachte, schaffte sie den ersten Bissen.

»Und?«, fragte Henning interessiert. »Habe ich deinen Geschmack getroffen?«

Es schmeckte tatsächlich gut. Würde sie das Fleisch doch nur genießen können!

Sie nickte hastig, stets darauf bedacht, ihr Gegenüber nicht unnötig zu provozieren.

Er lächelte zufrieden. »Wunderbar. Eigentlich hatten wir ja verabredet, dass du uns etwas kochst. Aber ich dachte mir, dass ich als Gastgeber den ersten Schritt machen sollte.« Er nahm einen Schluck Wein und forderte sie auf, es ihm gleich zu tun.

Der Wein rann ihr angenehm die Kehle hinunter und verbreitete ein fruchtiges Aroma in ihrem Mund, gefolgt von einem wohligen Kribbeln. Erst jetzt wurde ihr schlagartig bewusst, wie groß ihr Durst eigentlich war. Gierig nahm sie noch einen Schluck, der beinahe das Glas leerte.

»Nun mal nicht so gierig!«, rief er lachend und sah sie mit leuchtenden Augen an. »Der ist hart!«

Doch das war ihr egal. Sie würde ihn austrinken. Auch wenn sie in ein paar Stunden die Quittung dafür bekam, so war ihr Durst wenigstens für einen Moment gestillt. Zudem baute sie darauf, dass der Alkohol die allgemeine Lage etwas erträglicher oder zumindest weniger schlimm machen würde.

Henning deutete auffordernd auf die Steaks vor ihnen und sah sie erwartungsvoll an.

Larissa erwiderte den Blick lange. Als sie das Zucken eines seiner Augenlider bemerkte, mühte sie sich eilig zu einer Antwort.

»Es schmeckt gut«, wisperte sie schüchtern. Im nächsten Augenblick zuckte sie erschrocken zusammen.

Etwas hatte ihr Bein berührt. Es war Rohan, der unter dem Tisch stand und an ihrem Verband roch. Sie japste und zog den Fuß weg.

»Rohan!«, donnerte der Fleischer und knallte die Faust so laut auf den Tisch, dass der Schreck durch ihre Glieder fuhr. »Troll dich fort, miese Töle!«

Der Hund preschte mit seinem zwischen die Beine geklemmtem Schwanz in Richtung Sofa davon, riss auf halbem Weg seinen mittlerweile leeren Futternapf um.

»Und bleib!« Henning war das Blut in den Kopf gestiegen. Seine kalten Augen ruhten so lange auf dem Tier, bis es sich niedergelassen und demütig den Kopf gesenkt hatte.

Larissas Herz raste noch immer, beruhigte sich nur langsam. Sie fürchtete, dass Hennings Stimmung umzukippen drohte.

»Ist das Rind?«, fragte sie zögerlich in der Hoffnung, das Thema zu wechseln, bereute diese dämliche Frage jedoch sofort. Natürlich war es Rind. Rumpsteak war immer Rindfleisch.

Der Fleischer verzog verwundert die Augenbrauen. Dann lachte er auf, ohrenbetäubend laut. Sein Gesicht wurde rot und er musste sich die Hand vor den Mund halten, damit er nichts von dem, was er gerade kaute, auf dem Tisch verteilte.

»Ist das Rind?«, wiederholte er mit erstickter Stimme. »Der war gut! Du bist ein richtiger Spaßvogel, was?«

Larissa zwang sich zu einem Lächeln. Das war gerade noch einmal gut gegangen.

»Du kannst gut die Dumme spielen«, lobte er, holte tief Luft und schaffte es endlich, sich zu beruhigen.

Ein plötzlicher Schmerz im Unterschenkel ließ sie das Gesicht verziehen.

»Brauchst du neue Schmerzmittel?«, fragte er besorgt, sein Lächeln augenblicklich erloschen.

Sie schüttelte den Kopf. Das Letzte, was sie wollte, war, von ihm irgendein Mittel injiziert zu bekommen. Wer wusste schon, was er ihr verabreichte? Ein

Betäubungsmittel vielleicht, das nicht nur ihren Schmerz linderte, sondern sie auch gefügig machte?

Plötzlich war sie wieder da, die Angst vor dem, was mit ihr passieren würde. Und vor allem, *wann* es passieren würde. Dass er sie töten würde, daran bestand kein Zweifel mehr. Doch wie lange musste sie diese Tortur aus Zelle, Abendessen und Folter noch durchstehen?

»Es ist eigentlich ziemlich schade, dass du dich nicht richtig zurechtgemacht hast«, unterbrach er ihre Gedanken und musterte abfällig die beige Stoffkleidung seiner Gefangenen. »Ich habe mir extra ein Hemd für dich angezogen. Und eine Jeans. Beides trage ich normalerweise nicht so gerne.« Er wirkte tatsächlich unzufrieden, beinahe gekränkt.

War es denn ihre Schuld, dass sie trug, was sie trug? Er hatte sie gezwungen, die viel zu großen, unförmigen Kleidungsstücke anzuziehen.

»Beim nächsten Mal trägst du etwas Schöneres. Wir wollen doch hübsch aussehen, wenn wir so gutes Fleisch essen, oder?«

»Ja«, presste sie hervor und nickte. »Ich werde mich ... bemühen.«

»Wundervoll!« Henning klatschte gut gelaunt in die Hände. »Ich werde einen Blick ins Museum werfen. Vielleicht finde ich dort noch ein schönes Sommerkleid für dich.«

Museum? Was hatte es damit auf sich? Aber ehe sie länger darüber nachgrübeln konnte, setzte Henning das Gespräch munter fort, berichtete von seinem Alltag, erzählte von irgendwelchen Hobbys und Tagesabläufen.

Larissa versuchte, auf die Worte zu achten, nicht unhöflich und ehrlich interessiert zu wirken, doch trieb sie immer wieder in ihre eigenen Gedanken ab. Während sie die Bewegungen seiner Lippen, die so seltsam schmal waren, beobachtete, dachte sie immerzu an das, was ihr bevorstand.

Ich. Werde. Sterben. Er wird mich töten. Er wird mich aufschneiden. Er wird mir Knochen nehmen und in dieses scheußliche Ding einsetzen.

Hitze – blanke Panik – stieg in ihr auf. Und der Fleischer redete und redete.

»Guck dir zum Beispiel Rohan an«, sagte er gerade und deutete mit ausgestrecktem Zeigefinger auf seinen Hund. »Er ist so gut erzogen. Ich könnte ihm eine scheuern, und er würde es nicht einmal im Traum wagen, mich zu attackieren.« Als Larissa nicht reagierte, sondern nachdenklich ins Leere starrte, hob er eine Augenbraue. »Du glaubst mir nicht? Rohan!«

Der Hund kam folgsam zum Tisch und warf seinem Herren einen erwartungsvollen Blick zu. Als dieser keine Anstalten machte, mit ihm zu interagieren, legte er verwundert den Kopf schräg. Das war der Moment, in dem Henning zuschlug. Larissa schrie schrill auf, als er mit der flachen Hand den Kopf des Hundes traf. Die Wucht des Schlages war so enorm, dass das Tier zur Seite taumelte und gepeinigt aufjaulte. Der Rottweiler wirkte benommen, erholte sich aber schnell von seinem Schreck, ließ ein lautes Knurren vernehmen und fletschte die Zähne. Henning beugte sich vor und hielt ihm seine Hand hin, doch anstatt ihn anzugreifen, verharrte Rohan reglos. Sein Blick war voller Schmerz und Hass.

»Siehst du, Rissa? Er tut nichts. Er würde sein Herrchen nicht beißen. Ich könnte ihn totprügeln, ohne dass er mich anginge.«

Um seine Behauptung zu untermauern, führte er die Hand dichter an das Maul des Tieres heran, direkt vor die gelben Zähne. Mit der anderen schlug er erneut zu. Und noch einmal. Rohan winselte und bellte, wich angsterfüllt zurück. Doch er griff nicht an. Henning lachte auf, als er sah, wie sich unter dem Tier eine Pfütze bildete. »Scheiß Angsthase!«, prustete er. »Pisst sich ein!«

Larissa beobachtete, wie der Rottweiler mit eingezogenem Schwanz hinter dem Sofa verschwand. Jähes Mitgefühl flammte in ihr auf, und das, obwohl der Rüde sie vor Kurzem arg verletzt hatte.

Der Fleischer grinste. »Man beißt nicht die Hand, die einen füttert«, erklärte er im Stil eines Oberlehrers.

Sein selbstgefälliger Gesichtsausdruck löste eine Heidenangst in ihr aus. Sie fürchtete sich vor dem, was er ihr antun würde. Ihre Lippen begannen zu zittern, ihre Augen glitzerten feucht.

Soll er es doch einfach tun! Wenn er sie töten wollte, sollte er es endlich hinter sich bringen. Warum tat er ihr dieses Psychospiel an?

»Wurdest du schon einmal geschlagen, Rissa?«

Der Klang dieses verhassten Namens riss sie abermals aus ihrer Welt. »W-Wie bitte?«

»Ich will wissen, ob dich jemals jemand geschlagen hat?« Er lächelte ihr aufmunternd zu. »Und ich meine damit nicht einen erzieherischen Klaps auf den Po. Erzähl es mir ruhig. Es bleibt unter uns.«

Sie starrte ihn lange an. Er starrte zurück. Seine grauen Augen durchbohrten sie wie Nadeln. Musste sie ihm wirklich antworten? Musste sie ihm von Martin erzählen?

»Vergiss es, dumme Frage«, winkte er plötzlich ab und schlug sich theatralisch die flache Hand auf die Stirn. »Natürlich wurdest du geschlagen, immerhin hast du in dem Frauenhaus gelebt. Niemand, der keine Gewalt erfahren hat, würde dort wohnen.«

Schlagartig wünschte sich Larissa in besagtes Frauenhaus zurück. Selbst wenn das Leben dort äußerst trist und sorgenbehaftet war, so hatte sie stets in Sicherheit gelebt. Kein Mann der Welt hatte dort Zutritt. Es war ein in sich geschlossener weiblicher Mikrokosmos gewesen, den sie Idiotin freiwillig verlassen hatte. Und nun saß sie hier, festgekettet an einem Tisch, mit einem Mann, der sie töten würde.

Ihr Herz machte einen Satz, als sich ihr Mund wie ferngesteuert öffnete. »Wann werde ich sterben?«

15.

Henning schlug mit der geballten Faust auf den Tisch, dass es nur so krachte. Sein Glas fiel um und zerbrach, woraufhin sich der Rotwein über die weiße Tischdecke ergoss. Larissa fuhr der Schock in die Glieder, ließ sie sofort versteinern.

»Was soll diese beschissene Frage?«, bellte der Fleischer und versprühte Speicheltropfen. Sein Kopf lief knallrot an, auf der Stirn pulsierte eine dicke Ader. Kochend vor Wut holte er aus und fegte seinen Teller samt Essen vom Tisch. Es klirrte und schepperte, Scherben prasselten gegen das Sofa. Die Ofenkartoffel verschwand in einer Ecke und das Steak klatschte an die Wand.

Voller Zorn sah er sich um. Als sein Blick auf Larissa fiel, schrumpfte sie regelrecht in sich zusammen. Nun konnte sie ihre Tränen nicht mehr zurückhalten. Sie schluchzte laut, was ihn offenbar noch stärker provozierte.

»Hör auf zu heulen!«, schrie er und schlug gleich dreimal auf die Tischplatte. Seine kräftigen Hiebe ließen das Möbelstück gefährlich erzittern.

Hätte sie doch bloß ihren Mund gehalten!

Henning sprang auf, tigerte auf und ab und kickte die Gabel, die auf dem Boden lag, unter das Sitzmöbel. »Du hast alles ruiniert«, schimpfte er.

»Es tut mir leid!«, rief sie mit schriller Stimme. »Ich wollte es nicht sagen!«

Doch das war gelogen. Sie wollte es wissen. Sie *musste* es wissen. Und nun würde sie teuer für ihre Worte bezahlen, das wusste sie. Zu oft hatte sie mit Martin ähnliche Situationen durchlebt. Nie war es gut für sie ausgegangen.

»Du hast die ganze Stimmung versaut!«

»Das wollte ich nicht!«

»Guck dir das Chaos an, das du angerichtet hast!«

»Bitte! Es war keine Absicht!«

Sein Blick sprang hin und her, flog von Rohan, der sich unterdessen das Steak geschnappt hatte, über die Scherben und das Sofa, an dessen Rückwand etwas von der Kräuterbutter gelandet war.

»Wer hat dich eigentlich erzogen? Deine Eltern haben wohl auf ganzer Linie versagt!«

Ein kalter Schauer durchzuckte sie. Er durfte nicht so reden. *Er* war der Kranke, der Kaputte. Ihre Eltern hatten nichts falsch gemacht. »Ich ...«, stammelte sie, »wollte nur wissen, wann ...«

»Ich habe verstanden, was du wissen wolltest«, giftete er. »Ich bin nicht dumm, du freches ...«

Doch sie sollte nie erfahren, was sie war. Mit einem wütenden Aufschrei der Verzweiflung stürmte Henning aus dem Raum und trampelte die Treppe hinauf. Ständig knallte es, als würde er bei jedem Meter, den er zurücklegte, auf die Wand einprügeln. Endlich fiel die Tür am oberen Ende der Stufen ins Schloss. Es folgte eine lange Stille, in der nur das Schmatzen des Hundes zu hören war.

Larissa zitterte am ganzen Leib. Siedend heiß kam sie zu der Erkenntnis: Sie hatte ihr eigenes Schicksal besiegelt. Ihr Ende, so unausweichlich, aber fern es womöglich gewesen war, war ein gutes Stück näher gerückt. Wie viel Zeit blieb ihr noch? Waren es ein paar Minuten? Gar fünfzehn? Dreißig?

Sie schloss die Augen und ließ den Kopf hängen. Heiße Tränen tropften auf die beige Hose. Ihre Finger kneteten panisch die Tischdecke, die so unendlich weich zu sein schien.

Bald ist es vorbei. Bald habe ich es überstanden.

Dieser Gedanke kam aus dem Nichts. Und obwohl sie unglaublich traurig hätte sein müssen, wärmte die Hoffnung auf Frieden ihr Herz. Zumindest so lange, bis sie das Geräusch einer sich öffnenden Tür hörte. Ihr Scharfrichter kam zurück.

Hennings Gesichtszüge hatten sich verhärtet. Die prominente Ader auf seiner Stirn war abgeflacht und seine Haut hatte wieder einen normalen Ton angenommen. Wortlos stand er da und funkelte sie an. Offenbar rang er mit sich. Als er schließlich mit geballten Fäusten auf sie zukam, blieb ihr beinahe die Luft weg, so schnell pochte ihr Herz.

Doch zu ihrer Überraschung schlug er nicht zu. Er zückte weder ein Messer noch eine andere Waffe. Er tat nichts, außer sich wieder auf seinem Stuhl niederzulassen. Als er sich plötzlich nach vorn beugte, zuckte sie erschrocken zusammen, aber er griff lediglich nach ihrem Teller und dem Besteck. »Das ist jetzt meins«, presste er zwischen den schmalen Lippen hervor. Dann begann er zu essen. Das Steak, das sie kaum angerührt hatte, war in wenigen Minuten verschwunden. Nur die Ofenkartoffel ließ er liegen. »So gutes Fleisch. Du hast es nicht verdient.«

Während er sprach, hielt er den Blick gesenkt. Er musste so unendlich wütend auf sie sein, dass er es nicht fertigbrachte, sie anzusehen. Stattdessen nahm er die Weinflasche und setzte sie an den Mund, trank in gierigen Zügen.

Dann, nach einer gefühlten Ewigkeit des Schweigens, hob er den Blick und sah sie an. In seinen Augen lag keinerlei Mitgefühl.

»Du wolltest wissen, wann du sterben wirst«, sprach er mit bemüht ruhiger Stimme. Ihr Herz machte einen Satz. »Eigentlich spricht man nicht über solche Dinge. Aber wenn du es unbedingt wissen willst, sollst du es erfahren. Was du daraus machst, ist dein Ding.«

Ihre Hände verkrampften sich. Sie bemerkte nicht, dass sie dabei die Tischdecke um einige Zentimeter in ihre Richtung zog. Ihr wurde plötzlich so unendlich kalt.

»Dabei kann ich es dir eigentlich nicht genau sagen. Fakt ist, dass es nur noch wenige Tage sind. Es warten weitere Projekte auf mich. Andere Gäste. Aber gemach. Wir haben noch einiges an Arbeit vor uns, du und ich. Ich kenne deine Geschichte noch nicht. Du kannst erst gehen, wenn du sie mir erzählt hast.«

Er zögerte einen Moment. »Zwischen uns ist etwas Besonderes. Ich fühle mich dir verbunden. Auf irgendeine Art und Weise bist du mir ungewöhnlich vertraut, nur weiß ich nicht, warum. Ich brauche Zeit, um es herauszufinden. Bei keiner anderen Frau habe ich so gefühlt.«

Larissa war sprachlos. Diese Antwort hatte sie nicht erwartet. Und wesentlich schlauer war sie dadurch auch nicht geworden. Zumindest wusste sie nun, dass sie noch tagelang um ihr Leben fürchten und Qualen erdulden musste.

Hennings Stimme zitterte. Es musste ihn größte Mühe kosten, sich zu kontrollieren. »Ich finde, dass deine Frage die Stimmung ruiniert hat. Zwischen uns wird sich nun einiges ändern, davon kannst du ausgehen.« Der Fleischer sah nicht so aus, als würde er die Beherrschung noch lange behalten. Sein Augenlid zuckte mehrfach.

Nach einigen Minuten, in denen er kein Wort gesagt hatte und versuchte, ruhig zu atmen, wirkte er etwas gefasster. Er legte die Hände flach auf den Tisch und sah ihr in die Augen.

»Weißt du, Rissa«, begann er, »ich habe mich lange auf deinen Besuch gefreut. Wie du schon erfahren hast, habe ich dich über Monate hinweg regelmäßig beobachtet und eingehend studiert. Ich habe deine Gewohnheiten kennen und lieben gelernt. Du hattest bei allem, was du getan hast, eine Art an dir, die mich einfach verzaubert hat. Keine Frau konnte jemals ein solches Interesse in mir wecken. Höchstens Franziska, aber das ist eine andere Geschichte.«

Larissa schluckte, als sie seine Worte hörte. Ihr schnürte sich die Kehle zu. Doch es lag nicht nur an dem Ekel vor Henning, der sie auf diese bizarre Art und Weise anschmachtete. Sie war wütend. Wütend auf sich und die Tatsache, dass sie ihn monatelang nie bemerkt hatte. Ob auf der Straße, im Supermarkt oder sonst wo – er war ihr nirgendwo aufgefallen.

»Ich lernte dich schnell schätzen, erachtete dich als eine Frau, die interessant ist. Und wunderschön.«

Er machte eine dramaturgische Pause, warf ihr einen gezwungen charmanten Blick zu. Beinahe sah es aus, als hätte er sich vollends beruhigt, wäre da nicht dieses Zucken seines Augenlids gewesen. »Ich mochte es, wie du vor mir hergegangen bist. Ich habe es geliebt, deinen Po zu beobachten, so wundervoll und elegant.«

Larissa errötete. Dieser perverse Mistkerl.

»Du trägst immer so tolle Hosen. Hast es einfach drauf, deinen Hintern zu betonen. Richtig schön. Manchmal, wenn das Licht richtig steht, mache ich mir einen Spaß daraus, zu raten, welche Unterwäsche du trägst. Dieses Spiel gefällt mir am besten. Die Konturen deiner Höschen sind aber nicht einfach zu erkennen. Offenbar sind es meist Pantys und Strings, ja?«

Das gefährliche Zucken seines Lids ließ sie zögerlich nicken, obwohl sie ihren Ekel vor ihm kaum hinunterschlucken konnte. Warum wollte er das wissen? War es nur ein Versuch, ihr eine Geschichte zu entlocken? Eine, mit deren Hilfe er einen Knochen für sein widerliches Skelett auswählen konnte? Warum hatte er das Thema auf ihren Po gelenkt? Interessierte er sich für einen Knochen, der etwas mit dem Gesäß zu tun hatte?

»Also, was meinst du?«

Sie starrte ihn verwundert an. *Mist!* Sie hatte nicht mitbekommen, was er gesagt hatte. Nervös druckste sie herum, durfte ihn nicht provozieren. »Ja«, hauchte sie und hoffte, dass diese Antwort zu seiner Frage passte.

»Ich wusste es doch«, triumphierte er. »Habe es oft vermutet. Danke für die Bestätigung.«

Was zum Teufel hatte sie ihm bestätigt? *Verdammt!* Sie musste achtsamer sein. Der Gedanke, dass ihre unbedachte Antwort den Hunger auf einen ihrer Knochen in ihm weckte, behagte ihr nicht. Also räusperte sie sich.

»Es ... tut mir leid. Ich habe über etwas nachgedacht. Was hast du eben gesagt?«

Sie rang sich sogar zu einem entschuldigenden Lächeln durch. Seine Miene jedoch ließ ihr das Herz in die Hose sacken. Bitterste Enttäuschung stand ihm ins Gesicht geschrieben. Die Pulsader auf der Stirn wurde wieder dicker.

O nein.

Als er zu sprechen anhob, zitterte jedes seiner Worte vor unterdrückter Wut.

»Ich hatte eben gefragt, ob du auch mal ...«

Seine Stimme brach ab. Er schlug mit der Faust auf den Tisch, dass es laut knallte und Geschirr klirrte. Mit der nächsten Bewegung packte er die Kante und riss das Möbelstück brüllend um. »Verdammte Scheiße!«

Larissa schrie auf. Der Schreck fuhr ihr tief in die Glieder.

»Ich kann es nicht«, polterte Henning und sprang von seinem Stuhl auf, raufte sich die Haare. »Ich kann dieses Spiel gerade einfach nicht spielen.«

Er schrie so laut, dass Larissas Trommelfell rebellierte. Speicheltropfen prasselten auf ihr Gesicht. »Du treibst mich zur Weißglut!« Der Fleischer versuchte, seiner rasenden Wut zu entkommen, trat von einem Bein aufs andere und verschränkte die Arme vor der Brust, nur um im nächsten Moment erbost um sich zu schlagen.

»Ich habe wirklich versucht, über deine Verfehlungen hinwegzusehen. Ernsthaft. Es war nicht einfach. Und dabei hätte der Abend so schön werden können. Das Essen war super, das Ambiente ebenso. Nur du musstest mit deinen dummen Fragen alles ruinieren.«

Mit angespanntem Kiefer baute sich Henning vor der zitternden Frau auf. »Dabei wäre das alles nicht so schlimm gewesen, wenn du mich vorhin in der Zelle nicht beleidigt hättest!«

Also doch! Jetzt kam der Wutausbruch, den sie bereits vor Stunden erwartet hatte. Jetzt würde sie für die Schreie bestraft werden, für das Nachäffen. Für einfach alles.

Er packte sie am Arm und riss sie hoch. »Auf jetzt«, befahl er barsch und trat hinter sie.

Larissa kniff zitternd die Augen zu, wartete auf unsägliche Schmerzen. Doch sie kamen nicht. Stattdessen klirrte Metall. Sie wandte sich um und sah, wie er ihre Kette aus dem Ring in der Wand löste.

Seine Hände zitterten, als er mit den Schlüsseln hantierte. Dann stürmte er auf sie zu. Glas knirschte unter seinen Füßen, eine Gabel wurde beiseite geschleudert. »Geh!«, raunte er und schubste sie vorwärts.

Larissa taumelte und verlor das Gleichgewicht, fing sich aber gerade noch rechtzeitig. Sie versuchte, mit seiner Geschwindigkeit mitzuhalten, und prallte im Laufschritt gegen den Türrahmen. Schmerz schoss durch ihre Schulter, doch hatte sie keine Zeit, sich ihm hinzugeben.

Der Fleischer überholte sie. Er hatte die Kette – ihre Leine – kurz hinter dem Halsring gepackt und zerrte daran, sodass sich der Ring tief in ihre Haut drückte. Larissa keuchte, riss mit beiden Händen am Metall, doch gegen seine Kraft hatte sie keine Chance.

»Nun komm endlich«, bellte er und versetzte ihr einen Ruck, der sie nach vorn schleuderte. Sie stolperte und schlug zu Boden. Doch anstatt ihr aufzuhelfen oder gar einen Moment zu warten, eilte er weiter, schliff sie über den kalten Beton. Sie schrie vor Schmerz und Verzweiflung. Meter um Meter zog er sie. Larissa versuchte krampfhaft, auf die Beine zu kommen, doch jedes Mal, wenn sie es beinahe geschafft hatte, stolperte sie über ihre eigenen Füße. Rohan, der bellend und aufgeregt um sie herumsprang, rempelte sie mehrfach an und brachte sie abermals zu Fall.

Irgendwann hatten sie den Flur hinter sich gelassen und betraten den Zellenraum. Henning zerrte Larissa wie einen Sack Mehl über den Boden und trat gewaltsam die angelehnte Gittertür auf. Dann packte er den Eisenring um ihren Hals und bugsierte sein schreiendes Opfer in das Gefängnis. Dort warf er sie gegen das Gitter. Sie schlug sich den Kopf am Metall an, wodurch ihr für kurze Zeit die Sicht schwand. Als es ihr gelang, ihren Blick wieder scharf zu stellen, bemerkte sie, dass sie am Boden saß und mit dem Rücken am Metall lehnte.

Den Moment ihrer Benommenheit nutzte der Fleischer. Er steckte die Kette durch die Gitterstäbe, eilte auf die andere Seite und zog. Als sich das Metall straffte, wurde Larissas Kopf gegen das Gestänge gezogen. Sie konnte sich kein Stück mehr bewegen. Nun hatte er sie da, wo er sie haben wollte. Er müsste nur etwas fester zuziehen, dann würde sie ersticken. Schon jetzt blieb ihr beinahe die Luft weg. Doch er gab ihr nicht den Gnadenstoß. Stattdessen machte es hinter ihr *klick*. Henning hatte die Kette irgendwo befestigt.

Larissa versuchte, den Kopf zu drehen, doch sie hatte keine Chance. Verzweifelt tastete sie über den kalten Beton, in der Hoffnung, auf irgendetwas Greifbares zu stoßen. Aber da war nichts, nur das Eisen der Gitterstäbe. Plötzlich packte er ihre Hände und zerrte sie nach hinten.

»Nein«, keuchte sie und versuchte, sich dem Griff des Monsters zu entziehen. Aber der Fleischer war zu stark. Sekunden später waren ihre Handgelenke mit Schnüren an die Gitterstäbe gefesselt.

Als Henning wieder vor sie trat, schrie sie aus Leibeskräften. Es war ein erstickter Schrei, der Halsring ließ nichts anderes zu. Er sah auf sie herab, in seinem Blick lag kein Mitgefühl, nur blanke Wut.

»Du sollst aufhören zu schreien!«, brüllte er. Der tiefe Bass seiner Stimme ließ das Gemäuer ringsherum erzittern.

Da sie nicht verstummte, sondern sogar lauter wurde, beugte er sich zu ihr hinab. Panisch versuchte sie, ihn mit Tritten abzuwehren, doch sie konnte ihm nichts entgegensetzen.

»Nein, nein!« Es waren die einzigen Worte, die sie verständlich hervorholen konnte. So durfte es nicht enden. Nicht so.

Als er nach ihr griff, kickte sie in voller Verzweiflung um sich. Volltreffer, mitten zwischen die Beine. Henning keuchte dumpf, verkrampfte für einen Moment. Der Racheschlag, den sie anschließend kassierte, tauchte ihre Sicht in Schwärze.

»*Miststück*«, kreischte er schrill. Dann legte er seine kräftigen Hände über dem Metallring um ihren Hals. Sie schrie und schrie – er drückte zu.

Augenblicklich wich ihre Stimme einem Krächzen. Sie wand und wehrte sich, so weit es ihr fixierter Kopf und ihre angebundenen Hände zuließen. Trat um sich, wild und mit der Kraft einer Frau, die um ihr Leben kämpfte. Doch ihre Energie schwand schnell, und er schaffte es, sich so auf ihre Beine zu hocken, dass sie keines ihrer Glieder mehr rühren konnte.

Sein Gesicht schwebte jetzt direkt vor ihrem, es trennten sie nur wenige Zentimeter. »Halt still oder ich töte dich an Ort und Stelle«, presste er hervor, während das Grau seiner Augen Larissa verschlang. Um die Drohung zu untermauern, drückte er noch fester zu.

In Larissas Kopf pulsierte es schmerzhaft und ein enormer Druck legte sich auf ihre Augen. Sie sog und sog, doch wollte kein bisschen Luft in ihre Lungen strömen. Die Zelle um sie herum verschwamm, alles drehte sich wie auf einem Karussell. Rohans Bellen klang dumpf und unendlich fern.

Sie durfte nicht aufgeben. Ihre Muskeln brannten vor Anstrengung, während sie versuchte, ihn abzuwerfen. Speichel lief ihr aus den Mundwinkeln.

»Hör. Einfach. Auf!«

Aber sie konnte nicht. Sie *durfte* nicht aufgeben. Diesen Triumph gönnte sie ihm nicht. Ihr ganzes Leben gipfelte in diesem Moment. Sie war dazu geboren, ihm in genau dieser Sekunde die Stirn zu bieten, koste es, was es wolle. Aber ihre Sinne begannen zu schwinden. Die Geräusche verebbten im Nichts. Wirre Farben und Schatten tanzten vor ihren Augen, ließen das verzerrte Gesicht ihres Mörders verschwinden.

Gib auf, hauchte es. Es klang wie ein Windzug, der ihren Kopf durchwehte. Und plötzlich tat sie es, folgte dem Rat des Windes. Ließ trotz aller Instinkte ihre Muskeln erschlaffen, gab jegliche Gegenwehr auf.

Offenbar bemerkte das auch Henning, denn er ließ augenblicklich los.

Gierig rang Larissa nach Luft, füllte die schmerzenden Lungen mit neuem Leben. Ihre Sicht wurde klarer. Unter lautem Japsen und Keuchen sah sie, wie der Fleischer sich erhob, mahnend mit dem Finger auf sie deutete. »Kein Wasser! Kein Essen! Kein Licht! Keine Wärme und keine Bewegung!«

Seine Worte hallten durch ihren Kopf. Sie verstand nicht sofort, was er ihr damit sagen wollte. Ihre Gedanken waren noch so unendlich langsam. Es kostete viel Kraft, sie zu ordnen. Als es ihr trotz der irren Schmerzen endlich gelang, stürmte der Peiniger bereits aus ihrem Gefängnis. Es erklang ein lauter Pfiff, auf den die trappelnden Geräusche von Krallen auf Beton folgten. Dann war sie allein.

16.

Schmerzen kommen und gehen. Manchmal zumindest. Doch es gibt auch Schmerzen, die bleiben, sich sekündlich aufs Neue bemerkbar machen und einfach nicht verschwinden. Diese Art des Leidens lässt die Zeit verschwimmen, sich in die Länge ziehen.

Wie spät ist es?

Diese Frage stellte sich Larissa nun schon zum hundertsten Mal. Sie atmete tief und langsam. Nur so war der Schmerz an der Stelle ihres Halses zu ertragen, wo Henning sie gewürgt hatte. Sog sie doch einmal zu viel Luft in ihre Lungen, zog und pochte es so unangenehm, dass sie für kurze Zeit den Atem anhalten musste. Besonders schlimm war es, wenn sie hustete. Dann stach der Schmerz brutal zu, schoss wie ein Blitz durch ihren Körper. Und zu ihrem Leidwesen hustete sie oft.

Die feuchte Kälte ihrer Zelle griff mit eisigen Klauen nach Larissa und ließ ihre Zähne klappern. Sie hatte die Knie an die Brust gezogen und hätte sie am liebsten umschlungen, wären ihre Hände nicht hinter ihrem Rücken gefesselt gewesen. Wie gern würde sie den Kopf für einen Moment aus seiner Zwangslage befreien. Nur für eine Minute. Aber die Kette verbot es mit eiserner Kraft.

Larissas Blick hing schon seit einer gefühlten Ewigkeit am Fenster über dem Heizkörper. Silbrig weißes Licht fiel in den Raum und zeugte vom Strahlen des Mondes. Sehnlichst wünschte sie sich, das Fenster stünde offen und ließe warme Luft von außen herein.

Sie schloss die Augen und versuchte sich vorzustellen, wie sich Wärme an ihre Haut schmiegte, sie umarmte, vor der Kälte schützte. Doch es gelang ihr nicht. Sie hatte das Gefühl des Sommers vergessen.

Ein neuerliches Husten ließ den Schmerz aufflammen. Sie kniff die Augen zusammen und wartete, dass die Intensität abnahm.

Vermutlich würde sie nie wieder echte Wärme spüren. Wäre es da nicht besser, weiter gefesselt hier zu sitzen und auf das Ende zu warten? Mit etwas Glück raffte sie die Kälte dahin. Erfrieren war angeblich ein angenehmer Tod ...

Nur leider würde das nicht passieren. In der Zelle war es zwar kalt, doch nicht kalt genug, um einen Menschen zu töten. Perfide, hinterhältig und gemein. Die perfekte Folter. Ihr Peiniger verstand sein Handwerk.

Im Haus war es totenstill. Henning musste es verlassen haben, kurz nachdem er sie gefesselt und beinahe erwürgt hatte. Er hatte fürchterlich geflucht, getobt, irgendetwas zerschlagen. Dann, nachdem ein lauter Knall das Zufallen einer Tür verkündet hatte, war es augenblicklich still geworden. Rohan hatte er dagelassen. Hin und wieder hörte sie ein Winseln oder leise Trippelschritte, wenn das Mistvieh durchs Haus schlich.

Es wurde plötzlich dunkel in der Zelle. Offenbar hatte sich eine Wolke vor den Mond geschoben. Nun gab es nichts mehr, was Licht in ihr Kellerloch schickte. Die Schwärze bemächtigte sich allem, war schwer wie Blei. Larissa bewegte den Kopf wenige Millimeter zur Seite, mehr war nicht möglich, und starrte in die Finsternis.

Wie lange war Henning schon weg? Eine Stunde? Gar zwei?

Ein dumpfes Rascheln ließ sie aus ihren Gedanken schrecken. *Was war das?* Kam es aus dem Flur? Sie horchte angestrengt und vergaß sogar zu atmen. Doch da war nichts.

Larissa versuchte, sich zu beruhigen. Alte Häuser machten manchmal eben Geräusche, erst recht im Keller. Holz ächzte unter der Last, die es trug. Selbst Beton, dick und grau, vermochte sich knirschend mitzuteilen. Das glaubte sie zumindest. Vielleicht war es auch ein Windhauch gewesen, der durch das Untergeschoss glitt und Dinge mit sommerlicher Wärme zum Tanzen brachte.

Wieder raschelte es. Larissa zuckte zusammen. Das Geräusch war dieses Mal dichter, etwas lauter. Panik breitete sich in ihr aus wie ein heimtückisches Gift. Sie spürte Blicke, die sich auf sie legten. Wusste, dass dieses furchtbare Skelett mit seinen gelblichen Menschenknochen hinter ihr stand. War es Franziska, die sie beobachtete? Waren es die Knochen, welche die Geräusche verursachten? Verängstigt stellte sich Larissa vor, wie sich eine geisterhafte Knochenhand ihrem Kopf näherte.

Ein Quietschen, leise und kaum zu hören, ließ ihr Herz einen Schlag aussetzen. Es kam von der Tür.

Ein metallisches Schaben kam von der Kette, als Larissa sich instinktiv umzudrehen versuchte, doch das Eisen hielt sie an Ort und Stelle. Trotz der Schmerzen bog sie den Kopf so weit es ging zur Seite, doch auch dort war nichts als pure Dunkelheit. Dann erklang ein hohles Klappern, als berührten sich trockene Hölzer oder ... Knochen. Zwar konnte sie nichts erkennen, doch sie konnte es hören. Ein leises Trippeln auf Beton. Etwas hockte da, vor dem Skelett, und beschnüffelte es. Sie hörte das Atmen eines Wesens, wenige Meter entfernt. Ein Wesen, das ihr mittlerweile nur allzu vertraut war.

Lass ihn weggehen, betete sie und kniff die Augen zusammen. *Lass ihn einfach weggehen.* Doch er ging nicht weg. Stattdessen erklang ein feuchtes Lecken. Sofort musste Larissa an das denken, was Henning stets erwähnte. *Er liebt Knochen.*

Das Klacken der Knochen wurde lauter, das Tier immer gieriger. Larissas Angst drohte, sie zu überwältigen. Sie schluchzte erstickt, woraufhin das Lecken sofort verstummte. Die plötzliche Stille war ohrenbetäubender als alles, was sie jemals zuvor gehört hatte. Dann hörte sie das Klicken von Krallen auf Beton. Das Geräusch kam näher.

»Geh weg!«, quiekte sie panisch, zog und zerrte an dem, was ihre Hände fixierte.

Rohan war nun ganz nah. Als seine feuchte Nase einen ihrer Finger berührte, schrie Larissa schrill auf. Der Schmerz in ihrem Hals ließ sie augenblicklich verstummen. Ihre Brust hob und senkte sich unter schweren Atemzügen, während die Schnauze des Hundes den Duft ihrer Haut einsog. Sie wanderte empor, drückte sich gegen ihren Rücken und ihre Schulter. Mit einem Mal stellte sich das Tier auf. Krallenbewehrte Pfoten lehnten sich an die Gitterstäbe. Rohans Nase berührte Larissa am Nacken. Er sog tief und gierig ihren Geruch auf, der von Panik nur so stinken musste. Sie kniff die Augen zusammen, vergoss stumme Tränen und hoffte, dass er sich mit Schnüffeln zufriedengab.

Geh zu Franziska zurück, betete sie still. Herzschlag um Herzschlag vergingen. Dann stieß sich der Rüde vom Gitter ab. Die Gefangene wollte erleichtert aufatmen, als die schwere, glitschige Zunge des Hundes über ihre Hand strich. Sie hinterließ eine feuchte Spur, die vom Atem des Tieres schlagartig warm wurde.

Dann spürte sie einen der spitzen Zähne.

»Nein!«, quiekte sie und ballt die Hände zu Fäusten. Doch es reichte nicht, um dem Maul zu entkommen. Abermals spürte sie seine Zähne, die diesmal mit mehr Druck gegen ihre Haut stießen. »Verpiss dich, miese Töle!«

Noch spielte er mit ihr. Aber wann wurde aus Spaß Ernst? »Hau ab!«

Rohan knurrte leise, ihr Schrei schien ihn zu beunruhigen. Augenblicklich verstummte sie, aus Angst, ihn weiter zu provozieren.

Jetzt ganz ruhig, wiederholte sie still. Hoffentlich ließ Rohan von ihr ab. Und tatsächlich. Statt sie zu beißen, schnüffelte er nur. Verlor er allmählich das Interesse an ihr?

Freude machte sich in ihrem Brustkorb breit, bis –

Plötzlich traf etwas in kurzen Stößen auf ihre Hände. Als sie realisierte, was geschah, war es auch schon vorbei. Der Geruch von Urin drang in ihre Nase. Warme Tropfen perlten an ihren Fingern hinunter und sammelten sich in einer kleinen Pfütze.

Verdammtes Mistvieh.

Leise Trippelschritte entfernten sich rasch und verließen den Raum. Dann kehrte wieder Stille ein.

17.

Henning knallte die Haustür hinter sich zu und tauchte in die Dunkelheit ein. Seine stampfenden Schritte wirbelten altes Laub auf, während ihn die verebbende Hitze des Sommertages umgab. Er fluchte verhalten und kickte einen Ast aus dem Weg. Ein Passagierflugzeug glitt über ihn hinweg, nur wenige hundert Meter hoch, was zu dieser Zeit seltsam war, denn am angrenzenden Flughafen herrschte bereits das Nachtflugverbot. Hohe Bäume umgaben ihn. Mal waren es Eichen, mal Buchen oder irgendwelche Nadelbäume. Es roch nach trockenem Holz und Kerosin.

»Verdammtes Miststück«, stieß er zwischen zusammengepressten Zähnen hervor. Auf seiner Stirn pulsierte eine Ader und irgendwo im Hinterkopf wuchsen enorme Kopfschmerzen. Er schimpfte ohne Unterlass auf Larissa, auch, als nachtschwärmende Spaziergänger mit Hund seinen Weg kreuzten. Doch es war ihm egal, wenn ihn die Leute so sahen. Sollten sie über ihn denken, was sie wollten. In ihren Augen war er nur ein schlecht gelaunter Bürger, der sich und seiner Wut auf einer nächtlichen Tour durch den Park etwas Luft verschaffte.

Warum war sie ihm gegenüber so unverschämt und frech? Das hatte er nicht verdient. Er ballte die Hände mit einer solchen Kraft, dass es wehtat. Dabei hatte er ihr doch einen schönen Abend bereitet. Er hatte gutes Fleisch besorgt, das im Laden nur zu horrenden Preisen verkauft wurde. Undankbares Stück. Er hatte sich die Konturen seines Bartes getrimmt, ein teures Parfüm aufgelegt und sich ein Hemd angezogen. Aber sie hatte es nicht interessiert. Stattdessen hatte sie ihn mit dreisten Fragen gelöchert und so die ganze Stimmung zerstört. Wer zum Teufel könnte ihm vorwerfen, dass ihm dabei die Hand ausgerutscht war?

Er erinnerte sich an das Gefühl der Macht, als sich seine Hände um ihren zarten Hals geschlossen hatten. In diesem Moment war er ein Gott gewesen, ein Gebieter über Leben und Tod. Sie war doch selber schuld. Hätte er sich nicht so gut unter Kontrolle, wäre sie nun tot. Läge da mit zerquetschter Kehle und blutroten Augen. Wer weiß, vielleicht sogar mit einer aufgeschlitzten Kehle. Einfach nur, weil er es konnte. Ein Taschenmesser hatte er zumindest dabei. Sie wäre in ihrem Gefängnis verblutet, unfähig, mehr als nur ein Röcheln zustande zu bringen.

Es wäre ein Leichtes gewesen.

Doch er musste sich beherrschen. Das Spiel war noch nicht vorbei. Er hatte bisher nichts über ihre Geschichte erfahren und konnte so keinen Knochen wählen.

Henning atmete tief durch. Die frische Luft füllte seine Lungen mit Leben. Er blieb stehen, schloss die Augen und lauschte den Geräuschen des Waldes.

Ruhig war es geworden. Kein Auto war zu hören. Selbst die Tiere, die zwischen und auf den Bäumen lebten, gaben kaum einen Mucks von sich. Nur selten raschelte ein Nagetier durchs Unterholz, vereinzelt zirpte eine Grille. Hin und wieder hörte er das hektische Flattern einer Fledermaus, das Knacken eines Astes.

Seine Wut verrauchte langsam, doch wollte sie nicht ganz verschwinden. Zu ihr gesellte sich das Gefühl der

Sorge. Nur sorgte er sich nicht um seinen Gast. Er sorgte sich um seiner selbst willen.

Was passierte in letzter Zeit mit ihm? Unlängst hatte er feststellen müssen, dass er seine Wut nicht immer zu kontrollieren wusste. Während er vor wenigen Jahren noch ein äußerst beherrschter Mann gewesen war und seinen Gästen kaum ein Haar gekrümmt hatte, so explodierte er in jüngster Zeit fast regelmäßig und schlug zu. Damals noch, ja, da hatte er die Frauen mit perfider Folter dazu gebracht, sich seinem Spiel hinzugeben. Er konnte sie mit psychologischen Tricks manipulieren, sodass sie ihre geheimsten und intimsten Dinge mit ihm teilten. Vermochte alles aus ihnen herauszukitzeln. Er hatte sie nie schlagen, schlitzen oder verstümmeln müssen.

Was hatte sich geändert? Warum sah er sich derzeit dazu gezwungen, wild zu prügeln und Knochen zu brechen? Warum nutze er Rohan, der früher nur zur Abschreckung gedient hatte, mittlerweile als brutale Waffe? War er so schwach geworden, dass er nur noch Gewalt im Repertoire hatte?

Henning setzte seinen Gang fort. Nein, es konnte nicht an ihm liegen. Er war stets ein intelligenter Mann gewesen. Ach, was heißt *gewesen*. Er spuckte wütend aus. *Ich bin ein intelligenter Mann!* Daran hatte sich wohl kaum etwas geändert. Er las nach wie vor viele Bücher, saugte Wissen auf wie ein trockener Lappen das Wasser. Er sah viele Dokus, besuchte Kurse in der Volkshochschule. Bald würde er ein Fernstudium beginnen, sich so der Betriebswirtschaft hingeben, damit er künftig keine Befehle mehr von seinem

Schichtleiter empfangen musste, sondern selbst welche aussprach.

Also, was war passiert?

Ein Gedanke formte sich zu einer Erkenntnis. Die Frauen hatten sich verändert. Ja. So musste es sein. Irgendwie waren sie frecher geworden, deutlich respektloser und ... dümmer.

»Ist das Rind?«, äffte er Larissa in einem einfältigen Tonfall nach. »Ist das Rind? Sorry, Henning, ich bin so dumm!«

Allein wegen einer solchen Frage hatte sie eine harte Strafe verdient. Er würde sie noch lange gefesselt dort sitzen lassen. Hätte er doch nur mehr Strenge gezeigt. Im Nachhinein bereute er, dass er ihr nicht auch die Kleidung genommen hatte. Kleidung, die ihr nicht mehr zustand. Sie war bisher die unverschämteste Frau, die er zu Besuch gehabt hatte.

Dabei war ihre Vorgängerin ebenfalls kein Engel gewesen. Henning erinnerte sich mit gequälter Miene an die schrille Stimme der rothaarigen Frau. Annabell. Ihre Stimme war ein wahrer Graus gewesen. Bei jeder sich bietenden Gelegenheit hatte sie in den höchsten Tönen über ihr Schicksal geklagt und über Schmerzen gejammert. Wäre sie nur still gewesen, dieses verdammte Ding, dann wäre ihr Ende weniger schlimm verlaufen. Aber nein, sie hatte ihn bis aufs Blut provoziert, sein Nervenkostüm zerrissen, zerschnitten, als jagte sie mit einer Motorsäge durch trockenes Buschwerk. Und da war er ausgerastet. Schlug sie, bearbeitete sie mit Messern, mit einem Hammer, Bleirohren und Zangen. Kurz darauf lag sie da, mausetot, mit zermalmten Knochen auf seinem Operationstisch. Zum Glück hatte er in seinem Ausraster nicht alles von ihr zu Brei geschlagen, sodass er ihr noch die gewählten Knochen entnehmen konnte. Immerhin musste er dringend Franziska erweitern.

Auch dem Gast vor Annabell war es nicht gut ergangen. Oder der Blondine davor. Alle hatten sie Hennings Wut spüren müssen. Stets gab er ihnen dafür die Schuld. Wären sie nur höflicher gewesen, weniger frech. Einfach gut gesittet, so wie er.

Er runzelte die Stirn. Der Kies unter seinen Schuhen knirschte. Ein seichter Windhauch brachte den Vollbart zum Tanzen, ließ einzelne Haare wehen und hinterließ ein kitzelndes Gefühl.

War es wirklich so? Hatten sich die Frauen verändert? Oder war es doch er, der einen Fehler gemacht hatte?

Ein weißhaariger Mann mit Hund passierte ihn mit schlaftrunkenem Blick. Sie grüßten sich mit einem kurzen Kopfnicken, ehe jeder seines Weges ging. Henning kannte den Alten, er war einer seiner Nachbarn. Doch seitdem er hier wohnte – immerhin schon einige Jahre – hatten sie nie ein Wort miteinander gewechselt. Es war immer bei einem Anstandsnicken geblieben – und mehr würde es auch nie werden.

Er grübelte weiter. War sein Auswahlverfahren schuld an der Qualität der Frauen, die er mit zu sich nach Hause und in den Keller brachte? War er nachlässig geworden, schlampig, setzte er auf die falschen Charakterzüge? Musste er die Methoden überarbeiten?

Traurig dachte er an Larissa, die eigentlich die Spitze seines bisherigen Schaffens darstellte, sein größter Clou werden sollte. Auf sie hatte er lange gewartet, hatte sie studiert, beobachtet und verfolgt, stets verborgen vor ihren Blicken. Und nun war sie ... einfach enttäuschend. Frech. Ungehobelt. Ein mieser Gast. Selbst ihr bildhübsches Gesicht mit den gütigen Augen konnte das nicht aufwiegen.

Warum nur? Warum fühlte er sich ihr so verbunden, so nah wie nie einer anderen zuvor? Was war diese Magie, die sie verklebte und miteinander verwob?

Womöglich musste er ihr noch ein wenig Zeit geben. Vielleicht waren ihre ersten Tage im Keller nur unglücklich gewesen. Er durfte sie nicht vorschnell verurteilen. Er könnte es sich nie verzeihen, würde er im Zorn etwas tun, das sich nicht rückgängig machen ließ. Durch seine Reizbarkeit spielte sie stets mit dem Feuer. Ohne es zu wissen, sägte sie munter an dem Ast, auf dem sie saß.

In ihm stieg eine Erkenntnis auf, die hinter seiner Stirn zu wüten begann: Es war nur eine Frage der Zeit, bis er *richtig* ausrastete und ihr Leben beendete. Sollte alles so bleiben wie bisher, dann hätte die junge Blondine nur noch wenige Tage. Jeder Spruch, Schrei oder Kommentar ihrerseits konnte das Fass zum Überlaufen bringen. Jede dumme Frage könnte ihn zum Monster mutieren lassen.

Ihm war klar, was nun zu tun war. Er musste das Spiel schnellstmöglich auf die nächste Ebene heben. Er musste ihre Geschichte erfahren, bevor es zu spät war.

Als Henning sein Haus betrat, wurde er von einem dümmlich mit dem Schwanz wedelnden Rohan begrüßt.

Das Tier hatte die Schmerzen, die es vor wenigen Stunden durch seine Hand erfahren hatte, offenbar vergessen. Mit einem belustigten Lächeln tätschelte er den Kopf des Rottweilers und wies ihm mit einem Pfiff an, ihm zu folgen.

Er ging eine hölzerne Treppe nach oben. Jeder seiner Schritte erzeugte ein ächzendes Knarren. Irgendwo knackte es im Gebälk des alten Hauses. Der Geruch eines Lufterfrischers hing in der Luft, verteilte Honig und Mandelmilch. Als er oben angekommen war, betätigte er einen Schalter und schummrig gelbes Deckenlicht flutete einen tristen Flur, von dem drei Türen ausgingen.

Der Fleischer betrat sein Schlafzimmer. Beim Anblick des ordentlich hinterlassenen Doppelbettes wurde ihm schlagartig seine Müdigkeit bewusst. Doch der Schlaf musste noch warten. Henning durschritt den mit dunklem Holz vertäfelten Raum, kniete sich vor dem Nachttisch nieder und zog die schwere Schublade auf. Der Duft von altem Möbelholz stieg in seine Nase. Er griff hinein und zog ein schwarzes, in abgewetztes Leder gebundenes Buch hervor. Das Wort *Erinnerungen* prangte in verschnörkelten Buchstaben in einem weißen Feld. Stolz betrachtete er einen seiner größten Schätze, sog den Geruch des Leders ein und stöhnte genüsslich. Er glitt mit den Fingern über den Buchrücken und die Haarbüschel, die rot, schwarz, braun und blond zwischen den einzelnen Seiten hervorlugten.

18.

Bewegen. Einfach nur bewegen. Larissa war nicht klar gewesen, dass der Wunsch nach Bewegung das eigene Denken derart beherrschen konnte. Doch nach dieser Nacht, die unendlich lang gedauert hatte, wusste sie es besser. Der Mensch vermisst das, was er nicht kriegen kann. Und dann waren da noch diese Schmerzen, stachen in Hals und Rücken, zogen sich durch den ganzen Körper.

Als die ersten Sonnenstrahlen durch das kleine Kellerfenster in die Zelle fielen, erwachte auch das Haus über ihr zum Leben. Sie hörte Schritte und etwas, das wie eine Toilettenspülung klang, gefolgt von Wasser, das durch Rohre rauschend seinen Weg in den Keller suchte und gluckernd im Nichts verschwand. Die Geräusche erinnerten sie qualvoll daran, dass ihre eigene Blase bis zum Zerreißen gespannt war.

Sie hatte ihre Beine zu sich herangezogen und die Knie angewinkelt. Mit ausdauernder Kraft presste sie sie aneinander. Nur so konnte sie dem Drang, es einfach laufen zu lassen, entgegenwirken. Doch wenn Henning nicht bald kam, um sie aus ihrer Lage zu befreien, würde es zweifellos irgendwann passieren.

Eigentlich sollte es ihr egal sein, ob sie sich vor ihm einnässte. An ihrem eigenen Ende würde es auch nichts mehr ändern. Scham brachte sie hier nicht weiter. Doch hatte sie Angst vor seiner Reaktion. Fürchtete sich vor dem, was passierte, wenn sie sich, wie er den Vorfall wahrscheinlich bewerten würde, danebenbenahm. Er würde wieder zornig werden, sie als widerlich und schlechten Gast bezeichnen. Und er würde ihr wehtun.

Das war es, was sie am allermeisten vermeiden wollte. Schmerzen hatte sie im Leben genug ertragen müssen.

Im Haus ging eine Kaffeemaschine an. Sie hörte das stete Gluckern und rauchige Pfeifen des Gerätes. Larissa versuchte, sich an den Geschmack von Kaffee zu erinnern. Dachte an das bittere Aroma, den herrlichen Duft. Dabei hatte sie bis vor wenigen Jahren Kaffee nicht gemocht, ihn sogar als eklig empfunden. Erst als sie in den Berufsalltag eingestiegen und deswegen auf Koffein angewiesen war, hatte sich ihr Verhältnis dazu geändert, war sogar in Begeisterung umgeschlagen.

Neben dem Wunsch nach einer Toilette hatte sie Durst. Einen brennenden Durst, der ihren Mund und den Hals bereits in eine staubtrockene Wüste verwandelt hatte. Zusätzlich knurrte ihr Magen. Die letzte Mahlzeit war lange her, und die wenigen Stücke Fleisch, die sie am Vorabend bekommen hatte, waren dabei nicht mehr als ein Tropfen Wasser auf einem heißen Stein.

Das Geräusch einer sich öffnenden Tür ließ sie aus ihren Gedanken schrecken. Ihr Herz machte einen Satz, als sie schwere Schritte auf der Treppe hörte, die gemächlich in den Keller hinabstiegen. Einen Moment später stand Henning hinter ihr.

»Guten Morgen, Rissa«, grüßte er sie. Seine Stimme klang rau, ein wenig angestrengt, doch war sie frei von Wut oder Hass. Der Duft von Kaffee schlich sich in den Raum und ihre Nase, vermischte sich mit ihren und Rohans Gerüchen.

Etwas wurde auf den Boden gestellt. Sie konnte den Kopf nicht weit genug drehen, um zu sehen, was der Fleischer mitgebracht hatte. Das Zellenschloss klickte metallisch und nur einen Moment später baute sich Henning vor ihr auf. Er trug eine lockere Jeans und dazu einen Kapuzenpulli. Sein Bart war ordentlich gekämmt, die Haare hatte er wieder nach hinten gelegt. Sein Blick war hart und unnachgiebig. Er lächelte nicht.

»Guten Morgen«, brachte sie krächzend hervor. In ihrem Hals stach es, als würde ihr jemand eine Nadel hineinrammen. Aber es nützte nichts. Sie entschloss sich, alles auf eine Karte zu setzen. »Henning, ich ... ich muss dringend auf die Toilette.«

Der Blick des Fleischers glitt an ihr hinunter und blieb für einen Moment an ihrem Becken hängen. Offenbar bemerkte er, wie krampfhaft sie die Beine verschloss. Nun huschte doch noch ein Lächeln über seine Lippen.

»Natürlich«, sagte er nickend. »Du musstest schließlich lange genug dort unten ausharren. Kein Wunder, dass es allmählich Zeit wird.« Er beugte sich zu ihr hinab und sog geräuschvoll die Luft in seine Nase. »Obwohl ... So wie es riecht, musst du dich schon einmal erleichtert haben.«

Larissa wollte protestieren, Rohan in die Verantwortung ziehen. Doch sie besann sich eines Besseren. Vielleicht sollte sie es einfach gestehen, ob sie es nun war oder nicht. Wer wusste schon, wie Henning reagieren würde, wenn sie die Pfütze auf den Hund schob. Es war wie beim Eierlauf. Man musste aufpassen, denn nur eine falsche Entscheidung konnte das Spiel beenden.

»Es ... tut mir leid. Ich hab' es nicht mehr ausgehalten.«

Henning strafte sie mit Blicken. In seine strengen Züge mischten sich Anzeichen von Ekel. Doch auch in diesem Moment blieb er ruhig.

»Wir sind alle nur Menschen«, gab er schließlich nach. »Wenn du mir versprichst, dass du dich den Rest des Tages benimmst, löse ich dich aus deinen Fesseln und vergesse deine Schwäche.«

Sie wollte nicken, doch verbot ihr das angelegte Eisen jede Bewegung. »Ich verspreche es!«

Der Fleischer seufzte und machte sich geräuschvoll an etwas hinter ihr zu schaffen. Mit einem Mal löste sich der Zug um ihren Hals. Ihr Kopf kippte nach vorn. Es fühlte sich an, als wäre eine unendlich schwere Last von ihr gefallen. Sie bewegte ihn nach links und nach rechts. Es tat zunächst weh, doch gewöhnten sich ihre Muskeln schnell wieder daran. Anschließend löste er auch die Fesseln um ihre Hände. Vorsichtig zog sie ihre Arme durch die Gitter. Sie war frei.

»Steh auf und geh in die Raummitte, ja?«

Leichter gesagt als getan. Ihr Beine zitterten, als sie sich an den Gitterstäben hochzog. Unterdessen fädelte Henning die Kette durch die Stäbe und ließ sie auf den Zellenboden fallen. Der Druck auf ihrer Blase war gigantisch. Zügig tapste sie in kleinen Schritten zur Toilette hinüber, während der Fleischer die Kettenglieder aufnahm und an der Verankerung in der Betonwand befestigte. Als sie vor dem Porzellan stand, hielt sie inne.

»Kannst du etwa nicht, wenn ich dabei bin?«, fragte er höhnisch.

Sie errötete und wusste genau, dass sie jetzt nichts Falsches sagen durfte. Die Ader auf seiner Stirn pulsierte nicht so stark wie am Vorabend. Und dabei sollte es bleiben.

Mit zu Boden gerichtetem Blick zog sie die Hose hinunter und setzte sich. Nachdem sie fertig war und gespült hatte, reichte er ihr eine verbeulte Plastikflasche mit Wasser zum Händewaschen. Das kalte Nass lief über den Beton und verschwand in dem Abfluss in der Raummitte. Larissa sah der kostbaren Flüssigkeit traurig hinterher, hätte sie – natürlich vor dem Händewaschen – am liebsten getrunken. Immerhin war sie nun Rohans Urin losgeworden.

Wortlos stellte Henning das Tablett, das er mitgebracht hatte, auf ihr Bett. Darauf stand eine weiße Tasse mit dampfendem Kaffee, ein Glas Wasser, zwei halbe Brötchen, jeweils einmal mit Käse und Wurst belegt, sowie ein gekochtes Ei. Zusätzlich gewährte er ihr eine weitere Wasserflasche. »Wirst du lieb sein, während ich arbeiten bin?«, fragte er streng mit Blick auf ihr Festmahl.

Larissa konnte nicht verheimlichen, dass sie sich am liebsten gierig auf das Backwerk stürzen wollte. Sie nickte eifrig.

»Gut. Dann nehme ich die Strafen von gestern Abend zurück. Guten Appetit.«

Während sie sich bemüht langsam und unaufgeregt dem Tablett widmete – sie wollte immerhin nicht unmanierlich wirken – verließ er die Zelle und verschloss sie hinter sich. Dann machte er sich an den Stellrädern an der Tür zu schaffen. Wasser rauschte durch Rohre und floss in den Toilettenkasten, die Heizung gluckerte. Bevor er den Raum verließ, drehte er sich noch einmal zu ihr um. »Trink bitte das Glas Wasser, ja?« Die Strenge seiner Stimme ließ nicht daran zweifeln, dass er es ernst meinte.

Sie tat wie ihr geheißen. Es schmeckte bitter, worauf sie irritiert das Gesicht verzog.

»Ein Schmerzmittel«, erklärte er knapp. »Für deinen Hals.«

Dann schloss er die Tür hinter sich.

Henning kam erst in der Nacht wieder. Sie hörte, wie sein Auto nahe am Haus hielt. Eine Tür öffnete sich. Freudiges Hundegebell erklang. Dann war es eine Weile still. Der Stille schloss sich das sanfte und ausdauernde Rauschen von Wasser an. Wahrscheinlich duschte er.

Larissa hockte auf dem Bett, lehnte mit dem Rücken an der Wand. Sie hatte die dünne Decke um sich gewickelt. Nicht, weil es im Raum kalt war. Nein, die Heizung erfüllte ihren Zweck. Sie hatte sich mit dem Stoff umwickelt, weil er ihr Sicherheit vermittelte. Als hielte sie jemand fest in den Armen und beschützte sie vor allem Bösen.

Ein ebensolches Gefühl war im Keller des Fleischers unheimlich wichtig.

Sie fragte sich, wie viele Frauen vor ihr auf diese Art den Tag verbracht und den Stoff als Schutz angenommen hatten. Oder waren sie tatkräftiger gewesen? Hatten einige gar versucht, aus der Zelle zu entkommen?

Larissa hatte keine Gelegenheit ausgelassen, den Raum nach einer Schwachstelle abzusuchen. Natürlich nur im toten Winkel der Kamera, was das Vorhaben deutlich erschwerte.

Doch irgendwann hatte sie aufgegeben. Ihr Peiniger war beim Bau des Gefängnisses äußerst gründlich vorgegangen. Keine Schraube, kein Mauerstein, kein Garnichts wies irgendeine Schwäche auf. Alles war fest, stabil und gnadenlos unnachgiebig. Sie konnte nichts tun, außer zu warten, zu warten und zu warten. Zwischendurch hatte sie es geschafft, für kurze Zeit einzuschlafen, doch dabei wurde sie von finsteren Träumen heimgesucht. Zerfetzte Gesichter verfolgten sie durch dunkle Gassen, verzerrte Hundefratzen beobachteten ihren Weg durch einen unendlich langen Kellergang. Mehr als einmal wachte sie schreiend auf, die Kleider durchgeschwitzt. Und dann waren da noch die Schmerzen, gegen die auch das stärkste Schmerzmittel irgendwann nichts mehr ausrichten konnte.

Sie hörte Schritte auf der Treppe. Er kam. Nur wenige Sekunden später stand er vor ihr, Rohan an seiner Seite.

»Hey Rissa.«

Die Stimme des Mannes klang müde und erschöpft. Seine Haare waren handtuchnass und die Haut glänzte. Ein herber Duft ging von ihm aus, stammte entweder von einem Shampoo oder Deodorant.

»Hallo Henning«, gab sie schuchtern zurück, stets bemüht, einen freundlichen Ton und aufrichtigen Blick zu wahren. Bloß nicht provozieren.

Er lehnte sich an die Gitterstäbe und musterte sie, während sein verdammtes Mistvieh den Boden an der Stelle beschnüffelte, an der er sie angepinkelt hatte. Bei dem Gedanken daran brannten ihre Wangen vor Wut.

»Du siehst gut aus«, kommentierte Henning. »Irgendwie erholt. Heute Morgen war das noch ganz anders.«

Natürlich, du Arschloch, dachte sie wütend. *Du hast mich auch die ganze Nacht über angekettet!*

Doch sie nickte nur und zwang sich zu einem Lächeln. »Ich habe gut geschlafen und mich ausgeruht.«

Er lächelte zurück. Seine Miene strahlte eine seltsame Wärme aus. Eine Wärme, die sie niemals von ihm erwartet hatte. Nur die Augen, so unendlich berechnend, wirkten kalt wie eh und je. Larissa legte die Stirn in Falten. Es fühlte sich an, als würde ihr ein Detail seines Gesichtes bekannt vorkommen.

»Ich habe dir etwas mitgebracht«, verkündete er und verschwand für einen Moment im Flur. Sekunden später kam er mit einem Tablett zurück. Wie am Morgen war es mit allerhand Köstlichkeiten beladen. Es gab Sandwiches, geschnittenes Obst und Cola.

»Ich weiß, dass du Birnen magst. Und Cola. Ich dachte mir, weil du heute so brav warst, hast du dir eine Belohnung verdient, ja?«

Belohnung, dachte Larissa und wiederholte das Wort mehrmals im Geiste. *Belohnung*. Als wäre sie ein Tier.

Er stellte das Tablett vor dem Gitter ab, öffnete die Zellentür und kam mitsamt den Speisen zu ihr herein. »Setz dich aufs Bett, da kannst du besser essen.«

»Danke«, murmelte sie freundlich und folgte seiner Anweisung.

»Nimm dir einen Teller.«

Sie tat wie geheißen. Als sie jenen mit den Sandwiches nahm, bemerkte sie, dass darunter ein schwarzes Buch lag. Doch bevor sie sich mehr damit befassen konnte, sprang Rohan aufs Bett und rückte ihr grollend auf die Pelle. Gierig reckte er seinen Kopf in Richtung der Brote, die Larissa mit einer raschen Bewegung außer Reichweite brachte. Das Tier lehnte sich mit seinem ganzen Gewicht gegen die Frau. Sie spürte die Wärme, die von dem behaarten Körper ausging. Spürte die Atmung, den Herzschlag. Ein Angstschauer durchzog sie.

»Rohan!«, bellte Henning, sodass die Wände zitterten. »Scher dich weg!« Er verpasste dem Hund mit der flachen Hand einen Schlag gegen den Kopf, woraufhin der Rüde die Flucht ergriff und ans andere Ende der Zelle stürmte. Auf der Stirn des Fleischers hatte erneut die Ader zu pochen begonnen. Larissa warf dem Hund einen hasserfüllten Blick zu. *Danke, du Mistvieh!*

Auch Hennings Augen ruhten auf Rohan. In diesem Moment der Wut ging eine derart düstere Aura von dem Mann aus, dass Larissa erzitterte. Ein Vergleich kam ihr in den Sinn. Er war diese Art Bösewicht, die in den Geschichten gewann. Geschichten ohne Happy End.

»Manchmal geht er mir tierisch auf die Nerven«, zischte er und wandte sich wieder seiner Gefangenen zu. »Dann würde ich ihn am liebsten auf irgendeine Straße werfen und überfahren lassen.« Er verstummte, dachte nach. »Doch dann brauche ich ihn wieder. Es kann so still sein in diesem Haus. Es ist verzwickt.«

Larissas Augenlid zuckte. *Der hat Probleme*, dachte sie und spielte ihre Rolle fügsam weiter. »Ja, das kann ich verstehen.«

Henning lächelte überrascht. Offenbar hatte er eine solch friedfertige Antwort ihrerseits nicht erwartet. Er griff nach der Colaflasche, öffnete den Deckel und hielt ihr das

Getränk hin. Sie nahm es und trank einen kräftigen Schluck. Von dem Prickeln zog sich ihr Mund für einen Moment zusammen. Die Kohlensäure hinterließ ein beinahe vergessenes Gefühl des Genusses.

Ein strenges Räuspern ließ sie zusammenzucken. »Eigentlich trinkt man aus einem Glas, nicht aus der Flasche.«

Sie hielt inne. Ihr Herz machte einen Satz. Hatte sie trotz aller Vorsicht nun doch etwas getan, das dem Irren missfiel? Es fiel ihr so unendlich schwer, nicht in irgendein Fettnäpfchen zu treten.

Zu ihrer Erleichterung zeigte sich auf seinem Gesicht ein einnehmendes Lächeln. »Aber wenn ich es oben in der Küche vergesse, ist es ja nicht deine Schuld, sondern meine.« Er lachte laut, als wäre es denkbar absurd, dass er einen Fehler machte.

»Beim nächsten Mal nehme ich ein Glas«, versprach sie und fühlte sich sogleich ganz klein und eklig. Es missfiel ihr enorm, zu allem Ja und Amen zu sagen und ihm nach dem Mund zu reden. Doch was blieb ihr anderes übrig?

»Heute ist ein angenehmer Tag«, stellte Henning freudestrahlend fest. »Es ist schön, dass wir uns so gut verstehen.«

Ein kalter Schauer floss durch sie hindurch. So konnte es nicht weitergehen.

Er nahm ihr die Flasche ab und trank seinerseits einen großen Schluck. Für einen kurzen Moment schloss er die Augen. Da kam ihr ein Gedanke, so schnell und stark wie ein Stromschlag: JETZT! Genau in diesem Augenblick war er unvorbereitet. Sie könnte ihn schlagen, sich auf ihn stürzen, so weit es die Kette zuließ. Ihn beißen, kratzen und prügeln, bis er das Bewusstsein verlor. Sie müsste schnell sein, durfte nicht zögern. Doch dann glitt ihr Blick über seine Muskeln, den aufgepumpten Bizeps, die pralle Brust, den breiten Nacken, der den Kragen seines karierten Hemds spannte. Was würde sie Floh gegen einen solchen Mann ausrichten können? Und dann war da noch dieser Hund ...

Henning öffnete die Augen und begegnete ihrem Blick, den sie nicht rechtzeitig von ihm löste. Er lächelte anzüglich. »Gefällt dir, was du siehst?«

Wieder ein Schauer. Doch sie ließ sich nichts anmerken. »Ich ... mag deinen Bart«, log sie und bemerkte, dass ihr die Hitze in den Kopf stieg.

Der Fleischer strahlte über beide Ohren, fuhr sich leicht verlegen mit den Fingern durch das krause Haar. Dabei entstand ein Geräusch, das Larissa an das Streicheln von borstigen Schweinen erinnerte.

»Wo wir gerade von Haaren sprechen«, verkündete er und wirkte, als käme ihm eine hervorragende Idee. »Ich möchte dir etwas zeigen.«

Er wandte sich dem Tablett zu und schnappte sich das in schwarzes Leder gebundene Buch, das sie schon ganz vergessen hatte. Larissa konnte goldene Buchstaben erkennen, verschnörkelt und elegant, die sich erst auf den zweiten Blick zu einem Wort zusammenfügten: *Erinnerungen*. Sie kniff die Augen zusammen, als sie die Fasern bemerkte, die aus den Seiten hervorlugten. Doch es waren keine Fasern.

Es waren Haarsträhnen.

Ihr stockte der Atem.

»Möchtest du einen Blick hineinwerfen?«

Nein! Das wollte sie auf keinen Fall. Sie wollte nicht wissen, welch finstere Überraschung im Inneren auf sie wartete. Ihr reichte die eigene Fantasie, um sich furchtbare Dinge auszumalen. Aber ihr Desinteresse würde ihn rasend machen vor Wut, also blieb ihr nichts anderes übrig, als zu nicken.

Er rückte näher an sie heran, so dicht, dass sein Arm den ihren berührte, und hielt ihr das Buch unter die Nase, wie eine Mutter, die ihrem Kind etwas vorlesen wollte. Dann schlug er es auf. Eine Frau mit roten Haaren starrte heraus.

»Das ist Franziska«, erklärte der Irre das Foto. »Oder besser gesagt, das war sie.«

Mit aufgerissenen Augen betrachtete Larissa die junge Frau, der das lange glatte Haar elegant über die Schultern floss. Sie hatte einen herzlichen, überaus gütigen Gesichtsausdruck, der auch durch das in die Jahre gekommene und ausgeblichene Foto nicht geschmälert wurde.

»Das ist etwas von ihrem Haar«, ergänzte Henning überflüssigerweise und deutete auf das rote Büschel, das am unteren Ende der Seite mit durchsichtigem Klebeband fixiert war. »Ich habe es nach ihrem Tod genommen.«

Larissa wusste nicht, wie sie reagieren sollte. Sie war wie versteinert. Ihr Mund war staubtrocken, ihr Hirn arbeitete auf Hochtouren. Immer und immer wiederholte sich ein Gedanke: Auch sie würde bald eine dieser Seiten füllen. Als sie sich das vorstellte, brannten Tränen auf ihrer Wange.

»Du musst nicht weinen«, besänftigte er sie mit einfühlsamer Stimme. Scheinbar wusste er, was sie dachte, denn er fuhr fort: »Ein Teil von dir wird immer bei mir bleiben.«

Mit diesen Worten deutete er auf den Text, der neben und unter dem Bild der jungen Frau stand. »Schau, ich habe einige Dinge aufgeschrieben, die ich niemals vergessen möchte. Wie ihr Haar geduftet hat, den Klang ihrer Stimme, ihr Wesen. Einen Satz, den sie oft gesagt hat. Und darunter ein paar technische Details. Gewicht, Größe, Knochen ...«

Technische Details. *Zum Teufel mit diesem Bastard!*

»Guck mal«, sagte er und deutete auf das Skelett, das still unter der Kamera stand. »Wenn du genau hinsiehst, stellst du fest, dass der Schädel einst dieser Frau gehörte.«

Mit glasigen Augen musterte sie den Totenschädel, wechselte mehrfach zwischen ihm und dem Bild hin und her. Sie erkannte keine Ähnlichkeiten, was aber an ihrem vor Tränen verschwommenen Sichtfeld liegen mochte.

»Sie war mein erstes Projekt. Ich war bei ihr noch ziemlich – wie soll ich sagen? – unerfahren. Siehst du den großen Riss in der Schädeldecke? Da habe ich sie niedergeschlagen. Danach lebte sie zwar noch, war aber nicht mehr dieselbe. Ich musste sie schnell erlösen. Es war nicht nett mitanzusehen. Ihren Kopf habe ich danach behalten, dazu noch einen Wirbelknochen. Den Rest des Körpers habe ich in einem Waldstück im Norden verscharrt. Leider wurde er schnell gefunden. Von da an war es mir zu gefährlich, meine Gäste wieder gehen zu lassen. Also habe ich mir eine andere Methode ausgedacht.«

»Und welche?«, flüsterte Larissa tonlos. Die Frage kam wie ferngesteuert aus ihrem Mund, während ihr Blick noch immer an den Knochen klebte.

»Das ist mein Geheimnis«, schwärmte Henning. »Ein Magier verrät nie seine Tricks. Lass dir gesagt sein, dass bei meiner Methode bis auf wenige Teile, zum Beispiel Zahnfüllungen, nichts von einem Menschen übrig bleiben wird. Aber darüber wollen wir jetzt nicht reden. Möchtest du noch mehr über Franziska erfahren? Ich könnte dir erzählen, warum sie nicht nur Knochen, sondern auch ihren Namen gegeben hat, ja?«

Larissa wollte nichts hören. Dennoch nickte sie.

»Schön. Also, wie gesagt, Franziska war mein erstes Projekt. Ich war fast eine Art Bruder für sie, weißt du, denn ich lebte als Pflegekind in ihrer Familie. Wahrscheinlich war ich auch ein kleinwenig in sie verliebt. Nachdem man ihre Leiche fand und sie mithilfe ihrer DNA identifiziert hatte, war ich sogar auf ihrer Beerdigung. Traurig war ich nicht. Nicht wirklich. Das Leben geht halt weiter. Nur manchmal fehlte mir ihre lockere Art, ihr Lachen, ihre kessen Sprüche. Da dachte ich mir, dass ich sie am besten ehren kann, indem ich sie wieder erschaffe. Und so kam es, dass ihre Knochen und alle weiteren, die meine Gäste gespendet haben, eine neue Franziska bildeten. Ein Projekt war geboren.«

Sein Blick lag verliebt auf dem Gebilde, das wie ein Horrorrequisit aus einem mittelmäßigen Gruselfilm aussah. »Sieh sie dir an ... So wunderschön.«

Larissa drehte sich der Magen um. Ihr wurde schlecht und sie war kurz davor, sich zu übergeben. Die Eindrücke und die Angst vor dem, was bald aus ihr werden würde, drohten sie zu überwältigen. Henning sprach weiter, doch verzerrten sich seine Worte und drifteten ins Nichts. Sie hörte nicht mehr zu, sah nur verschwommen, wie sich diese teuflischen Lippen bewegten und eklige Begriffe formten. Wie in Zeitlupe blätterte er durch das Buch, deckte weitere Frauen und Fotos auf, erzählte zu viele Geschichten, zu viele Details. Er strich über die Haarbüschel, roch an dem Papier und stöhnte genüsslich. Seine warme Hand auf ihrer Schulter ließ sie aufblicken. »Gefällt es dir?«

Sie reagierte nicht, starrte ihn nur mit leeren Augen an.

»In diesem Buch steht alles, was ich über meine Gäste erfahren habe. Ich würde mir so sehr wünschen, dass auch du mir einiges verrätst. Am besten spielen wir ein Spiel. Wir erzählen uns gegenseitig alles, was uns interessiert. Trinken dabei leckeren Wein und knabbern ein paar Chips. Wir lernen uns richtig kennen. Aber das hat Zeit. Vorher möchte ich dir etwas anderes zeigen, denn wenn dir das Buch schon gefällt, dann wird dir das Museum erst recht den Atem rauben.«

19.

Dunkelheit umgab sie, als die Tür hinter Larissa ins Schloss fiel. Sofort drang der Geruch von Samt und Holz in ihre Nase. Henning hatte seine Hände auf ihre Schultern gelegt und führte sie mit sanftem Druck durch die Schwärze. Die Eisenkette schleifte lose hinter ihr über den Boden.

»Bleib hier stehen«, hauchte er in ihr Ohr. Dann ließ er sie los und entfernte sich mit gedämpften Schritten. Es war so still, dass sie ihr Herz schlagen hören konnte, während er, den Geräuschen zufolge, wieder zum Eingang zurückkehrte.

Sie hatte Angst vor dem, was bald passieren würde. Die Finsternis machte sie fertig. Sie wünschte sich fast den Fleischer an ihre Seite zurück, denn so stünde sie dem Unbekannten in diesem Raum wenigstens nicht mutterseelenallein gegenüber.

»Es geht los«, flüsterte er seltsam leise.

Was ging los? Wovon zum Teufel sprach er?

Ein Klicken erklang, als tippte jemand mit einem Kugelschreiber auf Plastik. Nur eine Sekunde später flutete Licht den Raum. Erst schwach, dann immer heller, sodass sich Larissa schützend eine Hand vor die Augen halten musste.

Es fiel ihr zunächst schwer, etwas zu erkennen. Als sich das Bild klärte, stöhnte sie erschrocken.

»Willkommen im Museum«, verkündete Henning mit feierlicher Stimme.

Larissa schrie erstickt auf, als sie die Menschen bemerkte. Sie wich einen Schritt zurück und stieß mit dem Fuß gegen etwas Hölzernes. Panisch fuhr sie herum und starrte an einer Frau empor, blickte in ihr lebloses Gesicht ohne jeglichen Ausdruck. Sie torkelte rückwärts. Als sie abermals mit dem Fuß an etwas hängen blieb, verlor sie das Gleichgewicht und kippte nach hinten. Frauen über Frauen auf allen Seiten.

Henning fing sie auf, bevor sie aufschlug. Seine kräftigen Arme stützten sie und hoben sie mühelos in die Aufrechte zurück.

»Hab' keine Angst«, flüsterte er in ihr Ohr, so nah, dass ihr ein Schauer über den Rücken lief. »Guck dich in Ruhe um. Ich halte dich.«

Sie tat wie geheißen.

Die beiden standen inmitten eines quadratischen Raumes, der vollgestellt war mit hölzernen Podesten. Auf den knapp kniehohen Gebilden, die mit grauem Filz und farbigem Samt bespannt waren, thronten Frauen. Oder vielmehr: Schaufensterpuppen, mit Damenkleidung bestückt.

»Auf dieses Zimmer bin ich genauso stolz wie auf mein Buch«, seufzte Henning träumerisch und deutete auf die Puppe, die ihnen am nächsten stand. »Das hier ist Alexandra.«

Voller Bewunderung sah er zu ihr hinauf. Sie trug ein blaues Sommerkleid mit aufgestickten Blumen und lederne Schmuckschnüre um ihre Handgelenke. Über der rechten Schulter hing eine etwas abgenutzte Handtasche aus schwarzem Leder.

»Das Haar ist leider nicht echt«, erklärte Henning. »Es ist nur eine Perücke. Echtes Haar hätte zwar Stil, würde nach einigen Jahren aber furchtbar aussehen und den Gesamteindruck der Exponate ruinieren. Daher habe ich mich dazu entschieden, auf Kunsthaar zurückzugreifen und dafür echte Haarbüschel in meinem Buch aufzubewahren.«

Larissa erinnerte sich flüchtig an einen Eintrag in den *Erinnerungen*, der zu der Frau vor ihr passen könnte. Zumindest kamen ihr das Kleid sowie die Handtasche bekannt vor.

Der Fleischer deutete auf eine Ansammlung von eingestaubten Gegenständen, die auf dem Podest lagen. »Ich hebe nicht nur die Kleidung auf, die meine Gäste getragen haben, sondern auch die Dinge, die sie dabeihatten.«

Auf dem Filz fanden sich Schlüssel, eine Geldbörse, Make-up, Ausweisdokumente und Bankkarten. Die abgenutzte und vergilbte Karte eines Restaurants, das auch Larissa kannte, zeugte davon, dass Alexandra bereits eine Weile in diesem Raum stand.

»Wie lange ist sie schon ... hier?«, fragte sie und vermied bewusst das Wort *tot*.

Henning schloss nachdenklich die Augen und legte den Kopf schief.

»Hm«, überlegte er laut. »Etwa drei Jahre, würde ich –«

Er wurde von einem Kratzen an der Tür unterbrochen. Der Fleischer fuhr herum und befahl Rohan, der draußen warten musste, ruhig zu sein. »Er ist eifersüchtig. Will nichts verpassen. Aber hier darf er nicht rein. Er ist so ungestüm und würde die Exponate beschädigen.«

Larissas Augen huschten durch den Raum, der in den unterschiedlichsten Farben verschwamm. Die Kleidung der Frauen, so vielfältig und verschieden, zeugte von unzähligen Leben, die in diesem Keller ihr Ende gefunden hatten und auf so groteske Art und Weise verewigt worden waren. Sehnlichst wünschte sie sich, das gesamte Haus mit Benzin und Feuer vernichten zu können. So – und nur so – könnten die gepeinigten Seelen der Frauen endlich ihren Frieden finden.

Henning war unterdessen zu einem Pult gegangen und machte sich an den darauf befindlichen Knöpfen zu schaffen. »Hör mal genau hin.«

Larissa erschrak, als aus einem Lautsprecher über ihr ein Knacken erklang. Dem Geräusch folgte eine leise, ruhige Musik, wie man sie aus Kaufhäusern oder Fahrstühlen kannte. Der Fleischer betätigte einen weiteren Knopf. Das grelle Leuchten der Neonröhren erlosch und wich einem weichen Licht, das aus mehreren Deckenspots kam und punktgenau die Podeste ausleuchtete.

»Ich kann hiermit eine richtig tolle Atmosphäre schaffen«, schwärmte er und dimmte mit einem Drehknopf die Lichtintensität, bis er zufrieden die Arme in die Hüften stemmte.

Sie sah sich um. Tatsächlich hatte das Zimmer etwas von einem echten Museum und erinnerte sie auf unheimliche Weise an die Modesammlung der frühen dreißiger Jahre, die sie als Kind mit ihrem Vater besucht hatte. Auch dort standen bekleidete Puppen auf ähnlichen Podesten, betonten in stolzen Posen ihre eleganten Kleider und Schmuckstücke.

Nur hatte die Sammlung im Keller des Fleischers einen furchtbaren Hintergrund.

»Wie findest du es?«, fragte er mit einem zufriedenen Grinsen im Gesicht.

»Überwältigend«, gab sie ehrlich zu, woraufhin sein Lächeln breiter wurde. Er fasste ihre Antwort offenbar als Kompliment auf.

»Ich werde noch etwas an der Feinabstimmung arbeiten. Aber das ist nur eine Frage der Zeit. Schau mal, ich kann noch andere Klänge erzeugen.«

Er betätigte einen weiteren Knopf. Die Kaufhausmusik erstarb und wurde von Stille abgelöst. Nur hin und wieder drangen hallende Schritte aus dem Lautsprecher. Ab und zu erklang leises Getuschel, gelegentlich hustete jemand.

»Diese Soundvariante stammt aus einem Technikmuseum. Ich habe sie selbst aufgenommen und bearbeitet.«

»Klasse«, lobte Larissa kleinlaut. *Richtig toll, du Arschloch.*

»Ein Problem wird es in Zukunft aber geben«, merkte er an und legte seine Stirn in Falten. »Je mehr Projekte ich abschließe, desto weniger Platz habe ich hier unten. Es wird enger. Leider geben die Wände nicht genug statische Festigkeit her, um den Raum mit Durchbrüchen zu erweitern. Aber dies ist ein Problem der Zukunft. Heute zählt die Gegenwart. Da fällt mir gerade ein ...«

Er ging durchs Zimmer, umrundete einige Podeste und blieb vor einem stehen, das Larissa bis dahin nicht wahrgenommen hatte. Der Fleischer winkte sie zu sich.

Mit trägen Schritten setzte sie sich in Bewegung. Ihre Kette schleifte hinter ihr über den Boden, zog an wunder Haut und verursachte allmählich stechende Nackenschmerzen. Sie sah sich um, betrachtete im Gehen die Kleidung der Frauen. Trauer und tiefes Mitgefühl erschwerte ihr Herz. Hass loderte auf. Bei genauerer Betrachtung fiel ihr auf, dass manche Textilien Beschädigungen wie Löcher oder Risse aufwiesen. Einige davon waren mit etwas Dunklem befleckt, vermutlich Blut.

»Sieh es dir an«, hauchte er zärtlich und legte ihr schwer den Arm um die Schulter. Larissa, die bei seiner Berührung laut schluchzte und erzitterte, sah langsam auf. Ihr stockte der Atem, als sie die Puppe erblickte, die vor ihr stand. Sie trug ihre Kleidung. Die schwarze Strickjacke, die Larissa angezogen hatte, bevor sie zum Dockland aufgebrochen war. Sie erkannte sie auf Anhieb. Es kam ihr vor, als wäre das schon Jahre her gewesen. Wie lange war sie bereits in der Gewalt ihres Entführers?

Unter der offenen Jacke blitzte ihr graues Top hervor, das fein säuberlich in die schmale Jeans gesteckt war. Dort, wo Larissa es in der Dusche auseinandergeschnitten hatte, verlief eine saubere Naht von oben nach unten. Die Hose wies leichte Schmutzspuren auf, die möglicherweise von ihrem Kampf gegen Henning stammten. Vor den Füßen der Puppe, die in ihren Chucks steckten, lag ihr Haustürschlüssel.

»Es war nicht einfach, eine Puppe mit deiner Statur zu finden. Du bist äußerst schlank. Ich musste sogar mit dem Hobel arbeiten und etwas von der Hüfte abtragen, damit die

Hose richtig sitzt. Aber jetzt ist alles gut. Ein Meisterwerk. Und äußerst detailgetreu, ja?«

Er trat einen Schritt auf die Puppe zu und öffnete den obersten Knopf der Jeans. Darunter blitzte roter Stoff auf. »Sie trägt sogar deine Unterwäsche.«

Das war zu viel. Larissa konnte nicht mehr. Ihre Tränen flossen wie ein Sturzbach über ihre Wangen und sie schluchzte laut. Dann wurden ihre Beine weich wie Pudding.

Bevor sie zusammensackte, fing Henning sie abermals elegant auf. Ihre Gesichter waren nur wenige Zentimeter voneinander entfernt. Er blickte sie an und lächelte selig.

»Ich freue mich sehr, dass dir mein Museum gefällt.«

20.

Nur wenige Minuten nach ihrem Zusammenbruch fand sich Larissa auf dem grauen Sofa im Esszimmer des Kellers wieder. Henning hatte sie sanft auf dem abgenutzten Stoff abgesetzt, der bei jeder Bewegung einen muffigen Geruch verströmte. Ihre Kette hatte er hinter dem Möbelstück in einer im Boden verschraubten Vorrichtung verankert.

Blinzelnd stellte Larissa fest, dass auf dem Tischchen neben ihr eine Schüssel, Gläser und Wein standen.

»Rosé?«, fragte Henning höflich und hielt ihr die Flasche vors Gesicht. Sie nickte desinteressiert und beobachtete aus tränennassen Augen, wie er den Korken entfernte und die Gläser füllte. Ein süßlich-herber Duft bohrte sich in ihre Nase. Er erinnerte sie an warme Sommerabende, die sie mit Freunden an Badeseen verbracht und genossen hatte. Doch diese Zeiten waren lange vorbei und standen im absoluten Gegensatz zu dem, was aktuell mit ihr passierte.

Henning stellte die Gläser in dafür vorgesehene Halterungen, die jeweils in die linke und rechte Armlehne eingelassen waren. Die Schüssel, gefüllt mit Kartoffelchips, fand neben Larissa Platz. Als sich der Fleischer niederließ, ächzte das Sofa unter seinem Gewicht. Er beugte sich vor und tastete nach etwas, das unterhalb des Möbelstücks lag. Kurz darauf zog er ein Klemmbrett hervor, das mit edlem Briefpapier bestückt war. Begeistert hielt er es ihr unter die Nase. »Riech mal!«

Das Letzte, was sie wollte, war, an seinem Papier zu riechen. Doch er hielt es ihr so dicht hin, dass sie keine Möglichkeit hatte, dem Rosenduft zu entkommen.

»Wir werden jetzt ein Gespräch führen«, begann er. »Und ich werde mir ein paar Dinge aufschreiben. Immerhin will ich nichts vergessen. Ich würde dir auch Papier und Stift anbieten, doch erfahrungsgemäß schreiben die Damen niemals mit. Also ...«

Henning hatte sich ihr zugewandt und kritzelte mit einem Bleistift auf das Papier. Seine Schrift war krakelig, wie die eines Kindes. Es fiel ihr schwer, die Wörter zu entziffern. »Erzähle mir doch etwas über deinen Beruf. Ich weiß zwar, dass du in einem Gewerbegebiet des Hamburger Hafens arbeitest, sogar wo dein Büro ist, und doch kann ich nicht sehr viel mehr darüber berichten.« Er sah sie erwartungsvoll an und schob sich einen Kartoffelchip in den Mund.

Ihr war nicht zum Sprechen zumute. Ihre Gedanken waren noch immer im Museum und bei dem Podest, das für sie vorgesehen war. Ihr Magen rumorte und sie fühlte sich unendlich schlapp.

»Nur zu«, ermutigte er sie. »Vielleicht nimmst du einen Schluck Wein. Alkohol lockert bekanntlich die Zunge.«

Wieder reagierte sie nicht, sah stur zu Boden. Als sie auch nach mehreren Sekunden keinen Mucks von sich gab, stöhnte er genervt auf und drückte ihr grob ein gefülltes Weinglas in die Hand.

»Rissa, ich möchte es nicht noch einmal sagen.«

Träge hob sie den Kopf und sah ihm in die Augen. Die Ader auf seiner Stirn war angeschwollen, verkündete

Unheilvolles. Ihrem Schicksal ergeben führte sie das Trinkgefäß zum Mund und nippte an der Flüssigkeit.

»Nun hab' dich nicht so«, knurrte der Fleischer und legte eine Hand an ihren Hinterkopf. Mit der anderen hob er das Glas an, sodass sich der Wein wie ein Sturzbach in ihren Mund ergoss. Sie wehrte sich nicht, ließ es einfach geschehen und schluckte folgsam. Als sie vollends ausgetrunken hatte, hustete sie und wischte sich mit dem Ärmel die Lippen trocken, während Henning das Glas neu befüllte. »Magst du mir nun etwas erzählen? Oder brauchst du noch mehr?«

Sie schüttelte abwehrend den Kopf. Nicht noch mehr. In ihrem Magen brodelte es bereits.

»Ich gebe dir etwas Starthilfe. Wenn ich mich richtig erinnere, bist du Schifffahrtskauffrau. Aber hast du den Beruf gelernt?«

Sie nickte.

Er kritzelte etwas auf sein Papier. »In Hamburg?«

»Und Berlin.«

Ihre Stimme war nicht mehr als ein Flüstern.

»Wie kam es dazu? Hast du in Berlin die Ausbildung abgebrochen?«

»Nein, unterbrochen.«

»Und warum?«

Larissa hatte keine Lust, auf seine Fragen zu antworten. Sie schwieg wieder, bis sie bemerkte, dass sein Blick zu ihrem Weinglas glitt. Bevor sie eine weitere Dröhnung bekam, sprach sie lieber. »Ich musste sie wegen meinem Umzug unterbrechen.«

»Okay ...«, murmelte er und notierte sich etwas. Er trank einen Schluck und schob sich Chips in den Mund. »Klingt nachvollziehbar. Danke dir.«

Deinen Dank kannst du dir sonst wohin stecken, dachte sie grimmig und ballte die Hände zu Fäusten.

»Möchtest du auch etwas über meinen Beruf wissen?«

Nein, das wollte sie nicht.

Doch ehe sie reagieren konnte, begann er bereits zu erzählen.

»Dass ich Fleischer bin und Schweine zerlege, habe ich schon erwähnt. Zugegeben, mein Job klingt nicht gerade spektakulär. Und soll ich dir etwas sagen? Er ist es auch nicht. Nun fragst du dich bestimmt, warum ich ihn dann ausübe. Warum ich mit meinem Potential nicht etwas Bewegenderes mache? Nun, du musst es dir wie folgt vorstellen ...« Während er sprach, gestikulierte er wild herum wie ein Talkshowmaster. »Ich lege meinen Fokus nicht auf den Job, sondern auf mein Hobby, meine Bestimmung. Im Zerlegebetrieb verdiene ich das Geld, das ich in meine Projekte, also auch in dich, investieren kann. Ich arbeite, um zu leben, und nicht andersherum. Verstehst du das?«

Larissa nickte.

»Beurteile mich nicht falsch. Ein gewisser Ehrgeiz schadet nie, und ich würde mich über den Posten des Schichtleiters nicht beschweren. Doch sollte ich ihn nicht bekommen, wäre ich nicht weniger glücklich. Das Wichtige ist doch, dass meine Projekte zufriedenstellend verlaufen.« Wieder nippte er am Wein. Pure Zufriedenheit stand ihm ins Gesicht geschrieben. Er war stolz auf das, was er tat. Er war stolz darauf, ein Mörder zu sein. Ihr Magen rebellierte weiter. »Möchtest du noch mehr wissen?«

Sie wusste, dass sie zustimmen musste. Sie wusste, was geschehen würde, wenn sie ihn mit ihrem Desinteresse verärgerte. Und dennoch brachte sie keine Regung, keine Reaktion zustande.

Henning legte nachdenklich die Stirn in Falten. »Du wirkst etwas verklemmt. Hast du noch Durst? Oder fühlst du dich unwohl?«

Er griff nach der Fernbedienung, die auf dem TV-Board vor ihnen lag, und schaltete den Fernseher ein. Er startete YouTube. Mit flinken Fingern tippte er etwas in die Suchleiste ein, und nur wenige Sekunden später öffnete sich ein Video. Mehrere Kerzen flackerten auf dem Bildschirm zu beruhigender, fernöstlicher Musik, wie sie in Massagestudios gespielt wird.

»Vielleicht brauchst du sanfte Klänge, ja?«, mutmaßte er und legte die Fernbedienung zurück. »Ich habe bei einigen deiner Vorgängerinnen gute Erfahrungen damit gemacht.«

Sie bekam eine Gänsehaut, doch nicht wegen der Musik, vielmehr aufgrund der grausamen Gelassenheit, mit der er über die ermordeten Frauen sprach.

»Und? Hast du noch Fragen?«

Sie schüttelte den Kopf, wollte unbedingt hier raus. Selbst die Zelle im Nebenraum war ihr jetzt lieber als dieses stinkende Sofa und Hennings Gesellschaft. Würde er sie doch einfach hinter den Gittern in Ruhe lassen. Aber so leicht machte er es ihr nicht.

»Nun gut. Wenn du nichts mehr wissen möchtest, bin ich wieder an der Reihe. Mir brennt schon seit Monaten eine ganz besondere Frage unter den Nägeln.«

Jetzt kommt's, dachte Larissa und machte sich auf etwas Unangenehmes gefasst.

Sie sollte Recht behalten.

»Warum bist du nach Hamburg gekommen? Und warum hast du in einem Frauenhaus gelebt? Was ist dir passiert?«

Diese Fragen hatte sie erwartet, sie mussten irgendwann kommen. Henning sah sie wissbegierig an, hielt den Stift schreibbereit über dem Papier. Er erinnerte sie in diesem Moment an einen Jungen, der hungrig vor dem Schaufenster eines Süßigkeitenladens stand und sich in Erwartung auf Zuckerspeisen die Lippen leckte.

»Mir war einfach danach«, flüsterte sie und wusste sofort, dass sie ihre Antwort nicht schlechter hätte wählen können. Niemand zog grundlos in ein Frauenhaus.

Der Fleischer durchschaute ihre billige Lüge sofort und lachte dermaßen laut, dass sie zusammenzuckte. »Der war gut!«, prustete er und zwinkerte ihr zu.

So lustig war ihr plumper Versuch, das Thema beiseitezuschieben, nun auch wieder nicht.

Es dauerte eine Weile, bis er sich beruhigt hatte. Von oben drang dumpfes Hundegebell. Offenbar war Rohan auf das ferne Lachen seines Herren angesprungen.

»Schön, dass sich deine Stimmung etwas gebessert hat. Offenbar schafft es der Wein sogar, dir einen Witz zu entlocken.«

Ganz unrecht hatte er nicht. Larissa bemerkte, wie sich der Alkohol allmählich ihres Körpers bemächtigte. Sie fühlte ein warmes Kribbeln, das sich in ihren Beinen ausbreitete und langsam nach oben stieg. Sie kannte dieses Gefühl nur zu gut, denn so war es immer, wenn sie etwas trank. Jetzt, da sie geschwächt war, reichte sogar ein einziges Glas Rosé.

»Aber nun im Ernst«, unterbrach Henning ihre Gedanken. »Beantworte bitte meine Frage. Es ist schon spät und die Nacht wird älter, ja?«

Sie hatte keine Wahl. Er würde sie so lange mit seinen Fragen quälen, bis sie ihm alles erzählte, was er hören wollte. In diesem Moment fühlte sie die Müdigkeit, die ihren Körper langsam befiel. »Ich bin vor einem Mann geflüchtet.«

»Einem Mann?«

Larissa atmete tief durch. Sie musste ihm etwas Glaubhaftes erzählen, vorher würde er sie nicht schlafen lassen. Und was wäre glaubhafter als die Wahrheit?

»*Meinem* Mann. Ich bin vor meinem Mann davongelaufen.«

Der Fleischer kritzelte mit froher Miene etwas auf das Blatt. Der Triumph darüber, ein pikantes Detail erfahren zu haben, stand ihm offen ins Gesicht geschrieben.

»Da bin ich scheinbar auf etwas gestoßen«, bestätigte er ihre Gedanken. »Erzähl mir mehr. Und nur fürs Protokoll: Ihr wart verheiratet?«

Larissa seufzte. »Wir sind es noch.«

Henning runzelte die Stirn. »Wie lange bist du schon in Hamburg? Warum seid ihr nicht längst geschieden?«

Ihr war diese Art der Reaktion nicht neu. Wie oft hatte sie in den letzten Monaten bereits Rede und Antwort stehen müssen? Wie oft hatte sie erklärt, dass sie es nicht fertigbrachte, sich um eine Scheidung zu kümmern, da sie in keiner Weise mit ihrem Ex in Kontakt treten wollte. Nicht einmal über einen Haufen Formulare. Wie oft lag ihr Jessica schon mit diesem Thema in den Ohren?

Jessica.

Der Gedanke an ihre beste Freundin erfüllte sie jäh mit Trauer. Was sie wohl gerade tat? Ging es ihr gut? Suchte sie nach ihr?

»Ich habe es nicht fertiggebracht«, beantwortete sie seine Frage knapp und hoffte, dass sie mit dieser Aussage davonkam.

Ihr Gegenüber nickte, schrieb etwas auf und nahm einen weiteren Schluck aus seinem Glas. »Hat er dich geschlagen?«

Sie nickte.

»War es schlimm?«

Sie nickte wieder.

»Weißt du«, begann er, und das Licht des Fernsehers spiegelte sich in seinen eiskalten Augen, »ich habe auch Gewalt erfahren. Aber nicht von meinen Eltern, so, wie es bei anderen Kindern war. Die Pflegefamilie, in der ich aufgewachsen bin, behandelte mich wie einen von ihnen, von einer Person abgesehen. Wirklich, Franziskas Eltern waren zwei tolle Menschen. Aber deren Sohn war stets eifersüchtig auf mich, denn er musste jahrelang mitansehen, wie mich seine Eltern verhätschelten. Eines Tages platzte ihm der Kragen. Junge, Junge, hat der mich damals verprügelt. Irgendwann wurde es dann zu seinem festen Tagesritual, mir eine zu verpassen.« Henning machte eine bedeutungsvolle Pause. »Anfangs setzte er mich unter Druck. Ich sollte seinen Eltern gegenüber behaupten, dass es ein Schläger in der Schule auf mich abgesehen hätte. Doch eines Tages erwischte Franziska ihn dabei, wie er mir eine Tracht Prügel verpasste. Ich weiß noch genau, wie mir das Blut aus Nase und Ohren lief, als sie plötzlich den Raum betrat. Ihre feuerroten Haare wurden vom Licht der Sonne dermaßen erhellt, dass sie aussah wie ein Engel. Ein eleganter Engel, der gekommen war, um mich zu beschützen. Doch so zart, wie sie aussah, war sie nicht. Sie hat ihrem Bruder eine derart laute Standpauke gehalten, dass ihm vermutlich noch heute die Ohren davon klingeln. Danach hat er mich nie wieder angefasst.«

Und du Monster hast sie zum Dank getötet.

»Wie dem auch sei, ich weiß also, wie es ist, geschlagen zu werden. Nur glaube ich, dass es dich um einiges schlimmer getroffen hat.«

Für einen kurzen Moment war tatsächlich etwas, das man als Bestürzung hätte deuten können, in seiner Miene zu lesen. War er also doch zu menschlichen Gefühlen fähig?

»Hat er dich vergewaltigt?«

Er sprach die letzten Worte unverschämt beiläufig aus. Als beträfen sie ein Thema, das nicht mehr als eine simple Erwähnung wert war.

Sie sah ihn aus glasigen Augen an. Hitze kochte in den Tiefen ihres Körpers. *Könnte ich ihn doch nur überwältigen*, dachte sie und verfluchte sich für ihre zierliche Gestalt.

»Rissa, ich möchte dir nicht jedes Wort aus der Nase ziehen müssen.«

Henning wirkte ungeduldig. Er ließ seinen Stift unruhig kreisen und zeichnete Kringel in die obere Ecke des Papiers.

»Ja«, rang sie sich notgedrungen zu einer Antwort durch.

Henning klatschte in die Hände und lachte laut auf.

»Wusste ich es doch. Er hat dich vergewaltigt. Ich habe es in deinen Augen gesehen!«

Kichernd schrieb er weiter und murmelte dabei etwas Unverständliches.

Larissa konnte es nicht fassen: Er war glücklich, nahezu siegestrunken! Glühende Wut kochte in ihr hoch und ließ ihre Muskeln zittern. Sie empfand abgrundtiefen Hass, der loderte wie ein Waldbrand, unlöschbar, heiß und alles vernichtend.

»Möchtest du mir etwas darüber erzählen?«, frohlockte er und wartete lächelnd auf eine Antwort.

»Nein«, zischte sie wie eine Schlange.

Er zog überrascht eine Braue hoch.

»Nein?«

»Nein!«

Henning musste die Blitze bemerkt haben, die aus ihren Augen schossen. Er wich kaum merklich einige Millimeter zurück. Sein Blick verfinsterte sich, die Ader auf der Stirn schwoll an. Für einen Moment schmolz seine Aura des Bösen und wich Verwirrung.

»Ich mag diesen Ton nicht«, knurrte er schließlich leise und um Ruhe bemüht. Er spannte den Bizeps an und warf sich in die Brust. Die kurze Verwirrung verschwand so schnell, wie sie gekommen war. Mit einem Mal wirkte er bereit, sie zu bestrafen, sie abermals bis an die Grenze von Leben und Tod zu würgen.

Larissa schrumpfte, ihre Kampfeslust verrauchte wie die Flamme eines schüchternen Teelichtes. Sie war wieder die gebrochene Frau von vorhin. Es war töricht gewesen, nur für eine Sekunde etwas anderes zu glauben. Als sie ihren Kopf senkte, bekam sie gerade noch mit, wie sich ein ekliges Lächeln auf seinen Lippen abzeichnete.

Er nahm sein Weinglas, schwenkte dessen Inhalt und schwieg für einen Moment. Dann trank er einen Schluck. »Ich sehe schon, dass wir bei diesem Thema vorerst nicht weiterkommen. Wir stellen es einfach zurück.«

In diesem Moment brach es aus ihr heraus. Sie war selbst überrascht über ihre Tränen, die wie ein Wasserfall über ihre Wangen strömten. Sogar Henning wirkte verwundert und wusste offenbar nicht, wie er reagieren sollte.

»Hey!«, sagte er, bemüht, streng zu klingen. Doch sein Tonfall glich vielmehr dem eines verwirrten Jungen, der versuchte, ein weinendes Mädel auf dem Schulhof zu trösten.

Larissa hingegen kam gerade erst in Fahrt. All der Frust, die Schmerzen, die Trauer der vergangenen Tage gipfelten in diesem Moment. Sie war nicht dazu in der Lage, ihre Tränen zu stoppen. Und sie wollte es auch nicht. Ihr entfuhr ein Klageschrei, der den Fleischer zusammenzucken ließ.

»Beruhige dich.« Er hob beschwichtigend die Hände. »Es ist alles gut, hier bist du in Sicherheit!«

Sie schrie noch lauter, kippte kraftlos zur Seite. Nun lag sie da, zusammengekauert, und weinte. Weinte. Weinte.

Nach einigen Minuten spürte sie eine Berührung. Sanft und unerwartet. Der Fleischer strich ihr durchs Haar, glitt an ihrem Hals entlang bis zur Schulter. Seine Hand hinterließ ein ekelhaftes Kribbeln, ein Brennen auf der Haut.

»Schhhhh«, flüsterte er leise. »Es ist alles gut. Hör auf zu weinen.«

Sie hörte tatsächlich auf, doch nicht, weil sie sich in Hennings Anflug von Zärtlichkeit geborgen fühlte. Vielmehr versteinerte sie unter seiner Berührung.

Er verstand ihr Schweigen offenbar als Erfolg, denn nun streichelte er liebevoll ihren Hals. Irgendwann wanderte er über ihren Arm hinunter, ganz langsam. Als er ihren Unterarm erreicht hatte, stoppte er abrupt. Er hatte etwas entdeckt. Vorsichtig betastete er die Narbe, die sie, Martin sei Dank, seit Jahren an dieser Stelle trug.

»Was ist das?«, fragte der Fleischer und zog ihren Arm zu sich heran. Larissa wollte ihn wegziehen, doch schloss sich seine Hand wie ein Schraubstock um ihr Handgelenk. »Eine Narbe?« Mit dem Zeigefinger spielte er an der bleichen Erhöhung herum.

»Lass mich bitte los«, schniefte sie.

Aber Henning dachte nicht daran. Sein Interesse war geweckt. Mit einem nachdenklichen Gesichtsausdruck strich er mehrfach hintereinander über die Narbe. »Wie ist das passiert?« Er klang ehrlich interessiert. *Zu* interessiert.

Larissa, die mit einer Mischung aus Müdigkeit, Angst und Entsetzen kämpfte, schwieg.

»War der Arm einmal gebrochen?«

Als sie zaghaft nickte, ließ er sie los, griff nach dem Stift und schrieb in hastigen Bewegungen etwas nieder. Sie beobachtete ihn dabei, sah, wie er sich mit der Zunge über die schmalen Lippen fuhr und im Zuge dessen einzelne

Barthaare mit Speichel benetzte.

Sah so ein Raubtier aus, das auf Beute lauerte?

»War es ein Unfall? Bist du gefallen? Ist es beim Sport passiert?«

»Nein«, flüsterte sie und wusste zugleich, dass sie mit dieser knappen Antwort nicht davonkommen würde.

»Sondern?« Seine grauen Augen durchbohrten sie. Irgendetwas in ihrem Glanz kam ihr abermals furchtbar bekannt vor, doch konnte sie nicht sagen, was es war. Er hatte die Stirn in Falten gelegt und kratzte sich mit dem Stift an der Schläfe. Seine Nachdenklichkeit wandelte sich in puren Triumph. »Hat er dir das angetan?«

Larissa nickte nicht, sagte nichts. Ihr entfuhr nur ein furchtbares Schluchzen, das sie nicht unterdrücken konnte.

Der Fleischer lächelte. So musste ein Journalist aussehen, der auf eine heiße Fährte gestoßen war. Hätte sie doch bloß behauptet, dass es eine Sportverletzung gewesen war.

»Wie hat er es gemacht?«

Stille. Sie sah zu Boden und knetete ihre Hände. Er streichelte abermals über ihren Arm. Als nach mehreren Sekunden immer noch kein Wort ihre Lippen verließ, nahm er mit sanfter Gewalt ihr Kinn und zwang sie, ihn anzusehen.

»Wir können uns gerne weiterhin anschweigen«, flüsterte er eindringlich. »Du weißt genau, wie es ausgehen wird. Irgendwann raste ich aus, und das wird dir nicht gut bekommen.« Er ließ das soeben Gesagte wirken. »Oder ... du stehst mir Rede und Antwort. Sagst mir, was ich wissen will, ohne dass ich Zwang anwenden muss. Dann können wir beide endlich schlafen, ja?«

Schlafen. Das war es, was sie wollte. Einfach nur schlafen und zumindest für ein paar Stunden dem Grauen des Kellers und Henning entkommen. Was würde sie in diesem Moment, in dem sich ihr Körper ausgezehrt und müde anfühlte, für jene Ruhe geben.

Sie fasste einen Entschluss. In der Hoffnung, dass sie es bald geschafft hatte, gab sie ihm, was er wollte.

»Martin hat ihn mir gebrochen. Ich weiß nicht mehr, was der Auslöser für unseren Streit war ...« Sie wusste es genau, dennoch hoffte sie, dass Henning ihr dieses eine Mal glauben würde. »... nur, dass er wie ein Wilder auf mich einschlug. Ich blutete aus Mund und Nase und hatte starke Blutergüsse auf der Brust und der Hüfte. Als ich mich nicht wehrte, schrie und schrie er, dass er mir einen besonderen Denkzettel verpassen müsse, damit ich in Zukunft pariere. Ich ... Er packte meinen Arm, schob ihn zwischen zwei Holzstreben des Treppengeländers und riss ihn dann so herum, dass mein Unterarm brach.«

Henning sah zur Seite und dachte nach. Abermals kritzelte er Buchstaben auf das Briefpapier. Er schrieb lange und ausführlich, strich hin und wieder etwas durch, grübelte und setzte sein Tun fort, bis das Blatt voll war. Erst dann sah er zu ihr auf.

»Danke dir, Rissa.«

Er lächelte selig und betrachtete ihren Arm. In jenem Moment wurde ihr ganz kalt. Sie wusste genau, was sein Lächeln bedeutete. Er hatte eine Wahl getroffen und sich für einen Knochen entschieden. Ihr Leben hatte somit deutlich an verbleibender Zeit verloren.

21.

Furchtbare Bilder schossen ihr durch den Kopf. Bilder eines Armknochens, der an Franziska befestigt war und fortan und auf unabsehbare Zeit zu einem Teil von ihr wurde. Bilder eines blutigen Operationstisches, zerschnittener Haut, durchtrennter Muskeln. Ohne es verhindern zu können hatte sie ihm geholfen, seine Wahl zu treffen, sein Spiel zu spielen.

»Das hätten wir«, verkündete der Fleischer stolz und holte sie aus ihren Gedanken. »Da wir beide ziemlich müde sind, kommen wir nun zu etwas Entspannterem.«

Er zückte sein Smartphone und richtete es auf sie. »Bitte lächeln!«

Sie verzog keine Miene. Was sollte der Mist?

»Nun mach schon! Ich brauche ein Foto von deinem Gesicht. Ich sage dir gleich, warum.«

Sie starrte ihn stur an, veränderte nichts an ihrem Ausdruck, doch er tippte dennoch auf den Bildschirm.

»Hm«, überlegte er und betrachtete offenbar sein Werk. »Du guckst ziemlich ernst. Vielleicht können wir das später wiederholen.«

Er unterdrückte ein Gähnen und steckte das Gerät in die Hose zurück. Dann entfernte er das oberste Blatt auf seinem Klemmbrett und legte es so behutsam beiseite, als handelte es sich dabei um einen Schatz.

»Wir müssen nun gewisse Daten festhalten«, sagte er mit ruhiger Stimme, im Stil eines Beamten. »Als ich dich aufgegriffen habe, hattest du kaum etwas dabei, nur dein

Handy und einen Schlüssel. Für gewöhnlich führen meine Besucherinnen Handtaschen oder dergleichen mit sich, aus denen ich mir Ausweise, Führerscheine oder sonstige Nachweise holen kann. Was wäre ein Exponat in meinem Museum ohne einen Beleg, um wen es sich einst gehandelt hat? Ich will ja nicht spießig klingen, aber ich erwarte von einem erwachsenen Menschen, so auch von dir, dass er einen Ausweis mitführt. Schade, dass es die gesetzliche Tragepflicht nicht gibt.«

Er war ihr einen vorwurfsvollen Blick zu, aber sie zeigte keinerlei Regung.

»Nun, das ist dennoch kein Problem. Ich fertige für dich einen neuen Ausweis an. Im Internet gibt es dutzende Vorlagen. Deiner wird dann zwar aus einfacher Pappe sein, aber das ist besser als gar nichts. Vielleicht ist es sogar von Vorteil, dass du eben so verklemmt in die Kamera gesehen hast. Es muss ja ein biometrisches Foto werden. Ein Lächeln wäre unpassend gewesen. Aber nun weiter im Text.«

Henning befeuchtete mit der Zunge theatralisch die Spitze des Bleistiftes. Larissa, die ihre Stirn in tiefe Falten gelegt hatte, unterdrückte derweil ein Gähnen. Sie war so müde. Sollte er sich seinen Ausweis doch an die Backe kleben.

»Also, dein Name lautet?«

Meinte er das ernst? Wollte er sie verarschen?

»Ähm«, stammelte sie perplex. Es fiel ihr schwer, sich auf sein Spiel einzulassen. Nervös schloss sie eine Hand um ihren Unterarm, verdeckte die Narbe, als könnte sie so das Geschehene rückgängig machen.

»Ich glaube nicht, dass du *Ähm* heißt!«

Larissa seufzte. Sie musste mitspielen. Je früher sie damit begann, umso eher würde diese Tortur enden. Der Schlaf rief sie mit sanften Tönen, ließ selbst die durchgelegene Matratze in der Zelle wie ein Himmelbett erscheinen. »Larissa. Larissa Roth.«

Sie war sich sicher, dass er ihren vollen Namen bereits kannte. Und doch schrieb er ihn erst nieder, als sie ihn aussprach.

»Anschrift?«

Sie nannte zuerst die Adresse des Frauenhauses, bemerkte ihren Fehler aber schnell und korrigierte ihn. Vor ihrer Entführung hatte sie erst zwei Tage – oder waren es drei gewesen? – in der neuen Wohnung gelebt. Sie schluckte, als sie realisierte, dass sie länger in Hennings Keller hockte als frei in ihrer eigenen Wohnung.

»Wunderbar. Geburtstag?«

Das war die erste Information, die er wohl wirklich nicht kannte. Selbst wenn er sie monatelang verfolgt hatte, woher sollte er ihren Geburtstag kennen? Sie hatte ihn zuletzt nicht gefeiert, lediglich Jessica hatte einen kleinen Kuchen gebacken und still und heimlich mit ihr im Frauenhaus verputzt.

»Dreißigster März einundneunzig.«

Henning hob die Brauen, wirkte überrascht, als sagte ihm dieses Datum etwas. Es dauerte einen Moment, bis er mit einem gezwungenen Lächeln weitersprach. »Das ist noch nicht so lange her. Alles Gute nachträglich.«

Sie reagierte nicht, lauschte nur dem Kratzen des Bleistiftes auf Papier.

»Geburtsort?«

»Berlin. Das weißt du doch.«

»Eine waschechte Berlinerin also. Das hätte ich nicht erwartet. Du sprichst ganz ohne Dialekt.« Es folgte eine kurze Stille. Dann sah er ihr zielgerichtet ins Gesicht, musterte sie und schrieb etwas nieder. Vermutlich ihre Augenfarbe.

»Größe?«

»Ein Meter dreiundsiebzig.«

»Körbchengröße?«

Ihr wurde heiß. *Arschloch.*

»Nur ein kleiner Spaß«, kicherte er, sichtlich bemüht, nicht in schallendes Gelächter auszubrechen. Und dennoch musterte er die Erhebung ihrer Brust, starrte auf die Brustwarzen, die sich unter dem dünnen Stoff des Oberteils abzeichneten, und schrieb etwas nieder, das wie ein krakeliges *B* aussah. Sie hatte sich noch nie im Leben sehnlicher einen BH gewünscht als in diesem Moment. Unweigerlich musste sie an die Schaufensterpuppe im Museum denken, die nun ihre Unterwäsche trug.

Henning kratzte sich nachdenklich am Kopf. Offenbar überlegte er, welche Information sonst noch auf einen Ausweis gehörte.

»Ah!«, rief er aus, als käme ihm *die* Idee schlechthin. »Geburtsname! Du hast bei der Hochzeit bestimmt den Namen deines Ex angenommen, oder?«

»Hab' ich. Vorher hieß ich Wagner.«

Larissa erwartete, dass er seine neue Erkenntnis niederschrieb, doch er zögerte. Sah sie verwundert an. Der gespielte Ernst, den er zuvor an den Tag gelegt hatte, war aus Hennings Gesicht gewichen. Er wirkte nachdenklich. Irgendetwas in seinen Augen hatte sich verändert.

»Wagner also?« Er murmelte die Frage vor sich hin, stammelte beinahe.

Kam es ihr nur so vor, oder wich die Farbe aus seinen Wangen?

Als er ihren misstrauischen Blick bemerkte, wandte er sich rasch ab, griff nach dem Glas und trank den letzten Schluck. Zitterten da etwa seine Hände?

»Wo ...«, begann er mit dünner Stimme. »Wo in Berlin wurdest du geboren?«

Weshalb zum Geier ist das wichtig? Larissa zögerte zunächst mit einer Antwort. Sie las die Verunsicherung in dem Grau seiner Augen. Als sie gerade zum Sprechen ansetzen wollte, fiel er ihr ins Wort.

»Lichtenberg.«

»Woher ...?«

Hennings Stirn glänzte, die verbliebene Gesichtsfarbe wich rasant.

»Ähm«, stammelte er, seine Stimme kaum ein Hauch. Er starrte nachdenklich zu Boden, ließ nur hin und wieder den Blick zu seinen Notizen schnellen. So verunsichert hatte sie den Fleischer noch nie erlebt. »Ich ... Du hast die Wahrheit gesagt? Bei allem?«

Larissa nickte verwirrt. »Stimmt etwas nicht?«

Henning war käseweiß. Schweiß stand auf seiner Stirn. Hatte er womöglich einen Anfall? Kündigte sich so ein Herzinfarkt an? Ein Angstschauer durchfuhr sie. Was, wenn er nun vor ihr kollabierte und starb? Müsste sie so lange gefesselt auf diesem Sofa hocken, bis sie verdurstete?

Er betrachtete sie. Musterte sie aufs Genaueste, als würde er etwas suchen. Dann erforschte er ihr Gesicht, Zentimeter für Zentimeter. Mit einem plötzlichen Ruck sprang er auf. Sie schrie erschrocken, dachte, dass er sie angreifen würde. Doch er stand nur da und starrte sie mit panisch aufgerissenen Augen an. Es herrschte eine unheimliche Stille, in der sie ihren eigenen Herzschlag hören konnte. Die Situation wurde immer verstörender.

»Ich ... Ich muss ...«

Doch sie erfuhr nicht mehr, was er musste. Ohne ein weiteres Wort stürmte er los. Auf dem Weg zur Tür prallte er mit der Hüfte gegen den Esstisch, der bedrohlich schwankte. Es klimperte laut, dann stürzte er aus dem Raum. Zurück blieb Larissa, die in die Dunkelheit des Flures starrte, fassungslos und mit rasendem Herzen. Sekundenlang passierte nichts. Dann fuhr ihr Rohans dumpfes Bellen in die Glieder. Es klang dumpf, kam von draußen. Wenige Sekunden später heulte ein Motor auf, der Lärm eines Fahrzeugs, das sich rasch entfernte. Stille kehrte ein, herrschte mit eiserner Hand. Sie war allein. Erst jetzt fiel ihr Blick auf etwas Glänzendes, das zwischen dem Sofa und dem Tisch auf dem Boden lag.

Ein Schlüsselbund.

22.

Die Sekunden vergingen. Larissa war wie versteinert, den Blick starr auf die Schlüssel gerichtet. Konnte es so einfach sein? Sie traute dem vermeintlichen Zufall nicht. Tausende Gedanken eiferten um die Wette und boten die kuriosesten Theorien. Vielleicht war es ein Test. Vielleicht wollte Henning sehen, ob sie ihre Chance nutzen und sich ihm damit widersetzen würde. Oder plante er, ihr ein Gefühl der Hoffnung zu geben, nur um es ihr einen Lidschlag später wieder zu nehmen?

Quatsch. So ausgefuchst war er nicht. Außerdem hatte der Fleischer mehr als verunsichert gewirkt, geradezu panisch. War geflüchtet wie ein verängstigtes Tier. Niemand könnte das vortäuschen. Irgendetwas war mit ihm passiert, ließ ihn fahrig werden. In der Aufregung hatte er nicht bemerkt, wie er den Schlüsselbund verlor. Es war definitiv keine Absicht gewesen.

Diese Erkenntnis ließ Larissa aufspringen. Sie stürmte vorwärts, das metallisch glänzende Ziel vor Augen. Mit zitternden Händen umrundete sie das Sofa, blind vor Hoffnung auf baldige Freiheit. Ein jäher Schmerz flammte auf, riss sie mit voller Wucht zurück. Es rasselte und klimperte. Sie hatte die Kette um ihren Hals ganz vergessen. Taumelnd versuchte sie, das Gleichgewicht zu halten.

»Fuck!«, schrie sie laut. »Fuck! Fuck! Fuck!«

Das durfte einfach nicht wahr sein. Da lagen die Schlüssel direkt vor ihr. Es war die Chance, vermutlich ihre letzte, der mordenden Bestie zu entkommen und Hilfe zu suchen. Doch davon trennte sie ein knapper Meter. Wäre die Kette doch nur ein kleines Stück länger gewesen.

Larissa streckte sich, schob ihren Fuß, so weit es ging, nach vorn. Ihr Hals schmerzte unter dem Zug des Eisens. Zentimeter für Zentimeter kam sie näher. Aber es reichte nicht. Hektisch ließ sie sich zu Boden sinken und versuchte es aus dieser Position. Nur eine Fußlänge fehlte.

Sie schrie wütend, sah sich verzweifelt um. Die Kette war unnachgiebig hinter der Sofalehne verankert. In ihrer Verzweiflung sprang sie auf und zog aus Leibeskräften. Nichts geschah. Das Bügelschloss, wodurch das erste Kettenglied mit dem Eisenring verbunden wurde, konnte über ihre kläglichen Versuche nur lachen.

Dann fiel ihr Blick auf das Sofa. Die Polster. Wenn sie eines davon löste, ließ es sich womöglich dazu benutzen, den Schlüsselbund heranzuziehen. Hoffnung flammte auf und füllte ihr Herz mit Feuer. Doch als sie an dem Polster zog, erlosch sie so rasch, wie sie gekommen war. Das Kissen war fest vernäht, und sie hatte nicht die Kraft, etwas daran zu ändern.

Ihre Beine zitterten und drohten, unter ihrem Gewicht einzuknicken. Die Schlüssel verblieben in unerreichbarer Ferne. Doch ihr eiserner Lebenswille verbot ihr, vorschnell aufzugeben. Es musste einfach eine Lösung geben. Plötzlich schoss ihr ein Gedanke in den Sinn. Weshalb war ihr diese Idee nicht schon früher gekommen?

Kleidung.

Hastig machte sie sich daran, das Oberteil auszuziehen, hielt jedoch inne, als ihre zitternden Finger an den Knöpfen scheiterten. Gut, dann musste halt die Hose herhalten. Kurz darauf hatte sie das Textil in der Hand, stand mit entblößtem Unterleib und nackten Beinen da. Die kalte Raumluft verursachte ihr eine Gänsehaut, doch das war ihr egal. Sie zögerte keine Sekunde, kniete sich nieder und beugte sich so weit vor, wie es die Kette zuließ. Dann warf sie die Hose aus wie eine Angel, zog den Stoff vorsichtig über den Boden und den Schlüssel. Ein metallisches Schaben auf Beton verriet, dass der Plan funktionierte. Sie wiederholte den Wurf mehrfach. Stück für Stück kamen die Schlüssel näher. Dann war es geschafft. Ihre Finger schlossen sich um das kühle Metall. Sie stieß einen Jubelschrei aus, sprang auf und zog sich hektisch die Hose wieder an. Direkt im Anschluss tastete sie nach dem Schloss, das den Ring um ihren Hals verriegelte.

Mist, dachte sie, das war wesentlich schwerer, als sie vermutet hatte. Die Schlüssel waren ohne direkten Sichtkontakt nur ungenau zu steuern. Es dauerte lange, bis sie den Bart eines erwählten Exemplars zu der dafür vorgesehenen Öffnung geführt hatte. Und dann wollten sie einfach nicht passen. In ihrer Hektik ließ sie den Bund mehrfach fallen. Da die Schlüssel – es waren über sieben verschiedene – beinahe gleich aussahen, musste sie des Öfteren von vorn anfangen. Es war verzwickt. Mit jedem Fehlschlag wurde sie ungeduldiger, bis sie genervt aufschrie. Dann erkannte sie abermals ihre Dummheit: Warum vergeudete sie kostbare Zeit mit dem Halsring, wenn sie einfach ums Sofa herumgehen und die Kette dort aus der Verankerung lösen konnte?

Dieses Mal ging es ganz schnell. Es klickte leise. Sie war *frei*.

Larissa stieß einen Jubelschrei aus, verstummte jedoch sofort wieder. Sie durfte nicht zu laut sein. Irgendwann würde Henning wiederkommen. Sollte sich dieser Moment mit ihrer Flucht überschneiden, so wäre es sinnvoll, wenn sie ihm auflauern könnte – und nicht umgekehrt.

Sie steckte die Schlüssel ein. Auf leisen Sohlen huschte sie aus dem Zimmer und betrat den verlassenen Flur. Kein Mörder, kein Hund weit und breit. Doch sie ging auf Nummer sicher und lauschte. Nichts war zu hören.

Larissa bog nach links und steuerte direkt auf die Treppe zu, die ihr vorkam wie der Aufstieg in den Himmel. Bis in die absolute Freiheit war es nicht mehr weit. Als sie jedoch die erste Stufe betrat, blieb sie wie versteinert stehen. Von oben erklang ein Rauschen, das stetig lauter wurde.

»Mist!«, fluchte sie. Panik stieg in ihr auf, ließ ihr Herz wie wild schlagen. Es konnte sich nur um das Geräusch von Hennings Auto handeln.

Er war zurück. Und sie hatte den Moment verpasst.

Hastig sah sie sich um, suchte nach einem Versteck, einem Schlupfloch. Doch der triste Gang mit seinen verblassten Bildern von Containerschiffen und Oldtimern barg keine Möglichkeit dazu. Ihr blieb nichts anderes übrig, als in einem der Kellerräume Zuflucht zu suchen. Mit etwas Glück konnte sie Henning irgendwie niederschlagen.

Das Rauschen wurde unterdessen lauter. Sie spitzte die Ohren. Es passte nicht zu einem Auto. Autos klangen eindeutig anders. Als das Geräusch schließlich seinen Höhepunkt erreichte, dämmerte es ihr. *Ein Flugzeug!* Sie atmete beruhigt aus. Darauf hätte sie auch früher kommen können. Es war immerhin nicht das erste Mal, dass sie in den letzten Tagen auf den Fluglärm aufmerksam geworden war.

Henning war doch nicht zurückgekehrt. *Noch* nicht. Die Hoffnung schoss jäh zurück in ihre müden Muskeln. Sie gab sich einen Ruck und stürmte hinauf.

Die hölzernen Stufen knarrten und ächzten unter ihren schweren Schritten. Je näher sie der Stahltür am oberen Ende kam, desto weniger muffig und verbraucht roch die Luft. Herrlich. Der Duft der Freiheit.

Einen Augenblick später hatte sie die Tür aus solidem Stahl erreicht. Sie legte ihre Hand auf den Griff. In diesem Moment explodierte ein Schmerz in ihren Fingern und ließ ihr Sichtfeld schwarz werden.

23.

Henning steuerte seinen Wagen durch den Hamburger Nachtverkehr. Viel war nicht los auf den tagsüber staubelasteten Straßen. Und doch war er so nervös wie nie zuvor. Ungeduldig überholte er langsam fahrende Taxis und Nachtschwärmer, musste sich beherrschen, nicht übermäßig aufzufallen. Das Letzte, was er gebrauchen konnte, war eine Verkehrskontrolle.

Von der hinteren Sitzbank kam ein leises Winseln. Rohan, der das Autofahren verabscheute und sich dabei stets unwohl fühlte, sah sich irritiert um. Gelbe Lichter tanzten auf den Scheiben und spiegelten sich in seinen Augen. Nachdem sein Herrchen unsanft um eine Kurve bog, warf es ihn zur Seite und er schlug mit einem dumpfen Geräusch gegen die Türverkleidung.

»Hör auf zu heulen«, keifte Henning mit einem Blick in den Rückspiegel. Der Hund fuhr zusammen und quiekte erbärmlich.

Das Auto bremste stark und kam an einer roten Ampel zum Stehen. Die Wartezeit zog sich ins Unendliche, während der Querverkehr gemächlich anrollte. Aus dem Radio drang währenddessen ein Werbejingle nach dem anderen. Henning wechselte den Sender. Er musste sich ablenken. Doch wieder quoll die übermotivierte Stimme eines Werbetreibenden aus den Lautsprechern.

»Verfluchte Scheiße!«, schrie er und verlor die Kontrolle über sich selbst. Mit geballter Faust prügelte er auf das Display neben dem Lenkrad ein. Schlag um Schlag traf das

Glas, während die Ader auf seiner Stirn pulsierte und zu platzen drohte.

»Scheiße, elender Gottmist! Verdammt!«

Plastiksplitter flogen, Knöpfe prasselten herunter, und schließlich erstarb das Radio mit einem jämmerlichen Zischen. Es herrschte wieder Stille, nur das Winseln des Hundes war zu hören. »Bockmist!«

Sein Blick schweifte nach rechts. Er fühlte sich plötzlich beobachtet. Und tatsächlich starrte ihn ein verwundert dreinblickender Mann an, der im Auto nebenan saß und seinen Ausraster live miterlebt hatte. In diesem Moment wechselte die Ampel auf Grün und der Fleischer gab Gas.

Er schrie und fluchte und wünschte sich selbst zum Teufel. Warum zur Hölle hatte er seine Emotionen nicht im Griff? Er war fahrlässig geworden, zog die Aufmerksamkeit potenzieller Zeugen auf sich. Und das war das Letzte, was passieren durfte.

Mit allem, was er an innerer Stärke aufbringen konnte, zwang er sich dazu, langsamer zu fahren. Doch ließ dieses nervöse Kribbeln, das er in seiner Magengegend verspürte, einfach nicht nach. Jenes Kribbeln, das ihn seit der Sache im Keller nicht mehr losließ.

Als er endlich sein Ziel erreicht hatte, fuhr er gemächlich daran vorbei. Er sondierte die Umgebung und überprüfte, ob und – falls ja – wie viele Menschen sich derzeit draußen aufhielten. Dann parkte er sein Auto in der nächsten Querstraße, im Schatten einer riesigen Eiche, die das Licht der Straßenlaternen abschirmte, und wartete einen Moment. Erst als er sich sicher war, dass kein Fußgänger in der Nähe war, stieg er aus.

Es roch nach Regen, der Boden glänzte nass. Henning ließ Rohan heraus, ermahnte ihn jedoch zischend, still zu sein. Mit eingezogenem Schwanz folgte ihm der Hund zum Kofferraum. Der Fleischer öffnete die Klappe und wies den Rottweiler an, hineinzuspringen. Hätte er nur besser nachgedacht und den Hund zu Hause gelassen. Für das, was er vorhatte, war der Rüde unbrauchbar. Henning musste fortan unsichtbar sein, durfte nicht auffallen. Und was fiel mehr auf als ein Kraftprotz von Hund, der im Normalfall jeden, egal ob Mensch oder Tier, vor Ehrfurcht erstarren ließ?

Rohan winselte um Gnade, doch sein Herr ließ sich nicht beirren und schlug den Kofferraumdeckel zu.

»Dass du mir schön die Fresse hältst, ja?«, zischte er und wandte sich aufmerksam um. Niemand war zu sehen, die Straße lag in völliger Dunkelheit da. Kein Fußgänger, keine Hausfrau hinter irgendeiner Fensterscheibe oder ein Dealer, der sich im Schatten verbarg. Hier hatte die Stille Hamburg fest im Griff. Perfekt.

Im Gehen zog er sich, möglichst unauffällig, dünne Latexhandschuhe über und steckte die Hände direkt in die Hosentaschen, um kein Aufsehen zu erregen. Er bog um eine Ecke und verließ die Nebenstraße. Vor ihm liefen ein paar wenige Passanten, kümmerten sich jedoch nicht um ihn.

Erst in solchen Momenten erkannte man, wie schwer es doch war, bewusst *normal* zu wirken. Je mehr er sich dazu zwang, stur geradeaus zu gehen, umso mehr schwankte er und wich von der unsichtbaren Weglinie ab. Sein Herz raste.

Er hasste es, unsicher zu sein. Niemals, dachte er, wirklich niemals zuvor war er in einer solchen Situation gewesen.

Henning bog in den Eingangsbereich eines mehrstöckigen Wohnhauses ab. Das gelbe Eingangslicht beleuchtete ihn mehr, als er es gutheißen konnte. Mit jenem unangenehmen Kribbeln im Magen widmete er sich den angebrachten Klingelschildern.

Larissa Roth. Bingo!

Er zog ihren Wohnungsschlüssel aus der Tasche. Zum Glück hatte er in seiner Eile daran gedacht, ihn aus dem Museum zu holen und mitzunehmen.

Unter Zeitdruck, aber dennoch vorsichtig – immerhin handelte es sich bei dem Schlüssel um ein Ausstellungsstück – machte er sich an dem Schloss zu schaffen. Er musste sich beeilen. Viel zu lange schon offenbarte er sein Gesicht der Öffentlichkeit. Eine Maske konnte er nicht aufsetzen. Nichts erweckte mehr Verdacht als ein kräftiger, maskierter Mann, der des Nachts durch Wohnhäuser schlich.

Der Fleischer betrat das Treppenhaus. Es lag in völliger Dunkelheit. Er ballte vor Freude die Hände zu Fäusten, als es dabei blieb. Ein Hoch auf den Rückstand. Der Hausverwalter hatte es scheinbar nie für nötig gehalten, die Beleuchtung an Bewegungsmelder zu koppeln. Zumindest bis hierhin hatte er Glück. Wenige Minuten und zahlreiche Stufen später war er am Ziel angekommen.

Er sah sich verstohlen um und horchte mit klopfendem Herzen. Niemand da. Auch hinter den umliegenden Türen war es still. Zielstrebig ging er auf Larissas Wohnungstür zu. Als er näher trat, bemerkte er etwas, mit dem er nicht gerechnet hatte. Die Tür war mit einer behördlichen Versiegelung markiert. Das Wappen der Hamburger Polizei prangte darauf sowie ein Hinweis, dass es sich bei der Wohnung um einen nicht zu betretenden Tatort handelte. Irgendein Polizist hatte zudem Datum und Uhrzeit eingetragen.

Über Hennings Lippen zuckte ein Lächeln. *Sieh einer an, die Polizei sucht also bereits nach ihr.* Laut Datum seit mindestens zwei Tagen. Das ging in der Tat wirklich schnell.

Wäre er nicht so nervös und gehetzt gewesen, dann hätte er den Moment genossen, sich für seine Taten gelobt. Garantiert hätte er bei dem Gedanken, dass seinetwegen eine Polizeidienststelle ermittelte, unbändigen Stolz empfunden. Doch nun blieb dafür keine Zeit.

Er zückte ein Taschenmesser und begann, das Siegel vorsichtig zu zerschneiden. Niemand sollte auf den ersten Blick feststellen können, dass es beschädigt war. Nur gelang es ihm nicht ganz, das Ende riss ein. *Sei es drum.* Anschließend öffnete er die Tür und huschte lautlos hinein. Ohne ein hörbares Geräusch zu verursachen, schloss er sie hinter sich. Dunkelheit umgab ihn. Es roch, als wäre seit Tagen nicht gelüftet worden. Doch auch feine Nuancen von Holz und frischer Farbe mischten sich darunter.

Henning zückte eine Taschenlampe und schaltete sie ein. Der weiße, schmale Lichtkegel zitterte über den Dielenboden. Plötzlich traf es ihn wie ein Schlag.

»Verdammt!«, keuchte er, steckte die Lampe in die Hosentasche und fummelte hastig eine Strumpfmaske hervor. Die hätte er beinahe vergessen. Zum Teufel mit seiner Verunsicherung! Noch nie zuvor hatte er so viele Fehler gemacht. Was wäre, wenn die Polizei zur Überwachung irgendeine Kamera in der Wohnung hinterlassen hatte? Da könne er auch gleich seinen Namen samt Adresse mit Filzstift an die Wand schreiben. Wollte er sein Lebenswerk beenden und Franziska fertigstellen, dann musste er deutlich vorsichtiger sein.

Wut flammte in ihm auf. Wut darüber, dass ihn die Erkenntnis im Keller so schockiert hatte, dass er seitdem nicht mehr der eiskalte Mann war, für den er sich hielt. Nein, er hatte sich verändert, war in Panik geraten. Mit geballten Fäusten und straff übergezogener Maske trat er einen Schritt vor.

Unter seinem Schuh raschelte es. Er leuchtete hinab. Auf dem Boden lag ein Zettel. »Behördliches Schreiben«, las er still. Seine Augen huschten über die Zeilen, doch nach der Hälfte verlor er das Interesse. Bei dem Schrieb handelte es sich um einen Aufruf an Larissa. Falls sie zwischenzeitlich in ihre Wohnung zurückkehrte, solle sie dringend Kontakt mit der Polizei aufnehmen. Sie würde vermisst, stand dort, und es lief eine Untersuchung, um ein Verbrechen auszuschließen.

Lächerlich.

Henning ging weiter. Der Boden gab unter seinem Gewicht ein für Altbauten typisches Knarren von sich. Viele Menschen mochten für diesen Charme gut bezahlen, doch er verfluchte ihn. Wenn der Mieter in der Wohnung darunter einen leichten Schlaf hatte und über Larissas Verschwinden Bescheid wusste, so müsste er nur eins und eins zusammenzählen und die Polizei anrufen. Henning bemerkte, wie er unter der Maske zu schwitzen begann. Er durfte sich nicht zu viel Zeit lassen.

Er betrat das Wohnzimmer. Der Lichtkegel glitt über ein Sofa, das neu aussah und einen angenehmen Stoffgeruch verströmte. Daneben waren dutzende Umzugskartons aufgestapelt. Eine leere Pizzaschachtel lag auf dem Couchtisch. Die Fettflecken glänzten, als hätte Larissa erst vor wenigen Minuten das letzte Stück gegessen.

Die Umzugskartons waren zum Glück nicht mit Paketband verklebt. Henning näherte sich zielstrebig und öffnete den, der an oberster Stelle stand, und warf einen Blick hinein. Er enthielt nur Dekoration, weibischen Krimskrams also. *Weg damit.*

Er stellte ihn zur Seite und öffnete den zweiten. Darin lagen diverse DVDs sowie ein paar wenige Bücher. Im dritten Karton stieß er auf Dokumente. Sein Herz machte einen Sprung. Eilig huschten seine Augen über die Rücken bunter Ordner. Aufs Geratewohl zog er einige heraus und blätterte, doch er fand nicht das, wonach er suchte. Als er auch bei den anderen kein Glück hatte, stopfte er sie frustriert zurück.

Der Fleischer schlich weiter. Ein Blick auf seine Uhr verriet ihm, dass er schon zwanzig Minuten in der Wohnung war. Viel zu lang. Eigentlich wollte er längst wieder im Auto sitzen. Grimmig eilte er in den nächsten Raum, das Schlafzimmer. Hier musste es doch einen Beweis für das geben, was ihm im Kopf herumschwirrte. Es *musste* ihn einfach geben!

Larissas Bett war ordentlich gemacht. Der Lichtkegel huschte über graue Bettwäsche mit weißen Punkten, einen

Stapel Bücher auf dem Nachttisch und eine geöffnete Packung Pralinen daneben. Es roch nach irgendeinem süßlichen Parfum und frischer Wäsche. Ungeduldig ging er zum Nachtschränkchen und zog dessen Schublade auf. Leer. Nichts. Der Fleischer stöhnte enttäuscht.

Einen Augenblick später stand er vor dem großen Kleiderschrank und öffnete ihn.

Mit hastigen Bewegungen tastete er über die Einlegeböden. Er hoffte, endlich irgendeinen Beweis zu finden, sei er noch so unscheinbar. Doch stießen seine Hände nur auf Stoff, Stoff und abermals Stoff. Textilstaub wirbelte auf und tanzte im weißen Licht der Stablampe wie Schneeflocken an einem Wintertag.

Könnte ich diesen Moment doch nur genießen, fluchte er sehnsüchtig, als er eine der Schubladen aufzog und die Hände über Larissas Unterwäsche gleiten ließ. Aber ein seltsames Gefühl breitete sich in seinen Eingeweiden aus. Ein flaues Drücken, eine Warnung gar, als würde er einen verheerenden Fehler begehen.

Henning zog die Hand zurück. Schweiß trat auf seine Stirn, durchnässte den schwarzen Maskenstoff. Was war los mit ihm?

Er trieb sich zur Eile und schloss die Schranktüren, leuchtete den Raum ab. In einer der Ecken, dicht neben der Tür zum Flur, entdeckte er einen weiteren Stapel Umzugskartons. Es waren fünf, jeweils an der Seite beschriftet.

»Kleidung, Kleidung, Badezimmer ...«, las er flüsternd. Dann stieß er einen gehauchten Jubel aus. »Wer sagt's denn?«

Erleichtert und angespannt zugleich schnappte er sich den Karton mit der Aufschrift *Erinnerungen/Fotos*. Sein Herz raste. Nun stand er womöglich kurz davor, etwas zu erfahren, das alles verändern würde. Henning hielt inne, zögerte. Seine Unsicherheit war ein befremdliches Gefühl, das er nicht kannte. Normalerweise fürchtete er sich nicht vor Entscheidungen oder Taten. War die Ruhe in Person, handelte stets wohlüberlegt und abgebrüht. Doch in diesem Moment zitterten seine Hände wie die eines verängstigten Kindes.

Er öffnete den Karton.

Neben einigen Stofftieren und seltsamen Gegenständen wie getrockneten Lebkuchenherzen und Schlüsselanhängern fand er dutzende Fotoumschläge. Der Geruch von altem Papier stieg auf. Jetzt war es so weit. Die Stunde der Wahrheit.

Die Strumpfmaske begann auf seiner feuchten Haut zu jucken, und auch unter den Gummihandschuhen hatte sich Schweiß gebildet. Könnte er sich doch nur alles vom Körper reißen. Aber er durfte kein Haar, keine Hautschuppe, keinen Fingerabdruck in der Wohnung hinterlassen. Nichts, was irgendeinen findigen Schnüffler Rückschlüsse auf ihn ziehen lassen könnte. Und diese Schnüffler würden wiederkommen, da war er sich sicher. Die Kavallerie würde aufs Neue anrücken, spätestens wenn jemandem die gebrochene Versiegelung an der Wohnungstür auffiel und Larissa weiterhin nicht auftauchte.

Ein Geräusch im Treppenhaus ließ ihn zusammenzucken und verpasste ihm den Schreck seines Lebens. Der Knall einer Tür hallte durch das Gebäude. Egal wie spät es war,

Hamburg schlief nie, irgendwer war immer wach. Sollte einer der Bewohner durchs Haus schleichen, beispielsweise um einen Hund auszuführen, lief Henning Gefahr, entdeckt zu werden.

Eile war geboten, mehr als je zuvor.

Er öffnete den obersten Umschlag, zog einen Stapel Fotos heraus und hielt angespannt den Atem an.

Auf dem ersten Bild war Larissa zu sehen, die vor einem sandigen Hintergrund stand. Neben ihr wuchsen buschige, trockene Pflanzen, und in weiße Trachten gehüllte Männer im Hintergrund ließen vermuten, dass das Bild in Afrika oder im arabischen Raum aufgenommen worden war. Die junge Blondine, kaum über achtzehn, strahlte in die Kamera. Ein gut aussehender Mann umarmte sie von hinten. Er wirkte nur wenig älter, hatte schwarze Locken und einen jugendlich-arroganten Gesichtsausdruck. War das dieser Martin? Wohl kaum. Sie hätte niemals ein Foto von ihm aufgehoben.

Henning wühlte sich durch unzählige Urlaubs- und Partybilder aus Larissas Teenagerjahren, ehe er endlich einen Umschlag fand, dessen Inhalt vielversprechender aussah.

Larissa, höchstens zwei oder drei Jahre alt, hockte in einem Sandkasten und spielte. Auf einem weiteren Bild trug sie quietschbunte Faschingskleidung und starrte fragend in die Kamera. Auf dem nächsten weinte sie mit verschmiertem Mund, den Löffel Brei achtlos vor sich auf den Tisch geworfen. Es folgten Familienfotos. Hennings Herzschlag ging schneller. Hitze wallte hinter seiner Stirn auf. Als sein Blick zu dem nächsten Foto und der Frau darauf glitt, stieß er einen dumpfen Schrei aus. »Nein! Nein!«

Seine Hände zitterten, ließen ihn ihr Gesicht somit kaum erkennen. Mit einem Mal war sein Mund staubtrocken. Hennings Augen füllten sich mit Tränen.

Das Bild zeigte seine leibliche Mutter. Die schlimmsten Befürchtungen hatten sich bewahrheitet. Es gab keinen Zweifel. Diese stechend grünen Augen, dieses Kinn, so einmalig rund und weich geformt, als hätte ein Künstler es gestaltet. Die blonden Haare zurückgebunden, hohe Wangenknochen, die Leberflecke an der zierlichen Nase ... Sie war es. So hatte er sie in Erinnerung, auch wenn es schon lange her war. Tränen rannen ihm über die Wangen, hinterließen heiße Spuren wie Lava.

Was hatte er getan? Was hatte er *ihr* angetan? Der ewig unerfüllte Wunsch nach Familie und Geborgenheit keimte in ihm auf und wütete wie ein unlöschbarer und alles verzehrender Waldbrand.

Er ließ sich auf den Hintern fallen und lehnte sich gegen das Bettgestell. Sein Blick ruhte lange auf der Aufnahme seiner Mutter. In seinem Kopf ratterte es und es fiel ihm schwer, klare Gedanken zu fassen. Plötzlich erklang im Eingangsbereich der Wohnung ein Geräusch. Es war ein Klicken, laut und metallisch. Hennings Kopf fuhr herum. Eine Tür wurde geöffnet.

Voller Panik sprang er auf, lautlos wie ein Luchs, und horchte. Schritte. Zögerlich und leise, doch eindeutig und unverkennbar. Waren die Bullen ihm bereits auf den Fersen? Waren sie so schnell auf die durchtrennte Versiegelung aufmerksam geworden? Hatte er womöglich unabsichtlich einen stummen Alarm ausgelöst? Hätte er bloß besser aufgepasst. *Verdammt!*

»Lissa?«, hauchte eine zarte, weibliche Stimme. »Bist du da?«

In dem leicht zitternden Tonfall schwang unüberhörbar Hoffnung. »Lissa?«

Henning, der das Foto seiner Mutter noch immer in der Hand hielt, stand wie angewurzelt da. Was sollte er tun? Die Frau – der zitternden Stimme nach keine Polizistin – kam näher, er hörte ihre zaghaften Schritte im Wohnzimmer, nur wenige Meter von ihm entfernt. *Was zum Teufel hat sie zu dieser späten Stunde hier zu suchen?*

Im Flur wurde Licht angeschaltet. Lautlos huschte er zur Zimmertür und drückte sich gegen die Wand dahinter. Er schaltete die Stablampe aus, beugte sich vorsichtig hinunter und legte sie und das Foto auf den Boden. Dann zückte er sein Taschenmesser, klappte die fingerlange Klinge aus. Lauschte. Betete, dass die Frau nicht hereinkommen würde. Aber die Schritte wurden lauter, ehe sie abrupt endeten.

Die Tür schwang langsam in seine Richtung auf, verbarg ihn in seiner Position. Er hielt die Luft an. Eine Person betrat zögerlich den Raum, den Rücken ihm zugewandt. Sie trug ein Smartphone mit aktivierter Taschenlampe bei sich. Der grelle Schein flog über das Bett und hinüber zum Schrank, glitt über die am Boden liegenden Fotos. Sein Herz hämmerte. Er schloss die Hand fester um das Messer. Dann tastete sie nach dem Lichtschalter.

Bald würde sie ihn entdecken.

Er musste es tun.

Er durfte nicht versagen. Sein Vermächtnis stand auf dem Spiel.

Als das Licht aufflammte, sprang er los.

Bevor die Frau wusste, wie ihr geschah, hatte er seinen linken Arm um ihr Gesicht geschlungen und sie nach hinten gezogen. Ihr entfuhr ein gedämpfter Schrei. Dann rammte Henning das Messer in ihre Seite. Immer und immer wieder. Sie wehrte sich aus Leibeskräften, biss ihn in den Arm und versuchte, sich seinem Griff zu entwinden. Vergebens. Ihr süßliches Parfum stieg in seine Nase, roch so wundervoll nach Wildblumen. Doch er kannte keine Gnade.

24.

Als Larissa die Augen aufschlug, wurde sie von tristem Grau begrüßt. Beton. Das Material strahlte eine unangenehme Kälte aus, und doch fror sie nicht. Sie lag auf dem Rücken, war zugedeckt. Dass sie sich in einem Bett befand, dämmerte ihr nur langsam. Es war, als würden ihre Gedanken durch trübes Wasser zu ihr dringen. Sie kniff die Augen zusammen und ergab sich für einen Moment dem Schmerz, der in ihrem Kopf pochte.

Sie drehte sich ein Stück nach links, nur ein paar Millimeter. Doch es genügte, um sich ein Bild von der Umgebung zu machen. Sie war in einer Zelle. Es brauchte einige Sekunden, bis sie verstand, was das bedeutete. *Ihre* Zelle. Sie war immer noch gefangen. Orangenes Licht, das durch das kleine Fenster über der Heizung drang, zeugte von einem neuen Tag und der aufgehenden Sonne.

Larissa stöhnte, als sie den Kopf zurückdrehte und ihr ein unangenehmes Stechen durch die Stirn schoss. Auch ihr Arm schmerzte. Was zum Teufel war los mit ihr?

Sie atmete tief durch und beschloss, ihre verschwommenen Gedanken zu ordnen. Es fiel ihr schwer, sich daran zu erinnern, ins Bett gegangen zu sein. Was hatte sie zuvor getan? Hatte sie nicht mit Henning zu Abend gegessen? Die Erinnerung daran fühlte sich alt an, als wäre das Ereignis schon Tage her. Es musste etwas anderes passiert sein.

Denk nach. Da! Ein Bild von Schlüsseln. *Vielen* Schlüsseln. Sie waren an einem Bund befestigt, lagen fest in ihrer Hand. Vor sich sah sie ein Schloss, das eine Kette, *ihre* Kette, an irgendetwas fixierte. Die Erinnerung veränderte sich. Larissa war allein und voller Hoffnung durch den Keller geeilt. Eine Treppe ... Genau, sie war eine Treppe hochgestiegen. Sie hörte deutlich das Knarren unter ihren Füßen, spürte die Kälte, die von den Wänden ausging. Aber was war dann geschehen?

Ein Türknauf. Sie hatte ihn drehen wollen, aber – was? War es ihr gelungen? Ihre Gedanken waren nebelig und ließen keine weiteren Bilder zu. Nur Schmerz. Und nichts als Schwärze und –

Mit einem Ruck setzten sich die einzelnen Erinnerungen zusammen und der Nebel lichtete sich. Sie war geflüchtet, zumindest fast. Beinahe hätte sie es geschafft, den Keller zu verlassen. Doch dann war etwas furchtbar schiefgegangen.

»Es ist ein Wunder, dass du noch lebst.«

Die Stimme war tief und nah.

Larissa stieß einen schrillen Schrei aus. Hennings unverkennbarer Bass fuhr ihr durch Mark und Bein, ließ ihren Kopf herumschnellen. Da saß er, direkt neben ihrem Bett, den Rücken an die Gitterstäbe gelehnt, den Blick stur geradeaus. Er war die ganze Zeit über bei ihr gewesen, ohne dass sie ihn bemerkt hatte. Fassungslos starrte sie ihn an.

Er wirkte zerzaust. Das Hemd, das er trug, war schlampig zugeknöpft, einige Knöpfe hatte er ausgelassen. Dunkle Schweißflecken zeichneten sich um Achseln und Hals herum ab. Die Haare waren unordentlich. Und dann seine Augen ... Larissa brauchte einen Moment, um zu verstehen, dass die eisige Kälte darin seltsam schwach war, beinahe trüb, als würden Tränen sie verschleiern. Sie wirkten traurig, genau wie der Rest seiner Miene, die jegliche Regung vermissen ließ.

Larissa setzte sich auf, ignorierte die Schmerzen, die ihr dabei durch den Körper schossen, und wandte sich ihm zu.

»Hast am Fuß der Treppe gelegen, als ich zurückkam. Warst ohnmächtig und verletzt. Schon wieder. Deine Kette hatte sich um das Treppengeländer gewickelt und gespannt. Wärst du nur einen Meter tiefer gefallen, hätte sie dich wohl erdrosselt oder dir das Genick gebrochen.«

Sie legte die Stirn in Falten und befühlte ihren Hals. Dann breitete sich Angst in ihr aus. Wenn er sie so vorgefunden hatte, wusste er, dass sie versucht hatte zu flüchten. Er würde sie schwer bestrafen, da war sie sich sicher. Guckte er deshalb so traurig? Bedauerte er, dass er sie töten musste, bevor er sein Spiel beenden konnte?

Panisch sog sie Luft in ihre Lungen. Atmen. So oft es ging. So lange wie möglich. Sie wollte das Leben spüren, bevor es ihr genommen wurde.

»Immer, wenn ich die Tür zum Erdgeschoss schließe, schließt sich auch ein Stromkreis, der den Türknauf unter Strom setzt. Zur Sicherheit, damit niemand entkommt. Nur ich weiß, wie man ihn wieder deaktivieren kann.«

Würde er ihr jetzt noch eine Predigt halten, bevor er sie ermordete? Ihr wurde schlecht. Sie war seine Spiele leid.

»Mach es einfach«, wisperte sie.

Endlich wandte er ihr das Gesicht zu. Als sich ihre Blicke trafen, spürte sie den Schmerz, der in ihm wütete.

»Was soll ich machen?«, fragte er langsam und leise. Seine Stimme klang unnatürlich matt.

»Mich ... töten.«

Henning legte die Stirn in Falten. »Warum sollte ich das tun?«

Er spielte wieder mit ihr. Doch diesmal würde sie nicht darauf eingehen. Stattdessen fielen ihr in diesem Moment die zwei Fotos auf, die er in den Händen hielt. Sie kniff die Augen zusammen, konnte aber nicht erkennen, wen oder was sie zeigten.

»Fällt dir eigentlich etwas auf, wenn du mich anguckst?«, fragte Henning plötzlich. Er sah ihr direkt in die Augen. »Irgendetwas?«

Was war das nun wieder für eine Frage? Sie dachte nach, schüttelte dann aber langsam den Kopf. Ihr fiel nur auf, dass seine Körpersprache eine andere geworden war. Die Stärke war etwas Zerbrechlichem gewichen. Er war wie ausgewechselt.

»Kommt dir wirklich nichts an mir bekannt vor?«

Henning wurde offenbar nervös. Er fummelte an den Fotos herum, seine Augen zuckten unruhig, schienen gewisse Punkte an Larissas Körper abzutasten. Sie blieben an ihrem Kinn hängen.

»Das Kinn«, murmelte er. »Du hast ihr Kinn! Mit etwas Fantasie habt ihr auch die gleiche Kopfform.«

Mit wem verglich er sie? Ihre Neugier kämpfte gegen den eisernen Entschluss, sein Psychospiel zu ignorieren.

»Guck mich doch mal ganz genau an«, flehte er beinah. »Dir muss etwas auffallen!«

Und obwohl sie es partout nicht wollte, tat sie es. Betrachtete ihn so ausgiebig, wie sie es nie zuvor getan hatte. Musterte seinen dichten Bart, der heute unordentlicher aussah als üblich. Zählte die

Hautunebenheiten, die sein Gesicht nicht entstellten, sondern ihm vielmehr Wiedererkennungswert verliehen. Sie musterte die dünnen Lippen, farblos und hell, aber elegant geformt. Dann seine Augen, deren eisgrau sie mehr fürchtete als alles andere an ihm. Den Kopf bedeckte volles Haar, so dunkelbraun, dass es beinahe schwarz wirkte. Wäre Henning nicht der, der er war, würde sie ihn attraktiv finden. Doch brauchte sie nur die Ader an seiner Stirn zu betrachten, um sich der in ihm schlummernden Gewalt sicher zu sein.

Er ließ ihr Zeit, wartete ab, unterbrach sie nicht. Sie bemerkte, wie er sie mit festem Blick beobachtete, auf irgendeine Reaktion von ihr hoffte.

Sie kniff die Augen zusammen und konzentrierte sich. Ihr fiel nichts Herausstechendes auf. Nur die Tatsache, dass er sie zweifellos an etwas oder jemanden erinnerte, konnte sie nicht bestreiten.

»Tut mir leid«, piepste sie schließlich und fürchtete sich bereits vor seiner Reaktion. Mit der Kraft der Verzweiflung schickte sie sich an, ein letztes Mal nach etwas Bekanntem zu suchen, allein um einem Wutausbruch seinerseits zu entgehen. Vergebens.

»Vielleicht liegt es am Bart«, murmelte er nachdenklich.

Dieser Mensch. Sollte er doch einfach mit der Sprache rausrücken!

»Was soll ich denn sehen?«, fragte sie vorsichtig und versuchte, weder aufmüpfig noch genervt zu klingen.

Henning rang mit sich, wusste scheinbar nicht, wie er antworten sollte. Er betrachtete abermals die Fotos, verbarg sie aber in seinem Schoß, als er bemerkte, dass Larissa ebenfalls einen Blick darauf werfen wollte. Dann holte er tief Luft.

»Mir sind da vorhin ein paar Dinge aufgefallen«, begann er mit tiefer Stimme zu erklären. »Beim Interview, als wir uns um deinen neuen Ausweis gekümmert haben.«

Sie nickte misstrauisch.

»Da hast du ein paar Sachen gesagt, die mich an etwas erinnert haben. Vor allem die Kombination aus Vorname, Geburtsname, -datum und Ort. Hinzu kommt, dass ich dir gegenüber immer eine besondere Bindung oder ... *Anziehung* verspürt habe. Und dann sind da die Ähnlichkeiten eurer Gesichter …«

Larissa nickte erneut, bedacht darauf, ruhig zu wirken. Innerlich war sie angespannter denn je, eine dunkle Vorahnung keimte in ihr.

»Ich dachte mir: Nein, Henning, das ist unmöglich. Die Wahrscheinlichkeit dafür ist verschwindend gering.«

Wofür denn? Sie ballte die Hände zu Fäusten.

»Mir wurde es zu viel, ich musste raus, einfach weg. Nachdenken, abwägen. Da kam mir die Idee, noch bevor ich das Haus verlassen hatte. Ich musste es überprüfen. Daher bin ich zu deiner Wohnung gefahren.«

Er hatte *was* gemacht? Er war in ihrer Wohnung gewesen? Warum? Sie legte die Stirn in Falten.

»Und dort habe ich etwas Unglaubliches gefunden.« Er hielt ihr eines der Fotos vor die Nase.

Sie stieß einen verwunderten Laut aus.

»Meine Mutter!«, rief sie. Sie wollte nach dem Foto greifen, doch er zog es im letzten Augenblick weg.

»Warte einen Moment«, versuchte er sie zu beschwichtigen. Er drehte sich zu ihr und hockte sich direkt vors Bett. »Du bekommst es gleich wieder. Aber hör' mir noch einen Moment lang zu.«

»Nein!« Larissa wollte ihm nicht zuhören. Sie wollte einfach nur dieses Foto. Ein Foto der Frau, die sie kaum kannte und schon in jungen Jahren zum letzten Mal gesehen hatte. Dieses Foto war ihr heilig. Es gehörte ihr. Er hatte kein Recht darauf, es zu berühren. »Gib es mir, sofort!«

Die Situation drohte zu eskalieren. In diesem Moment waren ihr die Konsequenzen ihres Tuns egal. Larissa sprang auf und war drauf und dran, sich auf ihn zu werfen. Und sie tat es. Henning stöhnte überrascht und kippte nach hinten. Sie stürzte sich mit voller Wucht auf ihn und versuchte, ihn am Boden zu fixieren und zeitgleich nach dem Bild zu greifen. Doch er war deutlich stärker, warf sie zur Seite und packte ihre Hände. Er hielt sie unnachgiebig fest, drückte ihren Oberkörper auf den kalten Beton. Jetzt hatte er sie in einer Position gefangen, in der sie ihm ausgeliefert war.

Larissa schrie und krächzte. Sie wusste, dass ihr letzter Moment gekommen war. All die Angst, all die Wut entluden sich in diesem Augenblick. Wenn er sie schon tötete, so schwor sie sich, wollte sie ihm mit ihrem Kreischen das Trommelfell zerstören. Wenigstens das. Er würde einen bleibenden Schaden zurückbehalten und jedes Mal an sie denken müssen, wenn er nichts verstand.

»Mach es endlich!«, keifte sie aus vollem Halse. »Tu es, du Feigling! Tu es! Bring es zu Ende! Töte mich!« Speichel flog aus ihrem Mund, prasselte auf sein Gesicht. Hitze wallte durch ihren Körper. Hasserfüllt sah sie ihm direkt in die Augen, wand sich aus Leibeskräften. Könnte sie ihn doch nur schlagen, kratzen, beißen, irgendwie verletzen und für immer entstellen!

»Hör auf!«, donnerte seine Stimme durch den Zellenraum. Ihr Schreien setzte ihm deutlich zu. »Hör auf, du dumme Kuh, ja?!«

Aber sie dachte nicht daran, brachte sogar ein höhnisches Lächeln zustande.

»Magst es nicht, wenn deine Weiber kreischen, was?! Magst es nicht, wenn dir jemand Widerworte gibt?! Ja? Ja?«

Mit diesen Worten spuckte sie ihm mitten ins Gesicht. »Los, tu es, du Feigling! Töte mich!«

Die Ader auf seiner Stirn pulsierte. In seinem Gesicht arbeitete es. Sie spuckte erneut. Er zögerte, ehe er sie mit der flachen Hand ohrfeigte. Ein Brennen explodierte auf ihrer Wange. Sie verstummte sofort, blickte ihn fassungslos an.

»Ich werde dich nicht töten!«, schrie er mit Verzweiflung in den Augen. Wieder presste er sie auf den Boden. »Ich werde meine Schwester nicht töten!«

25.

Wie reagiert man auf etwas, das einem absolut absurd vorkommt? Wie reagiert man auf einen Satz, der das ganze Leben aus der Bahn wirft? Gab es für eine solche Situation eine normgerechte Reaktion?

Larissa zumindest lachte. Lachte laut. Ohrenbetäubend laut.

Henning ließ sie los und wich zurück. Sie hätte aufspringen können, blieb jedoch am Boden liegen, sah ihn mit aufgerissenen Augen an, ein etwas verrückt anmutendes Lächeln auf den Lippen. Sie gluckste auch nach einer Minute noch, konnte sich nicht beherrschen. Warum zum Teufel fand sie nicht die Kraft, sich zu beruhigen?

»Du willst deine Schwester nicht töten?«, wiederholte sie kichernd. »Deine Schwester? *Ich?* Was ist das nun wieder für ein krankes Spiel?«

»Kein Spiel«, gab er knapp zurück. Er ließ sich aufs Bett fallen.

Larissa bcrappelte sich und setzte sich auf. Schmerzen schossen durch ihren Rücken, Arme und Beine. Doch das war sie mittlerweile gewöhnt.

»Hier«, sagte er und warf ihr das zweite Foto zu. Es tanzte in verrückten Kurven durch die Luft, prallte von ihrem Bein ab und blieb ein Stück daneben liegen.

Sie griff danach und setzte bereits zu einem ungläubigen Lächeln an, als ihr Blick auf dem Foto hängen blieb. Ihr stoppte das Herz.

Auch dieses Bild zeigte ihre Mutter, nur war sie auf darauf etwas älter. Neben ihr stand ein kleiner Junge, etwa vier oder fünf Jahre alt, der eine Eiswaffel hielt. Sie erkannte ihn sofort. Henning. Unverkennbar ausgestattet mit dem dichten, fast schwarzen Haar und diesen so abnormal grauen Augen. Augen, die selbst in jungen Jahren eine gewisse Gefahr ausstrahlten.

»Unmöglich«, wisperte Larissa. Doch sie fand keine Gegenargumente. Es war eindeutig ihre Mutter. Die Haare, das Kinn, die Nase ... Es gab nicht einen Zweifel. Sie würde sie immer wiedererkennen.

»Ich konnte es auch nicht glauben«, unterbrach Henning ihre Gedanken. »Oder besser gesagt, ich *wollte* es nicht. Aber alles passt. Dein Mädchenname ist Wagner, geboren wurdest du am dreißigsten dritten in Berlin. Ich kenne deinen Geburtstag so genau, weil sie jedes Jahr eine Kerze für dich angezündet hat. Und geweint hat sie. Ich stellte ihr zu dir viele Fragen. Sie hat zwar nicht alles beantwortet, aber einiges. Auch von deinem Geburtsort hat sie mir erzählt.«

Er hielt kurz inne, wirkte nachdenklich. »Und plötzlich sitzt du, entgegen aller Wahrscheinlichkeiten, in meinem Keller.«

Ja, nur nicht ganz freiwillig.

»Als ich dich vor Monaten zum ersten Mal in Hamburg gesehen habe, fühlte ich mich gleich zu dir hingezogen. Du warst direkt etwas Besonderes für mich. Nur habe ich die Zeichen falsch gedeutet. Dachte, ich wäre verliebt in dich. Ich hätte niemals gedacht, dass wir miteinander verwandt sein könnten.«

Verliebt. Sie bekam eine Gänsehaut bei diesem Gedanken.

»Aber wem kommt schon so ein Verdacht?«, fragte er und klang dabei, als wolle er einen Richter von seiner Unschuld überzeugen.

»Ich kann es nicht glauben«, hauchte Larissa. Es konnte nicht sein, *durfte* nicht sein. War absolut unmöglich. »Du ... Du denkst dir das nur aus. Das ist ein ...«

»Es ist kein Spiel«, kam er ihr zuvor. »Wirklich nicht. Sieh dir die Fotos an!«

Doch sie mied es, die Bilder noch ein einziges Mal anzusehen. Stattdessen suchte sie krampfhaft nach etwas, das seine Geschichte widerlegte.

»Niemand hat je von dir gesprochen. Mir erzählt, dass ich neben meiner Schwester auch einen Bruder habe. Das alles kann nicht stimmen. Mein Vater hat nie von einem dritten Kind geredet.«

»Du hast mich nie kennengelernt«, begann er. »Und auch dein ... *unser* Vater weiß nicht, dass es mich gibt. Aber ... Vielleicht glaubst du mir, wenn ich dir ein paar Dinge erzähle, die unsere Ma mir verraten hat.«

Sie nickte und ärgerte sich sogleich, dass sie ihm überhaupt die Möglichkeit gab, sich zu erklären.

»Unser Vater heißt Rudolph Fassner. Unsere Mutter hat ihren Mädchennamen nie abgelegt, da die beiden nie verheiratet waren. Somit blieb sie bei Wagner. Außer uns beiden gibt es noch Michelle, unsere Schwester.«

Larissa weigerte sich, ihn länger anzusehen. Dieses Wissen hätte er sich genauso gut beim Durchsuchen ihrer Wohnung aneignen können.

»Michelle wurde am fünfzehnten Mai neunundachtzig geboren. Sie ist die Älteste von uns dreien.«

Auch diese Informationen waren öffentlich zugänglich, Facebook sei Dank. Larissa biss sich auf die Unterlippe.

»Sie lebt in Berlin, genau wie unser Vater. Zumindest ist das mein letzter Stand. Mutter ist schon früh gestorben, direkt danach kam ich in eine Pflegefamilie, in der ich aufwuchs.«

Die Familie, aus der sein erstes Opfer kam. Die mit Henning unter einem Dach gelebt hatte, ahnungslos, was ihr widerfahren sollte.

Larissa musterte ihn. Aus seinen Augen sprachen Kummer, Traurigkeit, vielleicht sogar Sehnsucht. Er wirkte fast wie ein normaler Mensch, und doch konnte sie das mordende Monster, das in ihm steckte, nicht vergessen.

»Warum haben wir nie etwas erfahren?«, überlegte sie laut und ergänzte: »Und warum bist du nach Mutters Tod nicht zu uns geschickt worden?«

Henning zuckte beiläufig mit den Schultern, tat diese Frage offenbar als nebensächlich ab. »Ihr wusstet nichts von mir. Weder ihr Kinder noch Rudolph. Ich wurde erst nach der Trennung unserer Eltern geboren. Mutter hat die Schwangerschaft vor ihm verheimlicht, ihn anschließend nie als Vater angegeben. Hat einen anderen Namen genannt. Wollte die Leute somit auf eine falsche Fährte locken.«

»Wieso?«

»Nun ja ... Was weißt du über unsere Mutter?«

Larissa dachte nach, kramte alles aus ihrer Erinnerung hervor, was die Zeit überstanden hatte.

»Papa«, begann sie, stoppte jedoch. Sie fand es merkwürdig, Henning gegenüber von ihrem Vater als *Papa* zu sprechen. Es war zu intim. »Vater hat nie wirklich viel über sie gesprochen. Meinte nur, dass sie krank gewesen sei.«

Sie tippte sich erst aufs Herz, dann gegen die Stirn. »Er sagte, sie habe eine kaputte Herzklappe und trübe Gedanken.«

Der Fleischer lachte bitter auf.

»Sie hatte wirklich trübe Gedanken. Erst später verstand ich, dass sie an Depressionen litt. Die Beziehung der beiden ist daran zerbrochen. Die Krankheit war sogar so stark ausgeprägt, dass ihr das Sorgerecht für dich und Michelle entzogen wurde. Begründet wurde es damit, dass sie nicht in der Lage sei, ein Kind, erst recht nicht zwei, gerecht zu versorgen. Deshalb bekam Vater das alleinige Recht, euch beide großzuziehen.«

Larissa versetzte es einen Stich ins Herz, aber sie verstand sofort.

»Und da sie nicht ihr Ungeborenes verlieren wollte, hat sie ihre Schwangerschaft, also dich, verheimlicht?«

Er nickte.

»Und wen hat sie als Vater angegeben?«

»Niemanden, den es wirklich gibt. Sie hat gelogen. Wollte nicht, dass Rudolph jemals von mir erfährt. Sie hatte Angst davor, dass er ihr sonst auch mich wegnehmen würde.«

»Woher weißt du all das? Das mit ihrer Krankheit, ihren Absichten?«

Er zuckte mit den Schultern. »Einiges hat sie mir erzählt, anderes habe ich mir zusammengereimt. Ein paar Details kamen von meinen Pflegeeltern. Sie kannten Ma schon, bevor ich zu ihnen kam.«

Das war Larissa alles zu viel. *Warum hat Mama nicht mit offenen Karten gespielt?*, dachte sie traurig. Wer wusste schon, was aus Henning hätte werden können, wenn er bei ihrem Vater aufgewachsen wäre. Womöglich wäre er heute ein normaler Mensch mit einem weniger ekelhaften Hobby.

Er schien ihre Gedanken zu lesen. »Ich habe mich oft gefragt, wie es mir bei euch ergangen wäre.« Plötzlich schoss ein Lächeln über seine Lippen. »Viel hätte sich an meinem Werdegang wohl nicht geändert. Wir Menschen sind nicht nur ein Produkt unserer Erziehung, sondern auch das des Schicksals. Früher oder später hätte ich sicherlich ebenfalls meinen jetzigen Weg eingeschlagen.«

Er stieß ein bellendes Lachen aus. »Wer weiß, vielleicht wärst du mein erstes Projekt geworden, und nicht Franziska.«

Larissa klappte vor Entsetzen der Mund auf. Doch Henning lachte wieder und zwinkerte ihr zu. »Nur ein Spaß, ja?«

Sehr witzig.

Dann schwiegen beide. Lange. Nur das Rauschen der Heizung und Rohans ungeduldiges Trippeln im Erdgeschoss über ihnen waren zu hören. In Larissa tobte ein Krieg der Gedanken. Irgendetwas in ihr wusste, dass er die Wahrheit sagte. Doch ein viel größerer Teil wollte das alles nicht wahrhaben. Es durfte einfach nicht stimmen. Ihre Welt lag nun vollends in Scherben. Auch nach all den Tagen in diesem Keller hätte sie nicht erwartet, dass es etwas geben könnte, das der bisherigen Grausamkeit noch die Krone aufsetzte.

Sag niemals nie.

Plötzlich erinnerte sie sich an etwas, das Henning vor Minuten gesagt hatte. *Ich werde dich nicht töten.* Und das nur, weil sie seine Schwester war, zu der er nie Kontakt und für die er somit auch keine familiären Gefühle hatte? Unsinn. So schnell wurde niemand vom Opfer zum Schützling. Oder doch? Was wäre die Alternative zum Tod? Ließ er sie laufen und setzte auf ihre Verschwiegenheit, allein weil sie dasselbe Blut teilten?

Wohl kaum.

»Wie ... Wie geht es weiter?«

Larissa wusste nicht, woher sie den Mut für diese Frage genommen hatte. Sie fürchtete sich so sehr vor der Antwort, dass ihr die Luft wegblieb.

Er sah ihr direkt in die Augen, doch waren sie nicht voll Boshaftigkeit, so wie üblich. In ihnen spiegelte sich eine Mischung aus Mitgefühl und Unsicherheit wider.

»Ich weiß es nicht«, flüsterte er mit belegter Stimme. Er klang müde, erschöpft. »Wirklich nicht. Ich muss nachdenken.«

Bevor sie etwas erwidern konnte, stand er auf und schickte sich an, die Zelle zu verlassen. Urplötzlich, wie von der Tarantel gestochen.

»Hey!«, wandte Larissa schrill ein. »Was passiert nun mit mir?«

Tränen liefen ihr über die Wangen. Freiheit. Die Sehnsucht nach Freiheit überwältigte sie. Sie wollte aus dem Keller raus. Dieser Gedanke war so stark wie nie zuvor. »Bitte! Lass mich frei! Ich bin deine Schwes–«

Er hatte die Zelle verschlossen, bevor sie den Satz beenden konnte.

Larissa stieß einen Schrei aus, stürmte verzweifelt vorwärts. Die Kette rasselte hinter ihr her, als sie sich mit aller Kraft gegen das Gitter schmiss. Schmerz schoss durch ihren Körper, ließ sie abermals schreien. »Lass mich raus! Du Arschloch!«

Doch Henning verschwand ohne ein weiteres Wort.

26.

Die Kraft der Verzweiflung kann Dinge bewirken, die man ansonsten nicht für möglich hält, so sagt man zumindest. Adrenalin, Wut und Angst verleihen eine übermenschliche Stärke, den gewissen Schub geistiger Raffinesse und den unbedingten Überlebenswillen. Doch all dies hilft nicht, wenn das Hindernis vor einem aus hartem Stahl besteht.

So kam es, dass sich Larissa an den Gitterstäben abmühte, ohne dass diese sich beeindruckt zeigten. Lediglich ihre Ausdauer hätte man loben können, da sie eine Ewigkeit gegen die Stäbe schlug und trat, an ihnen zog und zerrte. Dabei brüllte und schrie sie, voller Zorn, als könnte die Kraft ihrer Stimme das Metall bersten lassen. Doch irgendwann kam die Resignation.

Schluchzend sackte sie zu Boden. Tränen liefen brennend über ihr Gesicht. Sie hatte keine Kraft mehr. Ihre Hände und Füße pochten schmerzhaft, ihr Mund war ausgetrocknet. Larissa wisperte Undeutliches, hoffte, dass sich Henning ihrer Verzweiflung ergab, sie endlich aus dem Keller befreite. Doch wirklich daran glauben konnte sie nicht. Das dumpfe Gefühl, für immer als Geisel in diesem Verlies festzusitzen, breitete sich in ihr aus wie heißes Nervengift. Töten würde er sie nicht, irgendwie war sie sich dessen plötzlich sicher. Wobei ... Wer konnte schon sagen, was sich dieser Verrückte in den nächsten Tagen ausdenken würde? Sie traute ihm alles zu. Jeder Gefühlsausbruch, jeder Wutanfall vermochte seine Meinung zu ändern. Und Wut schlummerte in rauen Mengen in ihm. Er war ein Vulkan, dessen Eruption kurz bevorstand.

Selbst wenn er sie nicht tötete, so fragte sie sich, ob ein Leben in diesem Keller wahrhaftig besser wäre als der ewige Schlaf. Für alle Zeit in dieser Zelle gefangen, der irre Henning und sein gefährliches Untier von einem Hund als einzige Gesellschaft?

Beklommen fasste sie einen Entschluss: Sollte sie es nicht schaffen, ihrem Peiniger zu entkommen, blieb ihr nur ein Ausweg. Selbstmord. Immerhin wäre sie dann die erste Zellenbewohnerin, die ihr Ende frei bestimmen konnte.

Gedankenverloren befühlte sie die Narbe an ihrem Unterarm. *Warum immer ich?* Womit hatte sie die Männer, die ihr so unsagbar Schlimmes antaten, verdient?

Ein Geräusch aus dem Flur ließ sie herumschnellen. Schritte, langsam und schwer. Henning. Er murmelte etwas, sprach offensichtlich mit Rohan. Doch mehr als »Alles wird gut« konnte sie nicht verstehen. Eine Tür wurde geöffnet und kurz darauf wieder geschlossen. Einen Moment später erklang das Rauschen von Wasser. *Die Dusche*, überlegte Larissa und schluckte, als sie daran dachte, wie sie selbst unter der von Henning kontrollierten Brause gestanden hatte. Die Scham, die sie dabei empfunden hatte, fühlte sich unendlich fern an, wie aus einem anderen Leben.

Wieder erklang seine Stimme. Der dumpfe Bass drang selbst durch dickstes Gemäuer hindurch. Dann, völlig unerwartet, hörte sie etwas im Flur, etwas, das sie dort nicht erwartet hätte: Trippelgeräusche. Sie runzelte die Stirn. Es waren eindeutig die Krallen eines Hundes auf Beton. Doch wenn Rohan da draußen war, mit wem sprach Henning im Waschraum?

Die Erkenntnis traf sie wie ein Schlag: Es war noch eine dritte Person hier unten. Ein weiteres Opfer?

Ihre Gedanken rasten. Wie konnte das sein? Hatte er schon ein neues Projekt ins Auge gefasst, da Larissa nicht mehr als Knochenspenderin infrage kam? Nein, unmöglich. Er war erst vor etwa einer halben Stunde aus ihrem Zellenraum gestürmt. So schnell konnte er niemanden entführt haben.

Ihr Herz setzte einen Schlag aus. Wer auch immer sie war, die arme Seele musste schon länger hier unten sein, geschickt vor Larissa verborgen. Würde sie miterleben, wie er die andere Frau tötete? Würde sie es hören? Ein eiskalter Schauer fuhr ihr durch die Glieder und endete erst, als sie Hennings Schritte vernahm.

Sie kroch einen Meter vorwärts, drückte ihren Kopf gegen die kühlen Stäbe und richtete ein Ohr zur Tür. Versuchte sich auf das zu konzentrieren, was ihr Bruder draußen trieb. Sie erschauderte, als sie zum ersten Mal an dieses Wort in Bezug auf ihn dachte. *Bruder.*

Wieder murmelte er etwas, ganz sanft, als spräche er mit einem verängstigten Kind, doch abermals verstand sie nicht, was er sagte. Den Schritten nach zu urteilen, war er allein. Hatte sie sich die Gegenwart einer Leidensgenossin nur eingebildet? Womöglich war der Fleischer derart verrückt, dass er Selbstgespräche führte?!

Eine Tür öffnete sich. Das knarrende Geräusch der Scharniere kam aus dem rechten, ihr unbekannten Teil des Kellers. Irgendwie beschlich sie das ungute Gefühl, dass sie ihn bald besser kennenlernen würde. Ob sie es nun wollte oder nicht.

Die Zeit verging. Stille senkte sich über das alte Haus. Totenstille. Am liebsten hätte sich Larissa auf der abgenutzten Matratze zusammengerollt und geschlafen. Doch an Schlaf war nicht zu denken. Stattdessen hockte sie auf dem Boden, lehnte mit dem Rücken am Gitter und ignorierte die aus dem Beton aufsteigende Kälte. In ihrem Kopf ratterte es wie in einer Schreddermaschine, die grobe Steine zermahlte. Ihre Gedanken sprangen hin und her, wollten sich nicht zu sinnvollen Erkenntnissen zusammensetzen. Und dann war da noch etwas anderes. Sie spürte Franziskas Blick in ihrem Rücken. Das Skelett beobachtete sie unablässig, musterte sie aus leeren Augenhöhlen, die einst so viel Leben enthielten. Leben, das der Fleischer ihr genommen hatte. Wieder dachte sie an den Psychopathen.

Er war ihr Bruder. Henning und sie – blutsverwandt.

Sie konnte es noch immer nicht fassen, suchte fieberhaft nach allen erdenklichen Erklärungen, die gegen seine Theorie sprachen. Doch sie fand nichts.

Larissa gähnte geräuschvoll. Die Müdigkeit setzte ihr zu, ließ sie keinen Gedanken klar zu Ende denken. Hinzu kam ihr leerer Magen, der regelmäßig knurrte, sowie brennender Durst. Würde so ihre Zukunft aussehen? Bestünde sie aus unregelmäßigen Mahlzeiten und quälendem Wassermangel? Sie leckte sich über die spröden Lippen, um sie zu befeuchten, doch ihre Zunge war so trocken, dass es keinerlei Wirkung hatte.

Sehnsüchtig wanderte ihr Blick durch den Zellenraum und blieb schließlich an der Toilette hängen. Lange starrte sie auf das weiße Porzellan. Es war übersät mit ekelhaften Verfärbungen und Flecken aller Art, gelbe und braune. Was sollte sie tun? Sie wog ihre Möglichkeiten gegeneinander ab. Ihr Entführer würde sicherlich noch eine Weile fernbleiben. Davon musste sie ausgehen. Sicherlich würde er auch bald wieder arbeiten und zur Schicht antreten. Oder? Welcher Wochentag war überhaupt?

Sie flüsterte die Wochentage vor sich hin, nur hatte sie mittlerweile jegliches Zeitgefühl verloren. Bald würde sie Striche an die Wand zeichnen müssen, um nicht vollends den Überblick zu verlieren.

Durst.

Ihr wurde flau im Magen vor Ekel. War ihr Verlangen groß genug, um sich zu überwinden, Stichwort Toilette?

Nein! Niemals! Sie würde ausharren, bis Henning wiederkam.

Die Sonne wanderte langsam über den Himmel. Larissa beobachtete mit trockenem Mund die Position des Lichtes, das durch ihr Fenster fiel, und zog daraus Rückschlüsse auf die vergehende Zeit. Mittlerweile hatte sie sich auf das Bett gesetzt und spielte mit den Gliedern ihrer Kette. Doch noch immer wich ein Gedanke nicht aus ihrem Geist, im Gegenteil, er wurde stärker.

Durst. Dieses Wort beherrschte inzwischen ihr ganzes Sein.

Zögernd erhob sie sich. Glitt wie ferngesteuert zur Toilette, öffnete den Deckel. Als sie das trübe Rinnsal erblickte, drehte sich ihr Magen um. Etwas Undefinierbares trieb an der Oberfläche und ähnelte entfernt einer dunkelgrünen Alge.

Sie presste sich würgend die Hand vor den Mund, als sie den abartigen Geruch wahrnahm, der von der Brühe und dem Abfluss ausging. Mit einem Knall schmiss sie den Deckel zu.

Niemals! Niemals könnte ihr Durst so stark sein, dass sie ihre Hand in die Schüssel tauchte und etwas von der müffelnden Suppe abschöpfte. Ihr Blick fiel auf den Spülkasten. Vielleicht hatte sie dort eine Chance.

Sie hob den weißen Deckel herunter und legte ihn beiseite. Im Inneren des Kastens sah es nur wenig besser aus als im Rest der Toilette. Auch hier war das Wasser trüb, hatte einen dünnen Film auf der Oberfläche, der entfernt an die Haut eines Puddings erinnerte. Die Spülmechanik aus ehemals weißem Kunststoff war gelb angelaufen, und an den Schrauben hatte sich dunkelbrauner Rost gebildet, der einer verschorften Wunde glich. Wieder würgte sie.

Würde es helfen, wenn sie spülte und frisches Wasser nachlief? Sie betätigte den Knopf, woraufhin die Toilette prustend und fauchend aus ihrem Dornröschenschlaf erwachte. Das Wasser aus dem Spülkasten ergoss sich in die Schüssel. Hoffentlich hatte Henning die Wasserzufuhr aufgedreht, flehte sie. Sie hatte Glück. Sogleich floss neues Wasser nach, drang aus einer kleinen Öffnung, sprudelte frisch und klar in den Kasten hinein.

Durst!

Gierig hielt sie ihre hohle Hand unter das hineindrängende Wasser und schöpfte etwas davon ab. Sie roch vorsichtig daran – und atmete erleichtert auf. Egal welcher Pilz oder welche Seuche das Wasser befallen hatten, sie machten sich wenigstens nicht durch einen abschreckenden Geruch bemerkbar. Mit unterdrücktem Ekel trank sie einen winzigen Schluck, ließ das eiskalte Nass über ihre Zunge gleiten. Es schmeckte nach Wasser. Einfach nur nach Wasser, nichts anderem.

Nun kannte sie kein Halten mehr. Sie löste Spülung um Spülung aus, schöpfte ab und trank so lange, bis ihr Durst gestillt war. Ihr Bauch wurde prall, was außerdem einen angenehmen Nebeneffekt hatte, denn das bohrende Hungergefühl verschwand ebenfalls.

Im Anschluss legte sie den Deckel zurück auf den Spülkasten. Dann schlurfte sie mit klirrender Kette zurück zum Bett und ließ sich stöhnend nieder. Die Müdigkeit griff nach ihr. Sie wollte ihr widerstehen, aufnahmefähig bleiben, einfach nachdenken. Doch es war später Mittag und sie war schon seit Ewigkeiten wach. Sie gab sich eine Ohrfeige, kniff sich in die Wange. Doch auch das Brennen der Haut half nicht. Sie dämmerte weg, schreckte aber immer wieder hoch, von wilden Gedanken geplagt. Sie wollte nachdenken, alles reflektieren, was in der letzten Nacht passiert war. Wollte über das geschwisterliche Verhältnis zu Henning nachdenken. Wollte alle Vor- und Nachteile beleuchten ... wollte ... denken ... wollte ... das Skelett mit seinem bohrenden Blick im Auge behalten ... sicher ist sicher ... wollte ... schlafen. Einfach nur schlafen.

27.

»Mehr wie eine Ballerina«, forderte der Fleischer und sah sie streng an. »Verleihe deiner Pose etwas Elegantes. Strecke dein Bein durch, recke die Arme nach oben! Aber nicht so gerade, etwas geschwungen! Sei ein Schwan!«

Larissa sah an sich herunter. Sie trug ein weißes Tutu. Ihre Beine waren in helle, kniehohe Strümpfe gehüllt, und an ihren Füßen entdeckte sie satinbezogene Schuhe mit flacher Spitze. Wie eine Balletttänzerin sah sie aus.

»Guck nach oben. Hebe deinen Kopf an und streck' dein Kinn etwas vor.«

Sie tat wie ihr geheißen und nahm Haltung an.

Henning klatschte zufrieden in die Hände und schnalzte mit der Zunge.

»Wunderbar. Marie Taglioni ist nichts dagegen.«

Er umrundete sie, zupfte hier und da an dem Tüll ihres Kostüms. »Gut, bleib jetzt bitte so.«

Larissa blickte stur geradeaus, vorbei an gesichtslosen Schaufensterpuppen. Grelles Licht, gebündelt aus bühnenfähigen Scheinwerfern, fiel auf sie herab. Irgendwo im Hintergrund drang leise Kaufhausmusik aus kleinen Boxen.

»Du bist ein Prachtexemplar. Es war goldrichtig, dir den besten Platz im Museum freizuhalten.«

Larissa konzentrierte sich darauf, sich nicht zu bewegen. Täte sie es doch, würde er sie bestrafen.

Er umrundete sie aufs Neue, musterte sie genau. Sie spürte seine Augen, die prüfend über ihren Körper huschten, nach irgendeinem Makel suchten, den es zu verbessern galt. Die Zeit verging, allmählich wurden ihre Arme und Beine schwer.

»Wie lange muss ich hier stehen?«, fragte sie mit einer Stimme, die ihr fremd vorkam.

Er zuckte mit den Schultern. »Keine Ahnung. Dreißig, vierzig Jahre vielleicht?«

»Okay.«

Gut, dass er nicht fünfzig oder gar hundert gesagt hatte. »Muss ich die ganze Zeit stillhalten?«

»Natürlich«, antwortete Henning prompt. »Wo wäre sonst der Sinn? Und wage es nicht, zu schummeln. Er würde es jederzeit merken.«

In diesem Moment streifte etwas Schweres, Warmes um ihre Beine. Ein grollendes Knurren erklang. Rohan schnüffelte an ihren Füßen, leckte über den glatten Stoff der Schuhe. Schließlich ließ er sich vor ihr nieder, legte den Kopf schief und hechelte, die schwarzen Augen auf sie geheftet.

»Ich werde stehen bleiben«, versprach sie fügsam.

»Das weiß ich doch. Ich vertraue dir.«

Henning kicherte wie ein Schuljunge. Dann umrundete er sie abermals, kam dabei immer näher. »Weißt du«, begann er, »du bist eine wunderbare Frau. So hübsch, so stark.«

Sie merkte, wie er mit einer Hand über den Tüll glitt. Das leise Rascheln von Stoff vermischte sich mit der Hintergrundmusik. »So verdammt gut aussehend.«

Seine Finger wanderten höher, fuhren über ihre Taille, ganz sanft, bis hinauf zu ihrer Brust. »So schön fest und straff.«

Er berührte die Konturen ihres Busens. Larissa ließ es stoisch über sich ergehen und blieb in Pose. Ihre Gefühle waren seltsam stumpf, sie empfand weder Ekel noch Furcht. Sie war einfach nur da und dachte an nichts.

Seine Hand glitt herab, legte sich auf ihren Po. Der dünne Stoff ließ es sie deutlich spüren, so als berührte er ihre bloße Haut.

»Du bist zwar meine Schwester ...«, seine Hand wanderte zwischen ihre Beine, »… und doch habe ich ein Verlangen, das ich nicht kontrollieren kann.«

Nun schrie sie doch – und wachte auf. Es dauerte einen Augenblick, bis sie sich orientiert hatte und feststellte, dass sie im Bett ihrer Zelle lag, die Decke bis zum Hals hochgezogen. Das schwache gelbe Deckenlicht schien ihr direkt ins Gesicht.

Larissa schlug die Decke zur Seite. Ihre Hose und das Oberteil waren schweißnass. Kein Wunder bei einem solchen Traum. Sie erschauderte, als sie an die Situation in Hennings Museum zurückdachte. Warum zum Teufel erinnerte man sich immer an die schlimmen Träume, aber nie an die guten?

Sie setzte sich auf, zog die Beine an die Brust und umklammerte sie, den Blick stets auf die Tür gerichtet. Obwohl es nur ein Albtraum gewesen war, fühlte sie die Stellen, an denen er sie berührt hatte. Sie schluchzte. Was war das für ein Leben?

Töte dich!, befahl eine Stimme in ihrem Hinterkopf. *Dann wird es dir besser gehen. Tu es! Trau dich!*

So ein Quatsch. Sie könnte sich nicht umbringen, dafür war ihr Selbsterhaltungstrieb viel zu stark. Doch wie würde es sich verhalten, wenn Zeit und Verzweiflung noch dutzende Wochen und Monate an ihr nagten? Wäre sie irgendwann dazu in der Lage, ihr Leid zu beenden?

Ihr Magen knurrte laut und sie musste unwillkürlich schmunzeln. Wie schnell man gedanklich vom Freitod zum Hunger wechseln konnte.

Auf dem Flur regte sich etwas. Sie hörte Schritte, welche die Treppe vom Erdgeschoss herunterkamen. Reflexartig spannte sie sich an. Die Geräusche stoppten vor ihrer Tür. Es dauerte einen Moment, bis Henning den Raum betrat. Er stand da, mit einem Tablett in den Händen, auf dem ein Teller mit Sandwiches und eine Wasserflasche ruhten.

»Etwas zu essen«, murmelte er und näherte sich der Zelle. Er warf dem Skelett im Vorbeigehen einen flüchtigen, fast beschämten Blick zu, dann stellte er das Tablett auf dem Boden am Gitter ab. »Nimm dir, was du brauchst.«

Larissa hockte sich vor die Stäbe, griff nach dem Wasser und den Sandwiches. Sie trank gierigen Schluckes, sodass feine Rinnsale aus ihren Mundwinkeln liefen und die getrockneten Spuren der Tränen auf ihrem Kinn auflösten. Ihr Magen knurrte abermals, doch fühlte er sich flau an. Aufgrund der angespannten Situation und der Ungewissheit über ihr weiteres Schicksal war dies kein Wunder. Sie würde keinen Bissen herunterbekommen.

»Hast du keinen Hunger?«, fragte Henning verwundert, als Larissa die Brote auf ihr Bett legte.

Sie sah ihn flehend an. »Lass mich bitte frei«, hauchte sie. Es fiel ihr schwer, Wut, Vorwürfe und sonstig provozierende Worte wegzulassen. »Bitte, Henning!«

Er schwieg, betrachtete sie forschend. Dann, und allein das war erschreckend genug, wandte er beschämt den Blick ab. Er schüttelte langsam den Kopf, kaute auf der schmalen Unterlippe. Sie wusste, dass es keine Hoffnung gab. »Es geht nicht«, flüsterte er. »Du würdest mich verraten.«

»Nein!«, rief Larissa prompt und fuchtelte mit den Händen. »Nein, das würde ich nicht. Wirklich! Ich erzähle niemandem etwas! Ich will einfach nur hier raus! Danach werde ich dich und dieses Haus vergessen.«

Sie lachte verzweifelt auf, wollte das Gesagte mit guter Laune bestätigen, dem Ganzen einen lockeren Ton verleihen, doch klang sie eher verrückt. »Ich weiß ja noch nicht einmal die Adresse! Hamburg, Pinneberg, Buxtehude, wer weiß das schon? Ich habe keine Ahnung, wo wir uns gerade befinden!«

Sie redete sich um Kopf und Kragen, überschlug sich beinahe. Doch ihr Gegenüber schüttelte nur den Kopf.

»Ich kann dir nicht vertrauen. Wirklich, ich wünschte, ich könnte es.«

»Du kannst mir einen Sack über den Kopf stülpen und mich irgendwo aussetzen. Ich würde den Weg zu dir niemals wiederfinden und könnte ihn der Polizei nicht beschreiben.«

»Du kennst mein Gesicht«, wandte er ein. »Allein diese Tatsache macht eine Freilassung unmöglich. Und du weißt, was ich beruflich mache.«

Sie schrie auf vor Verzweiflung. Es war ein langer, schmerzerfüllter Schrei.

Henning stand bewegungslos da und beobachtete sie. »Ich muss mein Werk beschützen, mein Vermächtnis, meine

Bestimmung. Ich kann es nicht riskieren, dass wegen dieser Sache«, dabei zeigte er zuerst auf sie, dann auf sich selbst, »alles kaputtgeht. Alles zerfällt, ja? Ich muss Franziska fertigstellen. Es ist so unglaublich wichtig.«

Larissa schwieg, suchte krampfhaft nach etwas, das womöglich noch alles kippen konnte.

»Es wird dir hier unten an nichts fehlen. Ich verspreche es dir. Ich werde dich als meine Schwester nicht verhungern lassen. Ich werde kochen, jeden Tag. Gutes Essen, gutes Fleisch, viel Gemüse ... Du magst Salate und Aufläufe. Kein Problem, das kann ich zubereiten. Ich werde dir diesen Raum so umbauen, dass er wohnlicher wird. Du bekommst ein neues Bett, eine vernünftige Toilette mit Trennwand und einen Fernseher. Außerdem einen Tisch, Stühle, einen Schrank. Du bekommst Dinge, mit denen du dich beschäftigen kannst. Zum Beispiel eine Staffelei samt Leinwand und Farbe. Du könntest malen? Oder schreiben. Du bekommst meine alte Schreibmaschine und so viel Papier, wie du willst.«

Sie schnaubte verächtlich. »Als wäre ich ein Affe im Zoo, der Spielzeug und Futter bekommt, damit er im Käfig nicht durchdreht!«

Der Fleischer fuhr fort, als hätte sie nichts gesagt. »Ich besorge dir Bücher, Zeitschriften und Filme. Außerdem werde ich die Kamera abbauen.«

»Das machst du nur, um dein Gewissen zu beruhigen! Ich bin dir dabei doch scheißegal!«

Es hatte ihm die Sprache verschlagen. Die Ader auf seiner Stirn pulsierte, sein Blick wurde fester.

»Darauf weißt du nichts mehr zu sagen, ja? Ja?«

Woher nahm sie den Mut, ihn derart anzugehen? Für einen kurzen Moment wunderte sie sich über sich selbst. Lag es daran, dass ihre Verzweiflung die Oberhand gewann? War sie plötzlich so stark, dass sie einem Mann Paroli bieten konnte?

Die Kraft der Verzweiflung kann Dinge bewirken ...

»Du kannst zetern und meckern, so viel du willst. Stelle mich und das, was ich tue, ruhig infrage. Am Ende musst du dich dem fügen. Ich kann dich nicht freilassen, niemals. Gewöhn' dich an diesen Gedanken. Je schneller, desto besser.«

Larissa war wie versteinert. Wie gern würde sie dem Mann an die Gurgel springen. Ihn schwer verletzen. Ihm den Schädel einschlagen, diese grauen Augen auskratzen. Ihm das antun, was er den Frauen angetan hatte.

Ganze Ewigkeiten verstrichen, in denen sie sich schweigend gegenüberstanden. Plötzlich ging die angelehnte Tür auf, langsam und leise. Rohan steckte den Kopf ins Zimmer, musterte seinen Herren und Larissa. Er tappte los, durchquerte schnüffelnd den Raum und kam beim Skelett zum Stehen, beäugte es gierig.

Durch die offene Tür drang ein dumpfes Stöhnen, voller Schmerz.

»Wer ist das?!«, zischte Larissa säuerlich, die sich an ihren Verdacht erinnerte. »Wen versteckst du vor mir? Eine weitere Knochenspenderin? Nummer zwanzig? Ach was, ich vergaß. Meine Nummer ist ja wieder frei!«

Er schüttelte den Kopf, vermied, sie direkt anzusehen. »Ich glaube, ich muss dir etwas zeigen.«

Ohne eine Reaktion von ihr abzuwarten, zog er einen Schlüssel hervor und öffnete die Zelle. Bevor er sie betrat, hob er mahnend den Zeigefinger. »Wage es nicht, mich zu attackieren. Rohan wäre davon nicht sonderlich begeistert.«

Als hätte der Rottweiler das Gesagte verstanden, trat er an Hennings Seite und beäugte Larissa aus schwarzen Augen. Eine unbändige Kraft ging von diesem Tier aus.

Der Fleischer betrat die Zelle, löste ihre Kette aus der Verankerung und forderte sie mit einer Handbewegung auf, ihm zu folgen. Sie tat es, wenn auch nur zögerlich.

»Dorthin«, sagte er und deutete auf die Tür am rechten Ende des Flurs. »Nun geh schon.«

Larissa setzte sich in Bewegung. Ihre Knie zitterten bei jedem Schritt. Ihr Herzschlag beschleunigte sich, kalter Schweiß trat auf ihre Stirn. Egal, was hinter der Tür auf sie wartete, etwas Gutes konnte es nicht sein. Wollte sie es überhaupt wissen? Wollte sie erfahren, wen sich Henning als Opfer auserkoren hatte? Sie kam vor der Tür zum Stehen.

»Ich ... will nicht«, flüsterte sie ängstlich. Doch er trat an ihre Seite und drückte die Klinke hinunter. Er sah sie eindringlich an. Etwas Seltsames lag in seinen Augen. Die Tür schwang auf.

Der Raum lag in völliger Dunkelheit. Und doch sah Larissa die Konturen eines Menschen, der in der Mitte auf einem Stuhl saß und sich träge von einer zur anderen Seite wiegte. Ein stechender Geruch von Erbrochenem und Urin lag in der Luft. Es klickte, dann flutete gelbes, grelles Licht den Raum und gab die Sicht frei.

Dort, auf einem hölzernen Stuhl, geknebelt und gefesselt, saß eine blutüberströmte Frau. Jessica.

28.

Larissa stieß einen spitzen Schrei aus, der Henning in den Ohren klingelte. Augenblicklich spurtete die Blondine los. Die Kette rasselte hinter ihr her und spannte sich. Der Fleischer war so überrascht, dass er keine Chance hatte, sie festzuhalten.

»Jessica!«, wimmerte sie, als sie die gefesselte Frau erreichte, sich vor ihr auf die Knie fallen ließ und bereits dazu ansetzte, sie in die Arme zu schließen. Doch mit einem Mal hielt sie inne, zu schockiert über das, was sie sah.

Ihre Freundin war in einem furchtbaren Zustand. Ihre Haut weiß wie Schnee, dunkle Ringe unter den Augen, und der Kopf hing kraftlos nach unten. Sie zitterte, stöhnte benommen. Um ihre Taille war ein blutgetränkter Verband gewickelt, der an den Rändern braun und gelb angetrocknet war.

»Was hast du mit ihr gemacht?«, fauchte Larissa und fuhr zu ihm herum.

Heiße Scham stieg in seinen Kopf. Er fühlte sich schlecht, ungewohnt elend, schrumpfte unter den Funken, die ihre Augen sprühten, spürbar zusammen. Der Hauswirtschaftsraum mit seinen surrenden Geräten, Wasserboilern und chaotischen Regalen verwandelte sich in den Vorhof der Hölle. »Es war ein Versehen ...«, wollte er gleichgültig beschwichtigen, doch sie hörte ihn nicht.

Sorgsam betastete sie in aller Vorsicht den Verband. Ihre Fingerkuppen färbten sich rot, während Jessica vor Schmerz stöhnte. »Hey«, redete Larissa auf sie ein. »Ich bin's, Lissa!«

Die Verwundete hob den Kopf. Henning kam es vor, als kostete es sie alle Kraft, die sie aufbringen konnte. Jessica versuchte zu sprechen, doch erklang nur ein Krächzen.

»Ganz ruhig«, stammelte Larissa und strich ihr übers Haar. Dann wandte sie sich an Henning und sah ihn streng an. »Sie braucht Wasser!«

Henning rührte sich nicht. Er versuchte, nach außen gelassen und gleichgültig zu wirken, doch innerlich brannte sein Zorn. Er war wütend. Nicht auf diese dumme Frau, die ihn in der Wohnung überrascht hatte und nun gefesselt dasaß und allmählich verblutete, sondern auf sich selbst. Darauf, dass er in seiner Verunsicherung einen Fehler nach dem anderen gemacht hatte. Wäre er doch bloß zu Hause geblieben und nicht zu Larissas Wohnung gefahren. Dann hätte er diese Frau nicht niedergestochen. Hätte sie nicht in einer Kurzschlussreaktion mit nach Hause geschleppt und sie in den Keller verfrachtet. Müsste sie nun nicht entsorgen …

»Na los!«, holte ihn die wütende Stimme seiner Schwester aus den Gedanken. »Hol' Wasser!«

Ein Ruck durchfuhr ihn. Wie ferngesteuert wandte er sich um, trat auf eines der Regale zu und griff nach einer Flasche. Als er sie Larissa hinhielt, riss sie ihm das Getränk aus der Hand, schraubte den Deckel ab und führte die Flasche an Jessicas Mund.

So eine Verschwendung von Ressourcen.

»Trink etwas«, flüsterte sie mit einer Zärtlichkeit, die Henning gänzlich fremd war. In der Stimme der Blondine lag heilende Wärme. Dann wandte sie sich wieder an ihn. »Warum hast du das gemacht?!«

»Es war ein Versehen«, wiederholte er und versuchte, das kochende Gefühl in seinem Inneren zu besänftigen.

»Niemand richtet so etwas *aus Versehen* an!«, keifte sie und deutete auf den rot glänzenden Verband. »Keiner. Wirklich keiner! Nur durchgeknallte Arschlöcher wie du!«

Ihre Worte trafen ihn hart. Sie durfte nicht so mit ihm reden, selbst wenn sie seine Schwester war.

Larissa setzte wieder zum Sprechen an, die hasserfüllten Augen auf ihn geheftet, als die Verletzte stöhnte. »Es tut ... so weh ...«

Die Blondine hielt inne und streichelte sanft über Jessicas Arm. Es wirkte unbeholfen und verunsichert. Ihr Blick wanderte über all das Blut, die fleckige Jeans und das zerrissene weiße Shirt. »Was hast du mit ihr gemacht?«

Er zögerte zunächst, doch dann zog er das Taschenmesser hervor und drehte es nachdenklich in der Hand. Er musste nichts sagen, um ihr verständlich zu machen, was er damit angestellt hatte.

Ihre Augen weiteten sich vor Entsetzen. »Du hast auf sie eingestochen!«

Es war keine Frage, sondern eine Feststellung. Er sah, wie sie ihre Hände zu Fäusten ballte, den Körper anspannte. Hätte sie eine Waffe, da war er sich sicher, würde sie auf ihn losgehen. Er musste es schaffen, die Situation zu deeskalieren, koste es, was es wolle. Nur so konnte er die Wut zügeln, bevor sie aus ihm herausbrach und Unverzeihliches anrichten würde.

»Als ich in deiner Wohnung war«, begann er mit vibrierender Stimme, »hat sie mich überrascht. Ich hatte nicht damit gerechnet, dass dort um diese Uhrzeit jemand auftauchen könnte. Ich hatte keine Wahl und musste reagieren.«

Larissa schnaubte abfällig. »Man hat immer eine Wahl! Und das Niederstechen von Menschen ist definitiv die letzte davon!«

Die Stimme seiner Schwester schrillte in seinen Ohren, hinterließ ein bohrendes Klingeln.

Er schüttelte den Kopf. »Sie war kurz davor, mich zu entdecken. Und was hätte ich dann machen sollen? Sie gehen lassen? Sie hätte doch sofort die Bullen gerufen, mich verraten. Das darf niemals passieren. Mein Lebenswerk steht auf dem Spiel.«

»Dein Lebenswerk?!« Larissa sprang auf. »Du sorgst dich um dein Lebenswerk und tötest, nur um weiterhin in Ruhe töten zu können?«

»Ich habe sie nicht getötet«, murmelte er mit Blick auf Jessica, die zugegebenermaßen nicht mehr viel Leben in sich trug. *Leider!*

»Aber so gut wie!«

Die Gefesselte hustete krächzend. Larissa wandte sich ihr zu und redete besorgt auf sie ein, gab ihr einen weiteren Schluck Wasser. Jessica murmelte etwas Undeutliches. Larissa hob den Kopf und rückte näher an ihre Freundin heran, lauschte. Dann kamen ihr die Tränen. »Ich habe dich auch vermisst«, schniefte sie und strich Jessica über die Wange. Ihre Freundin keuchte und krächzte schmerzerfüllt und Tränen liefen an der schmutzigen Wange hinab.

Henning beobachtete die Szene. Er versuchte, das Zittern seiner Hand zu verbergen. Seine Ader pochte schmerzhaft. Das Messer lag warm in seiner schweißnassen Hand. Er drehte es, spielte damit, während er überlegte, wie er die Situation am effektivsten auflösen konnte. Unterdessen hustete Jessica. Es war ein tiefes, lautes Husten. Voller Schmerz und Leid. Sein Blick fiel wieder auf Larissa, die sich daranmachte, den Verband abzuwickeln.

»Lass das lieber«, wandte er ein. »Du willst nicht sehen, wie es darunter ...«

Ihr giftiger Blick ließ ihn verstummen. Er atmete tief ein und aus und verdrängte das Gewitter in seinem Kopf. Als der durchtränkte Stoff vollständig abgewickelt war, sog seine Schwester geräuschvoll Luft ein, betrachtete die unzähligen, schmalen Schlitze, die das Messer beim Stechen hinterlassen hatte. Blut suppte aus ihnen hervor, vermischte sich mit dem, das bereits geronnen war und wie dicker, gelb-brauner Schmutz an der Haut haftete. Ein muffiger, nach Fäule riechender Eiterduft breitete sich aus.

Es herrschte ein langes Schweigen, nur unterbrochen von Jessicas leiderfülltem Stöhnen.

»Sie muss in ein Krankenhaus«, wimmerte Larissa. »Unbedingt und sofort!« Sie sah Jessica aus tränennassen Augen an. »Sonst wird sie sterben.«

Er zögerte mit einer Antwort, starrte zu Boden. »Ich werde sie nicht ins Krankenhaus bringen.«

Es stand alles auf dem Spiel.

»Henning!«, presste seine Schwester fassungslos hervor, sichtlich bemüht, nicht vollends durchzudrehen. »Sie … wird … STERBEN!«

Der Fleischer nickte. Immerhin wusste er genau, wie ein Körper aussah, dessen Ende kurz bevorstand. Und er wusste, dass er es beschleunigen musste. »Es ist zu spät. Sie zu retten, ist unmöglich. Aber ich kann ihr trotzdem helfen ...«

Wieder spielte er mit seinem Messer. »Ich werde ihr Leid beenden.«

Er trat einen Schritt vor.

»Bleib weg!«, stieß Larissa aus, ihre Augen vor Entsetzen weit aufgerissen. Sie baute sich schützend vor ihrer Freundin auf. Ihr Blick war fest entschlossen.

»Rissa«, erwiderte er genervt. »Warum willst du ihr Leid unnötig verlängern? Sie wird ohnehin sterben. Ich kann es schnell erledigen. Würdest du wollen, dass sie noch ewig leidet?«

Er mimte den Mitfühlenden, doch wollte er es einfach nur hinter sich bringen, damit er wieder zu seinem normalen Tagesablauf wechseln konnte.

»Verpiss dich!«, keifte sie. »Fass sie nicht an!«

Er trat noch einen Schritt vor. »Versteh doch. Es gibt keine andere Möglichkeit.«

»Doch! Du könntest ... sie nähen, die Wunden schließen, vielleicht ...«

»Nein. Das Verschließen der Wunden würde sie nicht retten. Die Organe dahinter sind verletzt, sie leidet unsägliche Schmerzen. Wäre das Schmerzmittel nicht, das ich ihr gespritzt habe, wäre sie ohnmächtig vor Qualen.«

Dass es sich bei diesem Mittel um Tiermedizin, nämlich Medizin für Schlachtschweine handelte, die er im Betrieb abgegriffen hatte, sagte er lieber nicht. »Ich habe mir wirklich Mühe gegeben und versucht, sie zu versorgen«, log er und bereute bereits, dass er seiner Schwester die Möglichkeiten geben wollte, sich von ihrer besten Freundin zu verabschieden. Die Fehler, die er machte, häuften sich. Hätte er sie doch nur direkt getötet und in der Wohnung ausbluten lassen.

»Ich habe sie gewaschen, verbunden und gepflegt. Doch ich muss zugeben, dass das Entfernen von Knochen deutlich leichter ist als das Heilen eines Körpers.«

Er trat vor Larissa.

»Bleib, wo du bist!«

Rohan, den die angespannte Stimmung angelockt hatte, stand auf einmal knurrend neben ihnen, die Ohren aufgestellt und den drohenden Blick auf Larissa gerichtet.

»Ruhig!«, sprach Henning streng.

Das Tier verstummte, ohne jedoch seine Augen von ihr abzuwenden. Ob der Blutgeruch ihn angelockt hatte?

»Und du gehst mir jetzt aus dem Weg!«

Das war der Moment, in dem sie schreiend einen Satz nach vorn machte. Henning stöhnte überrascht, als ihr schmächtiger Körper gegen den seinen prallte. Sie schlug, kratzte, biss und trat, feuerte alles ab, was sie aufbringen konnte. Er war darauf nicht vorbereitet gewesen und taumelte einen Schritt rückwärts, blieb dann mit dem Fuß an einer Regalstütze hängen und stürzte. Seine Schwester nutzte die Chance, trat ihm das Messer aus der Hand und warf sich auf ihn. Es wäre ein Leichtes für ihn, sie mit nur einem Schlag niederzustrecken. Aber bevor er dazu kam, mischte sich Rohan in den Kampf ein und verbiss sich in ihrer Hose.

Larissa schrie auf, als sie ein Stück zurückgezogen wurde. Strampelnd griff sie nach dem Messer, das dicht neben ihr auf dem Boden lag, und holte zum Stich aus. Doch weiter kam sie nicht.

Mit der gesamten Masse seines Körpers warf Henning sie herum, begrub sie unter sich. Das Messer wurde aus ihrer Hand geschleudert und schlitterte über den Beton. Die Zeit war gekommen. »Rohan!«, donnerte er. »Fass!«

Der Rüde stürmte los und folgte dem ausgestreckten Finger seines Herren. Doch dieser war nicht auf Larissa gerichtet, sondern auf Jessica.

»Nein!«, keuchte Larissa, die sofort verstand, was passierte. Mit einem harten Aufprall warf der Hund die Gefesselte mitsamt dem Stuhl um, schlitterte ein Stück weiter und schlug gegen eines der Regale. Holz brach, Metall schepperte. Die Regalböden gaben nach und ergossen Dosen und Einmachgläser über den Beton. Dann preschte der Hund unter Larissas Schreien vor. Blut spritzte, als der Rottweiler sich in den Hals seines Opfers verbiss. Krächzendes Gurgeln folgte und ein Geräusch, das reißend und nass zugleich klang.

Larissa schrie verzweifelt, wollte sich unter Henning hervorwinden, ihrer Freundin helfen. Der Fleischer verpasste ihr nun doch einen kräftigen Schlag, traf sie direkt an der Schläfe. Die junge Frau stöhnte benommen, aber der Hieb reichte nicht aus, um ihr das Bewusstsein zu rauben. Wie versteinert lag sie da, die Augen stets auf das furchtbare Schauspiel gerichtet, während sich eine Blutlache auf dem Boden der Hauswirtschaftskammer ausbreitete.

29.

Larissa saß zusammengekauert auf dem Bett. Ihre Augen brannten vor Tränen, die sie bereits seit Stunden vergoss und auch noch Stunden vergießen würde. Tiefe Trauer über den Verlust ihrer besten Freundin vermischte sich mit Hass und Zorn auf Henning und Rohan, sein Mordwerkzeug, das Jessica bei lebendigem Leib zerfetzt hatte.

Sie schluchzte, als ihr die Erinnerungen abermals durch den Kopf gingen. Das Blut, die zerrissene Haut und die weißen Knochen, die unter den Muskeln zum Vorschein gekommen waren. Doch das alles war nicht das Schlimmste daran gewesen. Nein. Es war das nasse, blutige Gurgeln und Röcheln, das die Sterbende in ihrem Todeskampf von sich gegeben hatte, das sie niemals vergessen würde. Denn mehr hatte Jessica nicht zustande gebracht. Sie war zu schwach gewesen, sich auf irgendeine Art zu wehren. Stattdessen war sie qualvoll an Blut und Schmerz erstickt.

Und sie, Larissa, hatte alles mitangesehen. Miterlebt, gehört und gefühlt. Hatte benommen dagelegen, unfähig, sich und ihren Körper zu steuern. Sie hatte ihr weder helfen noch sich abwenden können. Sie lag einfach da und sah zu, wie das Biest tötete.

Die Emotionen schwappten über sie hinweg und brachen alle Dämme. Larissa bäumte sich auf und schrie, legte all das Grauen in ihre Stimme. Als sie sich nach vielen Minuten wieder beruhigt hatte, tropften ihr die Tränen vom Kinn und fielen geräuschlos auf die Bettdecke. Ihre Gedanken glitten zu Erlebnissen, die sie einst mit Jessica geteilt hatte und die sie seit jeher verbanden. Sie dachte an sommerliche Abende im Stadtpark, als sie im Schatten des Planetariums, das groß und rot hinter ihnen aufragte, im Gras saßen und billigen Wein in rauen Mengen tranken. An Erkundungstouren durch ein damals noch fremdes Hamburg, mit prall gefüllten Rucksäcken über den Schultern und Sitzmatten unter den Armen. An Grillabende an der Elbe und Schinkenwurst, dazu Mischbier und Sekt aus Plastikbechern.

Sie erinnerte sich an zahllose Stunden im Frauenhaus, in denen beide zusammenhockten, sich trösteten und einander schworen, dass von nun an bessere Zeiten anbrachen. Dass niemals mehr ein Mann sie verletzen würde.

Das war alles vergebens gewesen.

Jessica, so wunderhübsch, immer lächelnd und gut gelaunt, wurde von einem Mann niedergestochen, verschleppt und auf seinen Befehl hin zerfleischt. Was sollte daran fair sein?

Auf der Treppe im Flur erklangen träge Schritte sowie ein unruhiges Glucksen und Schwappen, als trüge Henning Eimer voll Wasser hinab. Das laute Knarren einer Tür, das vom hinteren Teil des Kellers zu kommen schien, verriet ihr, dass er in den Waschraum ging. Dort polterte und schepperte es. Musik lief leise im Hintergrund. Hin und wieder bellte Rohan, fiepte gelegentlich, klang erregt und fasziniert zugleich.

Larissa versuchte, die Gedanken an diesen Raum zu verdrängen. Sie wollte nicht daran denken, was er dort gerade trieb, war sich aber sicher, dass es etwas mit der toten Jessica zu tun hatte. Immerhin musste er ihren Körper beseitigen.

Ihr sackte bei diesen Gedanken das Herz in die Hose. Was tat er ihr an? Wie würde er sie … *entsorgen?* Bei diesem Wort wurde ihr schlecht. Sie wusste nur, dass er es in diesem Haus anstellte – was auch immer. Verfütterte er sie gar an Rohan? Ihr kamen Hennings Worte in den Sinn. Sie erschauderte. *Er liebt Knochen.*

Ihr Magen rumorte und wand sich wie eine nervöse Schlange. Larissa war kurz davor, sich zu übergeben, und zwang sich, Jessicas Tod zu verdrängen. Doch als sich unter ihre schrecklichen Gedanken auch noch ein beißender Gestank mischte, der jäh aufgekommen war und sich hartnäckig im Zellenraum hielt, konnte sie nicht mehr an sich halten. Sie stürmte zur Toilette und erbrach sich über dem fleckigen Porzellan.

Ein saurer Pelz lag auf ihrer Zunge. Er schmeckte so, wie sie sich fühlte. Absolut ekelhaft. Der Raumgestank war indes schlimmer geworden, hatte eine strenge, chemische Note bekommen. Er kratzte in der Nase und verursachte ihr stechende Kopfschmerzen.

Zwischendurch war ihr Peiniger mit dem Auto unterwegs gewesen, das konnte sie mehr als deutlich hören, denn er fuhr stets mit lautstark aufheulendem Motor an und besorgte neue Dinge, die er in den Keller wuchtete. Mit jeder vollendeten Tour wurde der Gestank schlimmer. Was zum Teufel machte er mit der Leiche?

Sie zuckte zusammen, als sie an das Wort *Leiche* dachte. Kaum hatte sie sich für einen Moment beruhigt, schossen ihr erneut Tränen in die salzverkrusteten Augen. Sie sammelten sich in großen Tropfen und rannen ihr am Hals herunter. Von dort aus glitten sie unter den eisernen Halsring, an dem die Kette befestigt war.

Larissa sog zischend die Luft ein, als das Salzwasser auf ihre wundgescheuerte Haut traf. Sie tastete nach dem Ring, befühlte ihn, schob vorsichtig einen Zeigefinger zwischen Haut und Eisen. Die Berührung brannte furchtbar, als würde eine frisch geschnittene Zitrone auf einen Schnitt im Finger treffen.

Ich will hier raus!

Dieser Gedanke flammte jäh in ihr auf, entzündete sich wie ein benzingetränkter Stoff. Sie zog und zerrte an dem Ring, versuchte, dessen Schloss zu zerreißen, setzte all ihre Hoffnung in die Kraft der Verzweiflung. Die Kette klimperte und rasselte. Larissa biss und nagte an den Kettengliedern, schmeckte Metall und Speichel, dann knackte ein Zahn. Frustriert schrie sie auf, zog wilder, wand ihren Kopf hin und her. Erst nach mehreren Minuten gab sie auf und sackte in sich zusammen.

Wieder hörte sie Schritte. Dann erklang der Lärm einer Schlagbohrmaschine. Dem folgten harte Hammerschläge und das Surren eines weiteren Baugerätes, vielleicht ein Akkuschrauber. Kurz darauf kehrte abermals Stille ein. Doch nicht lange.

Plötzlich knarrte die Tür, schwang auf und Henning betrat den Raum. Er keuchte angestrengt, war schweißnass. Seine Haare klebten ihm auf der Stirn, die Augen und der Mund waren von geröteten Abdrücken umrahmt, als hätte er Atemmaske und Schutzbrille getragen. In seinen Händen trug er einen Teller, darauf ein Sandwich und eine Flasche Wasser. Er trat auf das Gitter zu. Larissa nutzte die Chance und preschte vor, sprang mit einem Knall an die Stäbe, sodass er erschrocken zurückwich.

»Was hast du die ganze Zeit getrieben, Arschloch?«, fauchte sie und bemerkte schockiert, dass sein Hemd mit Blutsprenkeln benetzt war. »Was hast du mit ihr gemacht?«

Er antwortete nicht, sondern stellte den Teller ab. Mit dem Fuß schob er ihn so dicht ans Gitter heran, dass sie nach ihrem Essen greifen konnte.

Doch sie verharrte still, funkelte ihn zorn- und hasserfüllt an. »Was hast du mit ihr gemacht? Hast du sie zersägt? Los, sag schon, du widerlicher Mistkerl!«

Ihre Stimme wurde von Wort zu Wort leiser, bis die Wut gänzlich verschwunden war und einem weinerlichen Schluchzen wich. »Nun sag es schon!«

Er trat einen Schritt zurück und verschränkte die Arme vor der Brust. »Willst du nicht erst mal etwas essen? Oder trinken? Du musst auf dich achtgeben, ja?«

»Musst auf dich achtgeben, ja, ja?«, äffte sie ihn nach. Sie dachte nicht im Traum daran, zum Wasser oder gar zum Brot zu greifen. Sie wollte nicht tun, was er sagte, egal wie riesig ihr Bedürfnis nach Nahrung und Flüssigkeit war. »Musst groß und stark werden, ja? *Ja?*«

Ihre Stimme war kalt wie Eis. Die Ader auf seiner Stirn zuckte nervös, doch was sie in der Hauswirtschaftskammer miterlebt hatte, ließ sie ihre Angst vor ihm vergessen und nichts als Zorn in ihren Venen kochen.

In diesem Moment betrat Rohan den Raum, schob sich mit neugierigem Blick zwischen Tür und Rahmen hindurch. Larissas Augen weiteten sich.

»Schaff dieses Vieh hier raus!«, keifte sie und zeigte zitternd auf den Rottweiler, der den Kopf schief legte und unschuldig dreinblickte.

Henning fuhr herum und bedeutete dem Rüden mit einer energischen Handbewegung, zu verschwinden. »Mach, dass du Land gewinnst.«

Tatsächlich war Rohan Augenblicke später verschwunden. Man hörte nur noch seine Trippelschritte, die stetig leiser wurden.

»Ich will ihn nie wieder sehen«, forderte Larissa ernst.

Der Fleischer antwortete mit einem Blick, der sagte, dass er so etwas nicht versprechen konnte. Oder wollte. »Nun ... Du solltest wirklich etwas essen.«

»Ach ja, sollte ich? Und wenn nicht? Hetzt du dann deinen Vollstrecker auf mich?«

»Hör auf mit diesem Quatsch!«

Larissa beugte sich hinab, griff nach Brot und Wasser, ohne ihn dabei aus den wütenden Augen zu lassen. Dann verharrte sie einen kurzen Moment, dachte nach und schleuderte die Lebensmittel schließlich demonstrativ fort. Das Sandwich klatschte gegen die Betonwand und zerfiel in seine Einzelteile. Die Wasserflasche knallte unweit davon entfernt auf den Boden, rollte zu Franziska und stieß an eines der Räder ihres Gestells. Die Knochen bewegten sich leicht, ein leises Klangspiel war zu hören, wie trockenes Holz, das aneinanderstieß.

Henning ballte die Hände zu Fäusten, starrte sie wütend an. Die Ader war beinahe fingerdick. »Du hast sie nicht alle beisammen«, flüsterte er mit unterdrückter Wut. »Bist ganz durcheinander.«

»Bin ich das? Seltsam, woran das wohl liegt?!«

Sie musste derart bedrohlich auf ihn wirken, dass er einen halben Schritt zurücktrat. Gut so. Sollte er sie fürchten. Der Gedanke daran war eine Genugtuung, richtiggehend Balsam für ihre Seele.

»Ich bin gerade dabei, dein neues Zimmer zu bauen«, versuchte er das Thema in sichere Fahrwasser zu lenken.

Doch Larissa ließ sich nicht beirren. »Was hast du mit ihr gemacht?«

»Ich habe die Regale im Wirtschaftsraum abgebaut und ziehe eine neue Wand, quasi halblang und als Raumtrenner gedacht. An dieser montiere ich dir einen Fernseher, damit du in Zukunft ...«

»Es interessiert mich nicht, was du baust! Ich frage noch einmal: Was hast du mit ihr gemacht? Hast du sie zerschnitten? Sie vorher angefasst, dich an ihr vergangen? Hast du sie ... benutzt?!«

Ihre Stimme war heiser, die Atmung ging schnell, angetrieben von furchtbar kreisenden Gedanken. Er hingegen schien zu überlegen. Wog ab, was er sagen sollte. Wollte scheinbar weiter von der Baustelle sprechen, die ihr aber nicht unwichtiger hätte sein können. Dann sackten seine Schultern herab, verloren ihre Kraft. »Ich muss sie auflösen«, begann er zu erklären. In Larissas Herz gab es einen schmerzhaften Stich. »Sie muss verschwinden.«

Sie erschauderte. *Auflösen?!* »Das meinst du nicht ernst!«

»Doch.«

Larissa keuchte und wusste, dass er die Wahrheit sagte, so furchtbar sie auch war. »Und ... wie?«

»Mit Chemie.«

»Ver– ... Verkauf mich nicht für dumm. Womit genau?«

»Das spielt keine Rolle. Am Ende wird nichts mehr von ihr übrig sein. Höchstens ein paar Zahnfüllungen oder anderweitige nicht organische Fremdkörper. Diese fische ich dann aus der Wanne, in der es passiert.«

»Machst du das mit allen Frauen, die du tötest?«

Er nickte knapp, als würde er keine weiteren Fragen zu dem Thema beantworten wollen.

»Und das bekommt niemand mit? Es muss doch ewig dauern, einen Menschen zu zersetzen ...«

Jessica zu zersetzen.

Er nickte wissend. »Es dauert lange, meistens viele Tage, was letztendlich auch vom Volumen der Körper abhängt. Dicke würden später verschwinden als dünne. Da ich bisher nur schlanke Frauen zu Besuch hatte, unterscheiden sich die Zeiten aber kaum voneinander, höchstens dauert es mal einen Tag länger.«

Larissa erschauderte. Ihre beste Freundin war rank und schlank, beinahe dünn gewesen. Bei ihr würde es demnach schnell gehen.

»Ich musste Jessica vorher zerlegen, um auf deine Frage von eben zurückzukommen. Ich bin dazu gezwungen, der Säure mehr Angriffsfläche zu verschaffen. Die Zeit drängt.«

Wie beiläufig er das sagte! Als wäre das Zerteilen und Auflösen von Menschen das Normalste auf der Welt. Als würde er beim Kaffeekränzchen mit Mutti und Omi erzählen, was er beruflich den ganzen Tag lang tat.

Sie wollte etwas Bissiges antworten, doch sie fand bei dem Gedanken an Jessicas zerstückelten Körper nicht die Kraft dazu.

»Wenn sie weg ist und ich gelüftet habe, kannst du wieder duschen. Vielleicht sogar baden.«

Wie bitte?!

Nun brannte bei ihr die Sicherung durch. Sie sollte dort baden, im selben *Gefäß*, in dem Jessica aufgelöst wurde? In der Badewanne im Waschraum? War dieser Wahnsinnige noch zu retten? Sie schrie so schrill auf, dass Henning erschrocken zusammenfuhr.

»Weißt du eigentlich, was du da sagst?«, fauchte sie mit Zornesröte im Gesicht. »Bekommst du überhaupt noch mit, wie *krank* du bist?«

Er legte verwundert die Stirn in Falten, als verstünde er wahrhaftig nicht, worin das Problem bestand.

»Raus hier!«, blaffte sie ihn an und wies mit dem Finger zur Tür. »Verschwinde! Hau ab!«

Er rührte sich nicht, hielt ihrem Blick mit funkensprühenden Augen stand.

»Verpiss dich!«, schrie sie aus vollem Hals, sodass es schmerzhaft kratzte. Sie warf einen suchenden Blick durch ihre Zelle, wollte etwas packen und nach ihm werfen.

»Jetzt mal ganz ruhig«, grollte er zornig. »Einmal kräftig durchatmen. Hier wird nicht geschrien, schon vergessen?«

Etwas in ihr setzte aus. Er konnte sie mal kreuzweise. Der letzte Funken Vernunft erlosch. Wie ferngesteuert trat sie an die Toilette und hob den Deckel des Spülkastens herunter. Bevor der Fleischer reagieren konnte, feuerte sie ihn in seine Richtung. Das Porzellan rotierte in der Luft, knallte gegen die Gitter und zersprang in hundert Teile, die auf ihn einprasselten und durch den Raum schlitterten. »Raaaaauuuuus!«

Hennings Gesicht lief dunkelrot an. Die Stirnader trat hervor, seine Muskeln spannten sich an.

»Hör auf zu schreien«, presste er bemüht, ruhig zu bleiben, zwischen den Lippen hervor. Aber Larissa dachte nicht daran, schrie und tobte weiter. Dann schrie auch er. »Halt dein Maul!«

Er beugte sich hinab, griff nach einer handtellergroßen Scherbe des Spüldeckels und holte zum Wurf aus. Im letzten Moment stoppte er jedoch in seiner Bewegung. Statt das Geschoss auf sie zu feuern, brüllte er frustriert und schmetterte es stattdessen vor sich auf den Boden. Er wandte sich auf der Stelle um und stürmte aus dem Raum.

30.

Ein Mensch ohne Gedanken ist ein geistloser Mensch. Gedanken sind gut, jeder hat sie, jeder braucht sie. Ohne sich vorher über selbst einfachste Dinge Gedanken gemacht zu haben, entstehen die schlimmsten Vorkommnisse. Und wenn man Gedanken mit viel Zeit kombiniert, entwickeln sich womöglich die besten Ideen. So weit, so gut. Nur gibt es einen weiteren Faktor, einen nicht weniger wichtigen: den Gemütszustand. Ist er schlecht, fühlt man sich unwohl oder unglücklich. Hat man zudem auch noch viel Zeit zum Nachdenken, ziehen einen die eigenen Gedanken hinab in ein dunkles Loch, aus dem man nur schwer wieder herauskommt.

So erging es Larissa, die in den letzten Tagen wahrlich Schlimmes erleben musste und anschließend mehr als genügend Zeit hatte, darüber nachzudenken. Qualvolle Minuten wurden zu elendigen Stunden und schließlich zu quälenden Tagen, die sie allein in ihrem Kopf verbrachte.

Henning kam nur unregelmäßig und mit großen Zeitabständen in ihre Zelle, um ihr etwas Essen oder Wasser zu bringen. Die Tabletts, die er mitbrachte, waren meist gedeckt mit allerlei Aufschnitt, zum Beispiel frischem Schinken oder Käse und portionierten Butterwürfeln, dazu handwarme Brötchen und etwas, das an Kaffee erinnerte. Ab und zu schnitt er ihr eine Gurke dazu, mal Karotten oder Paprika. Allerdings servierte er all das ausschließlich mit Plastikbesteck und Pappbechern, als befürchtete er, sie könne sich mit schärferen Dingen selbst verletzen. Oder ihn.

Sogar die Scherben des Spülkastendeckels hatte er gründlich aufgefegt, nicht, ohne ihr dabei einen gereizten Blick zuzuwerfen. Den Besen ließ er angelehnt neben der Tür zurück, als erwartete er, dass künftig noch mehr Scherben potentieller Wutausbrüche beseitigt werden mussten.

Ihren Fragen, Forderungen und frechen Sprüchen war er jedes Mal ausgewichen, schaffte es stets, seine Emotionen im Zaum zu halten und nicht auszurasten. Dabei schwieg er sie an und wirkte, als könnte er es kaum erwarten, die Zelle wieder zu verlassen. Sie reagierte darauf mit einem strikten Boykott sämtlicher Mahlzeiten, obwohl ihr Magen unablässig knurrte. Mit den Tagen verlor sie deutlich an Gewicht, sodass sich ihre Hüftknochen auffallend unter der Haut abzeichneten. Zudem war ihr andauernd schwindelig, was sie auf den Wasser- und Zuckermangel schob.

Der beißende Geruch des Zersetzungsmittels wurde mit der Zeit schwächer. Sie fragte sich, ob es daran lag, dass sie sich allmählich daran gewöhnte, oder ob der Körper ihrer besten Freundin bereits aufgelöst war. Sie erschauderte stets aufs Neue, wenn sie an den Horror dachte, der sich im Waschraum abspielte. Blut, von Säure zerfressene Körperteile, Knochen und Innereien ... Ob er wohl etwas von ihr für sein Museum aufbewahrte? Wohl eher nicht, immerhin war sie nicht Teil seines Projektes.

Fragen über Fragen, Gedanken über Gedanken. Und dazu viel Zeit. All das zermürbte sie, ließ ihren Kopf rattern. Das Dröhnen von Hennings Bohrmaschine tat sein Übriges. Er arbeitete viel und ausdauernd im Hauswirtschaftsraum, um ihr dort ein neues Zuhause zu errichten.

Zu ihrem Kummer und den finsteren Gedanken kamen ihre körperlichen Probleme. Ihre Haut war übersät mit blauen Flecken, die sie sich durch Stürze und Schläge in den letzten Wochen zugezogen hatte. Auch die Kratzer und Bisswunden, die Rohan ihr zugefügt hatte und die sich allmählich entzündeten, trugen nicht wenig zum Unwohlsein der Gefangenen bei. Das Schlimmste aber war ihr wunder Hals, der unter dem Eisenring feucht und aufgescheuert schmerzte. Ein unangenehmer Geruch ging davon aus, und sie wurde nicht müde, Henning jedes Mal, wenn er die Zelle betrat, darauf aufmerksam zu machen. Sie argumentierte säuerlich, dass sie auch ohne Kette – sollte er sie ihr gnädigerweise abnehmen – niemals flüchten könne, da die Gitterstäbe und Metalltüren unüberwindbar für sie waren.

»Wenn du etwas isst, dann kümmere ich mich um deinen Hals, ja?«, antwortete er etwa drei Tage nach Jessicas Tod, als Larissa ihm abermals mit ihrer Forderung in den Ohren hing.

Sie rang mit sich und ihrem Stolz. Wollte kein Tier sein, das aus der Hand seines Zoowärters speiste. Schlussendlich wies sie ihn unter wüsten Beschimpfungen hinaus und schwor sich, nichts von seinem Fraß anzurühren. Allerdings war das leichter gesagt als getan. Henning hatte das Tablett vor ihren Gitterstäben stehen lassen, sodass der unverkennbare Duft von Käse und Marmelade in ihre Nase kroch. Ihr Magen knurrte, flehte unermüdlich, endlich das Fasten zu brechen. Sie war schwach. Zu schwach, um ihren Prinzipien länger standzuhalten. So stürzte sie sich gierig auf die Brötchen, kippte den Kaffee hinunter und verspeiste restlos alles, sogar die in goldglänzendes Papier eingewickelte Butter. Ihr Magen forderte mehr, immer mehr, bis das Tablett ratzeputz leergegessen war.

Henning nahm dies wenig später erfreut zur Kenntnis und versprach, sich wie abgemacht um ihren Hals zu kümmern. So kam es, dass er am Ende des Tages mit einem Plastikeimer den Raum betrat, den er polternd vor dem Gitter abstellte. Rohan, der seinem Herren nicht von der Seite wich, beschnüffelte den Eimer neugierig.

Larissa warf dem Gefäß einen misstrauischen Blick zu, stand auf und inspizierte den Inhalt. Eine neue Kette. Lang, schwarz und gewunden wie eine Schlange. Sie starrte Henning verwundert an.

Er zog die Kette grinsend heraus und präsentierte den Ring, der an einem Ende baumelte und deutlich enger war als jener, den sie um den Hals trug. »Den legen wir um eines deiner Handgelenke«, erklärte er zufrieden, »und entlasten so die wunde Stelle an deinem Hals. Ich habe den Ring selbst gebogen und verschweißt. Fühl mal, noch ganz warm.«

Da sie nicht reagierte, griff er nach ihrer Hand, was in ihr ein ekliges Kribbeln auslöste, und führte sie zum Metall. Es war tatsächlich warm und erinnerte an einen auf halber Leistung laufenden Heizkörper. Anschließend öffnete er den Ring, legte ihn um ihr linkes Handgelenk und verschloss ihn mit einem messingfarbenen Vorhängeschloss. Das andere Ende der Kette führte er in die Wandhalterung, in der schon ihre alte Fessel verankert war.

Das ungewohnte Gewicht zog schwer an ihrem Arm.

»Bei Gelegenheit wechseln wir die Hand, somit verhindern wir, dass es weitere Reibungsstellen gibt, die sich entzünden.«

Dann kam die langersehnte Erlösung. Er entfernte das Schloss an ihrem Halsring. Sie hielt ergeben still, wollte, dass das verhasste Metall endlich verschwand. Henning nahm den Ring ab und ließ ihn mitsamt der Kette in den Eimer fallen. Kalte Luft strömte augenblicklich an ihre schweißnasse Haut.

»Lass mal sehen«, murmelte er leise und beugte sich dicht heran, inspizierte mit seinen kalten Augen ihren Hals. Sie konnte sein Parfum riechen, süß und herb zugleich, sowie seinen frischen, nach Pfefferminz duftenden Atem. Unwillkürlich spürte sie die Aura, die Kraft, die von ihm ausging, und erschauderte. Ein unangenehmes Kribbeln durchzog sie, Ekel, Hass und Angst schwappten durch ihre Adern. Sie wich ein Stück zurück, wollte dem Mörder, der so viele Frauen auf dem Gewissen hatte, nicht näher sein als nötig.

»Sieht übel aus«, bewertete er die Lage und überlegte.

Ach was!, dachte Larissa säuerlich. *Respekt für diese Diagnose, Professor Doktor Henning Wagner.*

»Wir müssen die Wunde dringend desinfizieren. Und reinigen. Deine Haut ist ganz dreckig, fast schwarz vor Schmutz. Du musst morgen unbedingt duschen, daran führt kein Weg vorbei. Ich möchte nicht, dass du eine Infektion bekommst.«

Sie riss die Augen auf, als sie verstand, was das bedeutete. Sie würde den Raum betreten müssen, in dem Jessica zerstückelt und aufgelöst worden war.

Der Fleischer schien ihre Gedanken zu lesen. »Mach dir keine Sorgen«, versuchte er sie mit einer Stimme zu beschwichtigen, die er für sanft und aufmunternd hielt. »Bis dahin habe ich alles sauber gemacht. Du wirst nichts mehr von ihr sehen.«

Ihr klappte schockiert der Mund auf. Ihr Herz schlug schmerzhaft in ihrer Brust. Hitze kletterte ihren Körper hinauf und ließ ihren Kopf glühen. »Was ... heißt das?«

Henning zuckte beiläufig mit den Schultern, verzog das Gesicht zu einer lehrerhaften Schnute. »Nun ja, das heißt, dass sie vollständig zersetzt ist. Ich muss nur noch die Wanne ablassen, alles schön putzen und abledern. Sollte ich heute schaffen.«

In Larissas Innerem keimte Wut auf, so stark und durchdringend, dass sie auf der Stelle versteinerte. Der Wunsch, einfach auf ihn einzuschlagen, ihn niederzuringen und mit der Kette zu erwürgen, war verlockender als alles andere, ja, sogar verlockender als die Freiheit. Könnte sie ihn doch nur töten und diesen vermaledeiten Hund gleich mit!

Als hätte Rohan bemerkt, dass sie an ihn dachte, stellte er sich auf die Hinterpfoten und sprang an ihr hoch. Sie erschrak, als scharfe Krallen über ihre Haut kratzten, stolperte einen Schritt zurück und verzog angewidert das Gesicht. Die Zunge, die ihr wie ein feuchtwarmer Lappen durchs Gesicht fuhr, hinterließ dickflüssigen Speichel.

»Nimm dieses Mistvieh weg!«, fauchte sie und stemmte den Hund von sich fort. »Ekelhafte Misttöle!«

»Na, na! Er freut sich halt, dich zu sehen.«

»Sag mal, spinnst du?!«, entfuhr es ihr in schrillem Tonfall. »Kannst du dir auch nur annähernd vorstellen, wie egal mir das ist? Dieses Vieh hat einen Menschen zerfleischt! Bei lebendigem Leib! Und du«, presste sie zwischen den Zähnen hervor, »hast den Befehl dazu gegeben!«

Der Fleischer zuckte mit den Schultern. »Ich musste sie erlösen«, erklärte er. »Und außerdem, sie hätte es auch so nicht überlebt. Sie war zu schwach.«

Larissa spürte einen Kloß im Hals. Ihr kamen tausend Worte in den Sinn, die sie ihm an den Kopf werfen wollte. Dann, ganz plötzlich und unverhofft, entstand eine Idee, bahnte sich ihren Weg zu ihren Stimmbändern und entströmte zuckersüß Larissas Lippen. »Du hast doch gesagt, dass du *alles* für mich tun würdest. Für mich, deine Schwester, oder?«

Henning wirkte aufgrund ihres jähen Stimmungswandels überrascht, nahezu überrumpelt.

»Du willst, dass es mir gut geht? Dass ich alles bekomme, was ich will?«

»Ja ...«, antwortete er nachdenklich und sah sie misstrauisch an. Seine Augen schienen im Moment der Verunsicherung ihre Kälte zu verlieren.

»Töte ihn«, hauchte Larissa diebisch grinsend. »Halte dein Versprechen und erschlage den Hund!«

Henning klappte der Mund auf. Damit hatte er nicht gerechnet.

Es war ihr eine Genugtuung, den ratlosen Ausdruck in dem bärtigen Gesicht zu sehen.

Gleichzeitig schämte sie sich dafür, Gewalt gegen ein Tier einzufordern. Etwas, das sie nie zuvor in ihrem tierlieben Leben getan hatte. Aber es musste sein. Sie wollte ihn provozieren. Außerdem hatte Rohan ihre beste Freundin zerfleischt, und das würde sie ihm nie verzeihen. Es war ihr egal, dass er nicht aus freien Stücken, sondern auf den Befehl seines Herrchens gehandelt hatte. An seinen Zähnen klebte Jessicas Blut – und es musste vergolten werden. Tropfen um Tropfen.

Sie sah sich in der Zelle um. »Dort«, sagte sie und deutete auf das Kehrwerkzeug, das neben der Tür auf seinen Einsatz wartete. »Nimm den Besen. Zieh ihm das Ding über den Kopf und hau so lange drauf, bis es vorbei ist.«

Mit Vergnügen beobachtete sie, wie er den hölzernen Gegenstand betrachtete und nachdachte. Sie glaubte nicht daran, dass er es wirklich tun würde, und wollte es eigentlich auch nicht, doch einen Versuch war es wert. Und vielleicht würde sich der Rüde in all seiner Qual gegen seinen Herren auflehnen und ihn für sie erledigen.

»Du bist nicht bei Sinnen«, zerschnitt seine tiefe Stimme schließlich die Stille, holte sie ins Hier und Jetzt zurück. »Du redest dummes Zeug.«

»Ach ja? Tue ich das?«

Er stemmte genervt die Hände in die Hüften. »Du solltest schlafen. Vielleicht bist du morgen wieder bei Verstand.«

»Ich bin besser bei Verstand, als du dir vorstellen kannst. Los, tu es! Trau dich! Sei ein guter Bruder und kümmere dich um die Wünsche deiner Schwester!«

Die letzten Worte schrie sie, ließ sie von den Wänden widerhallen. Die Ader auf Hennings Stirn schwoll an, doch diesmal würde sie nicht klein beigeben, sondern sogar noch einen draufsetzen. Sie wollte ihn fordern, all ihren Frust, den Hass und die Wut an ihm auslassen. »Warum traust du dich nicht? Tötest Frauen, löst sie in Badewannen auf, hast aber Angst davor, einen Hund zu erschlagen? Warum? Weil du nachts allein im Bett liegen müsstest? Weil dann kein warmer Körper mehr neben dir schläft? Bist du so einsam, dass du die Stille nicht verkraften könntest? Fehlen dir die feuchten Küsse deines tierischen Liebhabers?«

»Jetzt halt dein freches Maul«, polterte er los, sein Kopf knallrot. Die Ader pulsierte, drohte zu platzen. Er packte die Kette, die er an ihrem Handgelenk befestigt hatte, und zog daran. Larissa wurde mit einem kräftigen Ruck nach vorn gerissen, prallte gegen ihn, spürte die Härte seines trainierten Körpers. Ihr entfuhr ein erstickter Schrei, der nur den Bruchteil einer Sekunde währte. Dann brüllte er zornerfüllt und schubste sie von sich.

Sie stolperte rückwärts, verlor das Gleichgewicht und fiel zu Boden, landete schmerzhaft auf dem Gesäß. Man hätte meinen können, dass sie Furcht empfand. Angst vor ihrem Peiniger, der ihr Schmerzen zufügte und sich nun drohend und erzürnt vor ihr aufbaute. Doch sie sah entschlossen zu ihm auf, grinste süffisant, legte all den Abscheu und Ekel vor ihm und seinen Taten in ihren Blick. Sie hatte jeglichen Respekt vor ihm verloren.

Henning schien ihre Auflehnung zu spüren, denn aus einem jähen Impuls heraus wandte er sich um und verließ unter Larissas hysterischem Lachen die Zelle. Das Schloss klickte, als er den Schlüssel derart kräftig drehte, dass es ein

Wunder war, dass er nicht abbrach. Einen Augenblick später war er mit Rohan im Schlepptau verschwunden.

Zurück blieb eine Frau, die nicht aufhören konnte zu lachen.

31.

Die letzten Stunden waren nur furchtbar langsam vergangen. Larissa hatte lange auf ihrem Bett gesessen, nachgedacht und getrauert. Hatte sich für ihr Verhalten gegenüber Henning gelobt, hatte Kraft aus dem Rausch des Sieges über ihn gezogen. Doch diese Kraft war schnell aufgebraucht gewesen. Ihr Fehlen schwächte sie und öffnete Tür und Tor für böse Gedanken. Sie war zusammengebrochen, konnte nur noch an eine Sache denken. Freiheit. Mehr wollte sie nicht. Einfach nur frei sein, sich dem Sonnenlicht hingeben, laufen, ohne jemals wieder stehen zu bleiben.

Verzweifelt hatte sie das Schloss ihrer neuen Handfessel bearbeitet, es zusammen mit ihrem Handgelenk kräftig gegen die Betonwand geschlagen. Ohne Erfolg, dafür jedoch mit viel Schmerz. Dabei saß die Fessel so dermaßen locker, dass sie beinahe aus dem Metallring hätte schlüpfen können. Nur wenige Zentimeter, gar Millimeter trennten sie von der Chance, aus diesem Kellerloch zu entkommen. Sie hatte ihre Hand so schmal gemacht, wie es nur ging. Hatte gezogen und gezerrt, bis die Haut rot und blutig wurde. Sie hatte versucht, Spucke als Gleithilfe zu nehmen, doch war ihr Mund so trocken gewesen, dass sie nicht genug zusammenbekam.

Es musste doch einen Weg geben! Verzweifelt ließ sie ihre Gedanken auf der Suche nach einer Lösung kreisen. Und dann hatte sie eine Idee. Eine Idee, die furchtbarer kaum hätte sein können und eine Menge Schmerzen versprach. Sie musste die Knochen ihrer Hand brechen. Nur dann wäre sie schmal genug, um durch die Fessel zu gleiten. Sie schluckte schwer, als ihr der Preis der Freiheit bewusst wurde. Spürte bereits die drohenden Schmerzen. Die Angst davor verknotete ihren Magen, ließ sie würgen.

Panik stieg in ihr auf. Doch trotz ihrer Angst war sie sich eines gewiss: Sie würde es probieren, koste es, was es wolle.

Und so begann sie zu überlegen, wie sie es am geschicktesten anstellen konnte. Wie brach man eine Hand und machte sie *beweglich* genug, um sie durch einen Metallring zu ziehen? Viel wichtiger: Wie brach man seine *eigene* Hand? Wie bereitete man sich auf diesen Schmerz vor?

Ihr Blick glitt durch die Zelle. Suchte nach allem, was für ihr Vorhaben geeignet war. Etwas, mit dem sie schlagen oder quetschen konnte. Doch fand sie nichts. Den schweren Deckel des Spülkastens, der mit etwas Kraft einen Knochen zerbrechen konnte, hatte sie nach Henning geworfen und zugesehen, wie er in hundert Teile zersprang. Das Bett war fest im Boden verschraubt, auch der Heizkörper bewegte sich keinen Millimeter. Was tun?

Plötzlich fiel es ihr wie Schuppen von den Augen und ihr Herz machte einen Satz. Sie musste nur die Hand zu einer geraden Fläche formen, mit der Außenkante an einen der Gitterstäbe halten und ihr Knie dagegen rammen. Immer und immer wieder. So lange, bis irgendwann die Knochen nachgaben.

Das Eisen war angenehm kühl gewesen, als sie ihre Hand schließlich daran ausgerichtet hatte. Mit wummerndem

Herzen hatte sie sich motiviert, es endlich zu tun. Hatte sich lautstark Mut eingeredet und angefeuert. Hatte mehrfach mit dem Knie ausgeholt, nur um im letzten Moment doch noch abzubremsen. Sie war zu feige gewesen. Hatte sich nicht getraut. Hatte aus Angst vor Pein nicht einen einzigen wuchtigen Schlag zustande bekommen. Weinend war sie zusammengebrochen, gefangen und eingesperrt wie zuvor.

Henning kam erst abends wieder. Sie weinte, doch als er mit einem Tablett in der Hand und grimmigen Gesichtszügen die Zelle betrat, verkniff sie sich die Tränen und zwang sich dazu, ihn frech anzugrinsen. Er stellte das Essen wortlos vor die Gitterstäbe.

»Hast du den Mut wiedergefunden, mich zu besuchen?« Ihre Stimme war kalt und triefte vor Abscheu. Er antwortete nicht, sondern betrachtete sie streng. Äußerlich gab sie sich hart, eiskalt und unnachgiebig. Innerlich jedoch war sie klein, fühlte sich elendig, hätte am liebsten laut geschrien und geheult.

»Ich habe dir Tee mitgebracht«, murmelte Henning. »Und dazu Brötchen und Aufschnitt. Du musst Hunger haben.«

Larissa betrachtete das Essen. Tatsächlich knurrte ihr Magen bereits seit Stunden, ihr Mund war ausgetrocknet. Doch sie würde es nicht annehmen. Zumindest nicht, solange er dabei war. Also wandte sie sich wortlos ab und ging zu dem kleinen Fenster. Das schwindende Licht des Tages fiel ihr ins Gesicht. Es war warm, so voller Leben und Freiheit. Feine Staubkörner tanzten auf den Sonnenstrahlen.

»Ich gebe dir eine letzte Chance, freiwillig zu duschen. Deine Wunde muss unbedingt gereinigt werden. Außerdem riechst du ziemlich streng.« Er wartete auf eine Reaktion, doch sie starrte stur ins Licht. »Ich habe den Waschraum gereinigt. Er ist so sauber wie an dem Tag, als du ihn zum ersten Mal betreten hast. Es gibt also kein Problem.«

Dieser Mann ist wahnsinnig, fluchte Larissa stumm und ballte die Hände zu Fäusten. Ihre Wut lähmte sie und verschloss ihren Mund.

»Letzte Chance«, wiederholte er langsam und deutlich. »Überlege es dir gut.«

Wie ferngesteuert drehte sie sich um und zeigte ihm den Mittelfinger. Eines seiner Augenlider zuckte, ganz kurz nur. Dann wandte er sich um und ging.

Sie harrte einige Minuten bewegungslos aus, lauschte seinen Schritten, die durch den Keller hallten. Erst als er außer Hörweite war, stürzte sie sich auf das Essen. Gierig schnappte sie sich die warmen Brötchen, die sogar noch dampften. Der Duft von Gouda und Schinken erfüllte den Raum, als sie Bissen für Bissen verschlang. Zuletzt griff sie nach dem Plastikbecher mit Tee und sog seinen Geruch ein. Lavendeltee. Sie nippte vorsichtig daran, prüfte die Temperatur. Perfekt! In nur wenigen Zügen hatte sie ihn ausgetrunken. Larissa genoss den Geschmack, obwohl er trotz Zuckerzusatz bitter im Abgang war. Dennoch war es angenehm, etwas Heißes zu trinken. Den Mund mit Lavendel zu verwöhnen. Schon seit Tagen hatte sie sich nicht mehr die Zähne geputzt und deshalb einen pelzigen Flaum auf der Zunge.

Trotz der beiden Brötchenhälften knurrte ihr Magen und forderte mehr. So aß sie weiter, vernichtete gierig alles, was der Fleischer ihr serviert hatte. Als nur noch ein verpacktes Butterpäckchen übrig war, glitt ihr müder Blick zum Fenster, durch das nur noch wenig Sonnenlicht hereindrang. Der Tag neigte sich allmählich dem Ende zu, ihr Bauch war voll, und so war es kein Wunder, dass ihre Glieder langsam schwer wurden und nach Schlaf lechzten.

Sie erhob sich – und bereute es sogleich. Enormer Schwindel überkam sie und zwang sie, sich mit einer Hand am Gitter abzustützen. Etwas stimmte nicht mit ihr. Müdigkeit fühlte sich anders an. Sie taumelte und ließ die Butter fallen.

»Was ...«, keuchte sie kraftlos, als ihr die Beine zu versagen drohten.

Ganz vorsichtig bewegte sie sich vorwärts, setzte einen Fuß vor den anderen, wobei sie das Butterpäckchen versehentlich fortkickte. Sie wollte ins Bett. *Musste* ins Bett. Ihr Knie stieß gegen die Bettkante. Dann kippte sie nach vorn. Staub stieg auf, als Larissa auf die muffige Matratze stürzte. Angestrengt stöhnend drehte sie sich auf den Rücken, wuchtete beide Beine ins Bett und starrte zur Decke hinauf. Was zum Teufel passierte mit ihr?

Ihr Kopf fiel kraftlos zur Seite und ließ sie auf das leere Tablett starren. Mit letzter Kraft riss sie die Augen auf. Der Tee. Der Lavendeltee, der so seltsam geschmeckt hatte! Der bittere Abgang, den Henning mit Zucker versucht hatte zu kaschieren. Er hatte sie vergiftet, irgendetwas in den Tee gekippt, das sie außer Gefecht setzte.

Ihre Gedanken wurden langsamer, immer langsamer. Ihre Augenlider flatterten, fielen Stück für Stück zu. Irgendwo über ihr erklang das vertraute Surren der Kamera. Dann fiel sie in eine weiße Wolke aus butterweicher Watte.

32.

Sie sah die Welt durch einen Schleier. Verschwommen glitt grauer Beton an ihr vorbei sowie zweidimensionale Bilder von Autos und Schiffen, die merkwürdig verzerrt aussahen. Sie wippte auf und ab, hörte dumpfe Schritte, die weit entfernt erklangen und doch so nah schienen. Dazu das Klicken von Krallen auf dem harten Boden, wie herabfallende Nadeln, und eine Bassstimme, die beruhigende Worte brummte.

Larissa wurde getragen, dessen wurde sie sich langsam, aber sicher bewusst. Sie fühlte, wie sie schlaff auf zwei starken Armen lag. Spürte, wie ihre Füße im Takt der fremden Schritte auf und ab schwangen, und wie schwer sich ihr Kopf anfühlte.

An der Decke zogen grell und gelb leuchtende Sonnen vorbei. Dann wurde sie um eine enge Kurve getragen, das Grau der Wände wurde von einem makellosen Weiß abgelöst. Der aggressive Geruch von chemischen Substanzen drang in ihre Nase. Sie legte die Stirn in Falten. Das erinnerte sie an irgendetwas, doch egal wie angestrengt sie überlegte, sie kam nicht darauf.

Plötzlich spürte sie etwas Hartes unter sich und die kräftigen Arme verschwanden. Man hatte sie abgelegt auf ... auf einem Tisch? Sofort stach eiserne Kälte in ihre Haut, pikste wie feine Nadelstiche in Waden, Unterschenkel, Po und Rücken. Etwas Weiches wurde unter ihren Kopf geschoben, sodass er etwas erhöht dalag und sie einen verschwommenen Blick auf den Körper werfen konnte, der offenbar ihrer war.

Sie sah zwei entblößte Brüste, bleich und fest, darunter einen flachen Bauch sowie wunde Knie und Füße, die mit dunklen Flecken übersät waren.

Die schemenhafte Gestalt eines Mannes flog an ihr vorbei, summte im Einklang mit den blechernen Klängen eines Radios. Grelles Licht schoss von der Decke und schmerzte in ihren Augen.

Plötzlich eine Berührung. Ihr Blick schnellte nach links. Da war wieder dieser Mann, bärtig und muskulös, ein wahrer Berg. Er kam ihr bekannt vor, der Name lag ihr auf der Zunge, schmeckte nach Lavendel und etwas Bitterem. Als sie bemerkte, dass er seine Hand nach ihr ausstreckte, wollte sie ihren Körper wegdrehen, schaffte es aber nicht. Sie hatte keine Chance, ihm zu entkommen, war ihm und seinen Berührungen ausgeliefert.

Eine Hand, warm wie der Sommer, glitt über ihre Hüfte und das linke Bein. Es fühlte sich gut an, wie er sie streichelte, so zärtlich und fürsorglich. Lange war es her, dass sie so berührt worden war. Und doch war es falsch, zumindest schrie eine Stimme in ihrem Kopf, dass es vollkommen falsch war. Er durfte sie nicht anfassen, nicht so! Nicht er! Ihr entfuhr ein gequältes Jammern.

»Schhhh, schhhh«, zischte der Mann tröstend. Es klang aufrichtig, beinahe mitfühlend. Aber sie glaubte ihm nicht, wusste, dass dieser muskelbepackten Kreatur etwas Böses anhaftete.

Als der Mann sich entfernte und ihr Sichtfeld verließ, breitete sich ein warmes Glücksgefühl in ihr aus. Endlich, die verbotenen Berührungen waren fort. Im Hintergrund quietschte etwas, dann erklang ein sanftes, gleichmäßiges Rauschen. Es klang wie Regen, der in stetigen Strömen den Grasboden einer Parkwiese befeuchtete. Das Rauschen kam näher und befand sich schließlich dicht neben ihrem Kopf. Dann fühlte sie, wie nasse Wärme ihre Haut benetzte, sich auf ihr sammelte und seitlich an ihr hinunterlief. Wasser. Warmes Wasser, das die Kälte fraß, die sich in ihre Haut geschlichen hatte. Wieder quietschte etwas und der heilende Regen verschwand. Das Rauschen wich einer fernen Melodie, die sie zu kennen vermutete.

Der Mann trat wieder neben sie. Sie versuchte, ihn genauer zu betrachten, doch dafür hätte sie ihren Kopf drehen müssen, und das ging nicht. So beobachtete sie sein verschwommenes Treiben. Sie sah, wie er etwas Rotes, weich und formlos, über seine Hand zog. Ein feuchtes Blubbern erklang, als er eine Substanz aus einer Tube quetschte und auf dem Ding verrieb. Sie erschrak, als er das kalte, rote Etwas auf ihren Bauch legte und damit kreisende Bewegungen vollführte. Es schmatze und schäumte. Ein wohlbekannter fruchtiger Duft drang in ihre Nase. Grüner Apfel.

Das rote Ding tanzte über ihre Haut und hinterließ ein knisterndes Geräusch, als würden tausende Bläschen platzen. Als es bei ihrer Brust ankam, erkannte sie es als schaumbenetzten Lappen. Der Mann schrubbte ihre Brüste, ließ keinen Zentimeter von ihnen aus. Er glitt über ihre Schultern, ihre Arme ... Fürsorglich tupfte er anschließend ihren Hals ab. Ein bissiges Brennen flammte auf, das sie zucken und wimmern ließ.

»Schhhhh, schhhhhh«, beruhigte sie der Mann verständnisvoll.

Als ihr Gesicht drankam, nahm sie den Apfelduft so stark wie nie zuvor wahr. Schaumige Bläschen drangen in ihre Nase, legten sich auf Stirn und Wangen, wurden beflissen verteilt. Wieder erklang das schmatzende Geräusch. Eine schwere, kühle Substanz landete auf ihrem Kopf und wurde sogleich in den Haaren verrieben.

Nachdem der Mann damit fertig war, führte er den Lappen zu ihren Beinen. Auch diese schrubbte er mit einer bemerkenswerten Hingabe, ließ keine Stelle aus und kümmerte sich anschließend um ihre Füße. Danach spürte sie zunächst nichts, hörte nur, wie der Mann sekundenlang zur Musik summte.

Larissa schloss ihre Augen, schonte die Lider, die so unendlich schwer wurden und um eine Pause flehten. Erst als sie den Lappen zwischen den Beinen spürte, riss sie sie wieder auf.

Der Mann hatte sich über sie gebeugt. Seine Hand glitt schmatzend zwischen ihren Schenkeln auf und ab und berührte sie dort, wo niemand sie zu berühren hatte. Er drückte ihre Beine auseinander, was sie mit aller Kraft zu verhindern suchte, doch vergeblich. Sie war ihm schutzlos ausgeliefert. Diesem Mann, den eine abgrundtief böse Aura umgab, als wäre er der Teufel persönlich.

Larissa wimmerte und schluchzte, doch das Radio überdeckte jeglichen ihrer Laute mit fröhlicher Musik. Schaum knisterte, während er rieb und schrubbte, während er akribisch genau jeden Zentimeter bedachte.

Dann, nach einer gefühlten Ewigkeit, drückte er ihre Beine wieder zusammen.

Er war fertig, sie hatte es geschafft!

Doch das Gefühl von Freude wich so schnell, wie es gekommen war, als sich kräftige Hände unter sie schoben und sie auf den Bauch drehten. Ihr Kopf wurde behutsam zur Seite gedrückt, sodass ihre linke Wange auf dem Metall ruhte. Sie fröstelte, als kalte Luft über ihren Rücken fuhr, doch sie wurde alsbald von warmem Wasser fortgespült.

Der Mann schrubbte ihre Schultern, den Nacken, den Rücken, die Beine, die Füße und schließlich den Po.

Sie kniff die Augen zusammen, verzog den Mund zu einem stillen Schrei und wartete, wartete, wartete. Nach einer Ewigkeit war er endlich fertig, klatschte in die Hände und sagte etwas, das sie in ihrem Zustand nicht verstand. Er richtete sie auf. Sie verharrte in sitzender Position, während er sie mit einem trockenen Tuch abrubbelte.

Ein ohrenbetäubendes Brüllen erklang. Heiße Luft ergoss sich über ihre Haare und ließ sie nach hinten wehen. Der Mann summte, war ihrem Ohr ganz nah. Sie konnte ihn riechen, seine Wärme spüren, vor der sie unbändige Angst empfand. Er führte etwas durch ihr Haar, das ein angenehmes Kratzen hinterließ, immer und immer wieder in gleichmäßigen Zügen.

Irgendwann – sie hatte ihr Zeitgefühl vollkommen verloren – war er fertig. Das Brüllen erstarb und wich einer bedrückenden Stille. Selbst die Musik war verstummt. Bevor sie sich versah, wurde sie erneut durch den tristen grauen Gang getragen. Sie wollte nur eins: endlich schlafen.

Einfach schlafen und alles vergessen, was sie soeben erlebt hatte.

Der Mann legte sie auf etwas Weiches und streichelte ihr zärtlich über die Stirn. Dann machte er sich an ihrem Handgelenk zu schaffen, beschwerte es mit kaltem Stahl. Schließlich trat er aus ihrem Sichtfeld und überließ sie ihrer Müdigkeit.

33.

Larissa schlug die Augen auf. Orientierungslos sah sie sich um und brauchte eine Weile, um zu verstehen, dass sie im Bett ihrer Zelle lag. Ihr Kopf pochte unangenehm, gelbe Sterne funkelten in ihrem Sichtfeld. Sie atmete schwer aus, sog langsam neue Luft ein und versuchte, sich zu konzentrieren. Nur allmählich kehrte die Erinnerung zu ihr zurück. Dutzende Bruchteile setzten sich zusammen und formten Bilder, allesamt verschwommen und unklar. Sie rieb sich die Augen, als könne sie so mehr Klarheit erlangen.

Ein angenehm blumiger Duft stieg ihr in die Nase. Sie wandte den Kopf nach links. Dort, genau neben ihrem Kopf, lag ein ordentlich gefalteter Haufen beigefarbener Wäsche, offenbar frisch gewaschen und gebügelt. Einer Eingebung folgend schlug sie die Decke zurück und sah an sich hinunter. Sie war nackt. Und plötzlich setzten sich die zuvor verschwommenen Bilder zu unangenehmen Gewissheiten zusammen.

Er hatte sie betäubt, getragen und gewaschen. Im Geiste sah sie den roten Lappen, der ihr über den Körper gefahren war. Ihre Haut kribbelte und die Härchen stellten sich auf. Sie fühlte sich hundeelend und benutzt.

Als die Gänsehaut abgeklungen war, strich sie sich über die Arme und durchs Haar, das glatt und gewissenhaft gebürstet war. Dann, vollkommen unverhofft, schoss ihr die Schamesröte ins Gesicht und sie legte sich schützend die Hand in den Schoß. Er hatte sie berührt. Überall. Zwischen den Beinen, an den Brüsten, am Po. Hatte die letzte Grenze überschritten.

Larissa biss sich fest auf die Lippen, die zu beben begannen. Hastig richtete sie sich auf und legte im Sitzen die Gefangenenkleidung an. Zufällig fiel ihr Blick auf die Kamera. Das Überwachungsgerät mit dem rot blinkenden Lämpchen war auf sie ausgerichtet. Er beobachtete sie.

Wütend sprang sie auf, eilte zum Gitter und schickte wilde Gesten und lautstarke Flüche hinauf. Die Vorstellung, dass ihr Bruder irgendwo hockte, auf ein Display starrte und sie begaffte, ließ ihr einen kalten Schauer über den Rücken huschen.

Wie spät war es eigentlich? Sie warf einen flüchtigen Blick zum Fenster, durch das silbriges Mondlicht hereinfiel. Es musste spät sein. Sehr spät.

»Komm sofort her!«, schrie sie und funkelte die Kamera an. »Sofort!«

Sie deutete mit dem Zeigefinger vor sich auf den Boden, während sich ihre Brust bebend hob und senkte. Eine unfassbare Wut stieg in ihr auf, versorgte sie mit einer Energie, die sie noch nie zuvor gespürt hatte. All das, was in den letzten Tagen passiert war, drohte sich in einem Knall zu entladen. Erinnerungen flammten vor ihrem geistigen Auge auf. Sie sah Martin, der sie schlug, sie bedrohte und vergewaltigte. Spürte, wie klein und unwichtig sie sich in seiner Gegenwart gefühlt hatte.

Larissa ballte die Hände zu Fäusten. Sie musste aus dieser Zelle raus! Musste Henning stoppen! Ihn beseitigen! Bei der nächsten Gelegenheit würde sie alles auf eine Karte setzen. Ihn töten, sofern es ihr gelänge. Selbst wenn sie es nicht schaffte, wenn sie im Kampf ihr Leben ließ, wäre ihr Leiden wenigstens endlich vorbei. Heute und für immer. Nie wieder würde sie sich von einem Mann einsperren lassen. *Nie! Wieder!*

Ihr Blick glitt durch den Raum. Sie suchte nach einer Waffe und blieb ausgerechnet an einem golden glänzenden Ding hängen, das neben ihrem Bettpfosten im Halbschatten lag. Das Butterpäckchen!

Ihr kam blitzartig eine Idee. Sie stürmte los, durfte jetzt nicht zögern, und warf sich vor dem Päckchen auf den Boden. Hastig wickelte sie das Goldpapier ab. Die Butter war schmierig weich, duftete angenehm und hinterließ sofort einen Fettfilm auf ihren Fingern. Ihr Herzschlag beschleunigte sich. *Sollte es so einfach sein?*

Plötzlich wurde oben eine Tür geöffnet und Schritte erklangen auf der Treppe. Er kam! Jetzt galt es, keine Zeit zu verlieren.

Hastig drückte sie die Butter auf das Handgelenk, um das der Eisenring gelegt war, und verrieb sie, dick und triefend. Dann machte sie ihre Hand so schmal wie möglich, packte mit der anderen Hand die Kette und zog. Stück für Stück glitt der Ring dank der Butter über ihre Haut. Es funktionierte! Bald war sie frei! Und dann würde Henning nicht mehr wissen, wie ihm geschah. Doch sie musste sich beeilen. Eine unbändige Freude breitete sich in ihr aus, lenkte all ihre Gedanken auf das kommende Ereignis. Bald wäre sie frei. Sie wusste, dass es klappen würde.

Die Schritte kamen näher, hatten den Fuß der Treppe erreicht und setzten ihren Gang auf Beton fort. Nur noch wenige Sekunden, bis er vor ihr stehen würde. Sie zog stärker, mobilisierte all ihre Kräfte und trotzte dem Schmerz, der in ihrer Hand aufflammte. Nur noch ein kleines, *winziges* Stück!

Sie biss die Zähne zusammen, zischte vor Anstrengung, kniff die Augen zu. Es fiel ihr schwer, nicht vor Schmerz zu schreien. Dieses eine Mal im Leben würde sie nicht aufgeben.

Doch dann erklang hinter ihr eine überraschte Stimme. »Was machst du da?«

Ein eiskalter Schauer schoss durch ihren Körper. Sofort fuhr sie herum. Da stand er, vor dem Gitter, eine Colaflasche in der Hand, die Augen verwundert aufgerissen. Zu spät. Sie hatte es nicht geschafft. Das jähe Gefühl der Hoffnung wich einer bodenlosen Leere, die ihr die Beine weich wie Pudding werden ließen.

Henning erkannte offenbar, was vor sich ging, denn seine Reaktion folgte prompt. Hastig zog er den Schlüssel aus der Hosentasche hervor und machte sich daran, das Zellenschloss zu öffnen. Nur wenige Sekunden später riss er die Gittertür auf und stürmte auf sie zu. Er packte sie am gefesselten Handgelenk, riss es hoch und betrachtete die wunde, von Fett überzogene, rot leuchtende Haut. »Lass das auf der Stelle!«, bellte er.

Larissa funkelte ihn hasserfüllt an, legte all die Abscheu, die sie jemals empfunden hatte, in ihren Blick. Ihr Körper versteifte sich, spannte sich an. Jeder Muskel war bereit, all ihre Kraft in einem Schlag zu entladen. Wenn sie schon nicht freikam, so würde sie ihn wenigstens schwer verletzen und entstellen.

Für den Bruchteil einer Sekunde blickte er zu Boden. Das war der Moment, auf den sie gewartet hatte. Mit einem Schrei, der in ihrem Hals schmerzte, sprang sie vor und warf sich mit vollem Gewicht gegen seine Brust. Er stöhnte erschrocken, ließ die Flasche fallen, die über den Boden schlitterte, und taumelte einen Schritt zurück. Irgendwo im Erdgeschoss bellte Rohan, doch er war weit weg, konnte nicht eingreifen.

Dann trat Larissa zu, traf ihn am Knie.

»Hör auf«, bellte er. Er verzog keine Miene, als würden ihre Bemühungen einfach an ihm abprallen.

Doch sie gab nicht auf.

»Ich soll aufhören, ja?«, keifte sie und schmiss sich erneut gegen ihn. Er ließ sie gewähren, wich Richtung Gitter zurück. Das Skelett Franziska ragte wie ein drohendes Omen hinter ihm auf, ihr leerer, lebloser Blick unentwegt auf ihren Schöpfer geheftet. Larissa warf sich abermals nach vorn, wurde jedoch von einem strammen Zug am Arm aufgehalten. Sie wirbelte herum. Die Kette! Die hatte sie ganz vergessen. Sie kam nicht weiter, zog und zerrte. Dann stieß sie ein wütendes Brüllen aus.

Henning zuckte zusammen. Die Ader auf seiner Stirn schwoll an, und seine Wangen färbten sich knallrot. Er sah aus wie ein Vulkan, der zu explodieren drohte.

»Jetzt reicht es mir!«, zischte er wütend und fixierte sie mit den Augen. » Schluss mit dem Unsinn, aber sofort!« Seine Stimme verwandelte sich in ein Donnerwetter. »Du undankbares Miststück!« Er hob drohend die Faust und gestikulierte wild, als er fortfuhr. »Seit Tagen verursachst du in diesem Haus nur miese Stimmung. Bist frech, unhöflich, einfach garstig!«

»Garstig?«, lachte Larissa hysterisch auf. Flammen loderten in ihren Augen. »Du elender Mistkerl! Du Feigling! Frauenmörder! Arschloch!« Sie schrie all den Frust aus sich heraus. »Versteckst dich in deinem beschissenen Haus, bastelst an alten Knochen herum wie ein perverser Irrer!«

»Pass auf, was du sagst!«

»Wah, wah, wah!«, plärrte sie gespielt, ballte die Hände zu Fäusten und rieb sich damit die Augen wie ein weinendes Kleinkind. »Du bist ein Feigling, musst deine Opfer anketten, um mit ihnen klarzukommen. Musst sie betäuben, um sie zu fangen. Bist zu feige, um es direkt mit ihnen aufzunehmen, bist …«

Wumm.

Sein Schlag traf sie hart im Gesicht. Schmerz explodierte auf ihrer Wange. Sie stöhnte benommen und taumelte zurück. Der Geschmack von Eisen breitete sich in ihrem Mund aus. Ihre Zunge glitt über lose Backenzähne. Sie stieß mit dem Rücken gegen die Gitterstäbe der Zelle und musste sich festhalten, um nicht zu Boden zu gehen.

Henning baute sich vor ihr auf. »Ich werde dich töten!«, brüllte er. Der Bass seiner Stimme erschütterte das Gemäuer ringsherum. Spucke prasselte in ihr Gesicht. »Ich werde dich totschlagen, deine beschissenen Knochen nehmen und dich dann mit Säure auflösen, so wie ich es mit deiner Schlampe von Freundin gemacht habe. Niemand wird jemals erfahren, was mit dir passiert ist. Unser Vater wird einen leeren Sarg verscharren müssen!«

Larissas Herzschläge beschleunigten sich. Vor ihrem geistigen Auge liefen Filme. Filme mit ihr als unfreiwilliger Hauptdarstellerin, die von Momenten purer Gewalt gegen sie zeugten. Sie zeigten Martin, der sie schlug, trat und schändete. Sah, wie er Gegenstände nach ihr warf, ihren Arm brach, ihr die Kleidung vom Leib riss, über ihre schwarzen und blutigen Hautflecken lachte. Sah Henning, wie er ihr mit zerfetztem Gesicht in einer Seitenstraße auflauerte. Sah, wie er sie beobachtete, während er sie zwang, vor ihm zu duschen. Spürte, wie er sie berührte, wie er sie beschimpfte, schlug und malträtierte. Bilder, tausende Bilder zogen vor ihrem inneren Auge vorbei, während ihr Feind vor ihr stand und sinnloses Zeug schrie.

Nie mehr!, dachte sie. *Nie mehr lasse ich mich so behandeln.*

Kochende Wut stieg in ihr auf. Eine Wut, die stärker war als jede Angst, die sie jemals empfunden hatte. Und diese Wut löste eine Kraft in ihr aus, die zu etwas schier Gigantischem heranwuchs.

Bevor sie wusste, wie ihr geschah, sprang sie nach vorn, direkt auf Henning zu. Dieser riss überrascht die Augen auf und verstummte sofort, hatte den Angriff nicht kommen sehen. Die Kette spannte sich, riss an ihr, doch hielt sie Larissa nicht auf. Stattdessen gab es einen furchtbaren Ruck. Knochen brachen. Ihre eingefettete Hand glitt aus dem Metallring. Schmerz zuckte durch ihren Arm, den sie vom Adrenalin angetrieben ignorierte. *Einfach angreifen*, dachte sie und warf sich auf Henning, der durch die geöffnete Gittertür zurückweichen wollte und dann auf die Colaflasche trat, die hinter ihm auf dem Boden lag. Er rutschte aus, verlor das Gleichgewicht und kippte zusammen mit Larissa nach hinten. Sie prallten in das Skelett. Es krachte, splitterte, knackte. Alte Knochen zerbarsten, gingen mitsamt den beiden Kämpfenden zu Boden.

Der Fleischer landete auf dem Rücken und schrie auf vor Schmerz, als sich metallene Teile von Franziskas Halterung in seine Schulter bohrten. Larissa schlug neben ihm auf, zögerte aber keinen Moment und schwang sich auf ihn. Mit ihrer gesunden Hand prügelte sie auf ihn ein, wollte sein Gesicht zertrümmern. Henning versuchte, seinen Arm abwehrend hochzureißen, doch machte ihm das Metall in seiner Schulter einen Strich durch die Rechnung.

Unwillkürlich glitt Larissas Blick zu etwas Länglichem, das neben seinem Kopf lag. Ohne eine Sekunde darüber nachzudenken, griff sie danach und rammte eine aus ihrer Halterung gebrochene Rippe direkt in Hennings Brust. Der Knochen glitt tief in seinen Körper. Er keuchte gurgelnd, die Augen aufgerissen und beherrscht von blanker Panik. Blut suppte aus der Wunde, während sein Körper bebte und zuckte.

»Verdammte … Schei…« Seine Stimme war verzerrt vor purem Schmerz, der ihn seine Worte nur würgend hervorbringen ließ.

Er versuchte, sich zur Seite zu drehen und seine Schwester abzuwerfen. Sie machte es ihm leicht und sprang von ihm herunter. Dann trat sie einen Schritt zurück und blickte angewidert auf ihren Bruder hinab. Er versuchte, nach ihrem Bein zu greifen, doch sie war schneller und wich aus. Von Hass getrieben nahm sie all ihren Mut zusammen, eilte vor und trat ihm mit voller Kraft gegen den Kopf. Einmal, zweimal, dreimal. Ein viertes Mal brauchte es nicht. Er rührte sich nicht mehr. Seine röchelnde Atmung war verstummt. Nur das Blut pumpte Schwall um Schwall aus der Brust, wollte kein Ende finden.

Larissas Energie erlosch urplötzlich. Sie brach zusammen, fiel zu Boden und konnte sich nur mit Mühe in einer sitzenden Position halten. Sie stützte sich mit ihrer gesunden Hand ab und betrachtete schockiert ihr Werk.

Ich habe es geschafft!

Sie hatte sich gegen den Mann durchgesetzt, der ihr unendlich Böses angetan hatte. Sie hatte den Mann besiegt, der stellvertretend für all das Übel stand, das sie in ihrem Leben ertragen musste.

Erst jetzt meldete sich ein starker Schmerz in ihrer rechten Hand und erinnerte sie daran, dass sie gebrochen, schlaff und pulsierend an ihrem Arm herunterhing. Aber das war für den Moment egal.

Ein erleichtertes Grinsen, unendlich beseelt und glücklich, zeichnete sich auf ihren trockenen Lippen ab. Doch es währte nur Sekunden. Ihr Lächeln gefror, als sie sah, dass Henning sich regte. Er keuchte schmatzend, Blut quoll aus Mund und Brust. Dann drehte er den Kopf ein Stück in ihre Richtung und sah sie an.

Sie schrie auf. Das durfte nicht wahr sein!

Der Fleischer rollte sich stöhnend und gurgelnd auf die Seite und streckte seine Hand nach ihr aus, erwischte sie am Fuß und packte zu. Larissa kreischte und trat auf seine Finger ein, bis er unter einem angestrengten Keuchen endlich losließ. Dann sprang sie auf und lief, so schnell sie konnte.

34.

Die Treppenstufen polterten unter ihren Füßen. Sie spurtete hinauf, die verschlossene Tür zum Erdgeschoss fest im Blick. Oben angekommen, blieb sie mit rasendem Herzen und einem unangenehmen Stechen in den Seiten stehen. Ihre Augen waren vor Angst weit aufgerissen. Da war er wieder, der Türknauf, der sie vor wenigen Tagen mit einem Stromschlag überrascht und ihre Flucht verhindert hatte. Sie streckte die Hand nach dem glänzenden Metall aus, hielt dann jedoch inne. Was, wenn ihr all das ein zweites Mal geschah? Wenn sie später aufwachte und wieder Henning neben sich sähe?

Plötzlich drangen Geräusche aus dem Keller. Ein Schleifen, als würde sich ein schwerer Körper Meter für Meter über den Betonboden ziehen. »Risss...saaaaa«, gurgelte es ekelhaft.

Helle Panik ergriff Besitz von ihr. Sie wandte sich dem Griff zu, atmete tief ein und packte zu. Nichts geschah. Kein Stromstoß, kein blitzartiger Schmerz, der durch ihren Körper schoss und ihre Muskeln verkrampfen ließ. Sie stieß einen erleichterten Jubelschrei aus und drehte den Knauf. Die Tür sprang klackend einen Spaltbreit auf. Larissa drückte kräftig, musste sich mit der Schulter gegen das Hindernis stemmen, das nur langsam nachgab. Doch dann hatte sie es geschafft. Als der Spalt gerade breit genug war, quetschte sie sich hindurch. Ihre gebrochene Hand stach und schmerzte, als sie gegen den Türrahmen stieß. Larissa schrie auf, jaulte elendig und musste sich zusammenreißen, um nicht auf den Boden zu sacken und aufzugeben. Dann hörte sie ein hölzernes Knacken und fuhr herum.

Vorsichtig lugte sie durch den Spalt nach unten und sah, wie sich der blutüberströmte Frauenmörder kriechend zu ihr emporquälte. Seine eisgrauen Augen hatten sie fest im Blick, und den Mund hatte er zu einer gequälten Grimasse verzogen. Er wollte etwas rufen, doch seine Lippen bewegten sich stumm zu einem spritzenden, blutroten Gurgeln, das ihren Magen rebellieren ließ.

Einem jähen Impuls folgend, warf sie sich gegen die Tür und drückte aus Leibeskräften. Sie glitt langsam zu. Ein dumpfes Klicken verriet ihr, dass sie zuschnappte. Hektisch sah sie sich um, suchte nach einem Knopf oder dergleichen, der den Stromkreis in Kraft setzte und den Türknauf zu einer unsichtbaren Falle werden ließ. Doch sie fand nichts. Außerdem lief ihr die Zeit davon. So drehte sie sich um und ließ die Tür hinter sich.

Der holzvertäfelte Gang, dem sie folgte, war gesäumt mit zahllosen Bilderrahmen und Postern von Autos, Schiffen und Motorrädern. Ein künstlicher Duft lag in der Luft und erinnerte an Lavendelfelder in Italien. Es war dunkel, nur ein gelbes Flimmerlicht, ausgehend von einer einzelnen Glühbirne an der Decke, warf einen schummrigen Schein auf den knarrenden Dielenboden. Sie passierte die Küche, aus der es dezent nach Kaffee und Aufbackbrötchen roch, dann ein winziges Bad mit offen stehender Tür und geöffnetem Lüftungsfenster. Und endlich: die Haustür. Sie musste es einfach sein, war sie doch aus massivem Holz gefertigt und enthielt dicke, quadratische Scheiben aus Gelbglas sowie eine Vorrichtung zum Verriegeln.

Eilig schritt Larissa auf die Tür zu und drückte die Klinke hinunter. Nichts passierte.

»Nein«, keuchte sie und versuchte es erneut. Wieder geschah nichts. Sie rüttelte und zerrte, doch die Tür blieb verschlossen. Hastig sah sie sich um und suchte nach einem Schlüssel. Ihr Blick glitt über Bilder, einsame Nägel, die aus der Wand ragten, einen Schirmständer und eine unordentliche Ansammlung verschiedenster Schuhe. Aber kein Schlüssel.

Ein Geräusch aus Richtung des Kellers ließ sie alarmiert zusammenfahren. Zuerst dachte sie, es wäre die Tür, die ächzend aufschwang, doch war es nur ein schmerzerfülltes Stöhnen, das aus der Tiefe hinaufdrang.

Lass ihn verrecken!, betete sie und ballte die gesunde Hand zur Faust. *Lass ihn einfach verrecken!*

Doch darauf wollte sie nicht warten. *Durfte* sie nicht warten. Sie musste entkommen und ihr Schicksal in die eigene Hand nehmen.

Larissa eilte den Flur entlang, wieder vorbei an Bad und Küche. Am Ende des Ganges lag eine Tür, die mit einem seltsam verschnörkelten Türknauf versehen war. *Vielleicht ein weiterer Ausgang?* Sie drehte ihn. Ein Fehler.

Sofort wurde die Tür aufgestoßen und ein massives Etwas drang aus dem sich öffnenden Türspalt. Ein infernales Donnerwetter erklang und Rohan stieg an Larissa hoch, bellte schaumig weißen Speichel in ihr Gesicht und drückte sie an die Wand. Blanke Panik flutete ihren Körper, drang in jede Zelle. Der befreite Rottweiler kratzte mit seinen Krallen über ihre geschundene Haut, riss feine Wunden und blutige Streifen. Er öffnete sein Maul und schnappte mit den gelben Zähnen nach ihrem Gesicht, doch schaffte sie es im letzten Moment, sein Halsband mit der gesunden Hand fest zu packen und ihn auf Abstand zu halten. Doch rasch merkte sie, dass ihre Kraft nicht reichte. Die Bestie war zu stark.

Verdammt, sie durfte jetzt nicht aufgeben! Rohan würde sie gnadenlos zerfleischen, so wie er es bereits mit Jessica getan hatte.

Ein heiseres Keuchen erklang. Es kam direkt von der anderen Seite der Kellertür. Rohan, der seinen Herren ebenfalls gehört hatte, verstummte für einen kurzen Moment. Larissa nutze seine Verwirrung, drückte ihn von sich weg und sprang zur Seite. Der Hund bellte zornig auf und nahm sofort die Verfolgung auf. Er schnappte nach ihrem Fuß – und bekam sie zu fassen. Stechender Schmerz explodierte, als seine Zähne ihre Haut durchbohrten. Doch der Biss währte nur kurz. Rohan rutschte mit den Krallen ungelenk über den glatten Dielenboden, verlor das Gleichgewicht und ließ sie unfreiwillig los. Fiepend schlitterte er einen Meter, bevor er an der Kante eines Webteppichs Halt fand und sich aufrappelte.

Larissa bog panisch in den nächstbesten Raum ein und schmiss die Tür hinter sich zu. Es knallte laut, als sich der Hund gegen das Holz warf.

Ich muss hier raus!, dachte Larissa, der das Herz bis zum Hals schlug. Erst jetzt erkannte sie, dass sie in dem kleinen Bad gelandet war. Sackgasse. Es gab keine zweite Tür. Nur das winzige Fenster dicht unterhalb der Decke, hinter dessen Glas sie den wolkenverhangenen Mond sehen konnte. Sie durfte nicht zögern, hatte ihre Wahl getroffen.

Es knallte wieder. Rohan gab nicht auf. Ein lautes Kratzen erklang, zeugte von wütenden Krallen und unbändiger Mordlust.

Larissa stieg auf den Rand der Badewanne und zerrte am Griff des Fensters. Es ließ sich nur schwer öffnen, doch dann war es geschafft und bot gerade genug Platz, um hindurchschlüpfen zu können.

Mit einem beherzten Satz sprang sie hoch, stützte sich einarmig auf den schmalen Fensterrahmen und versuchte, mit den Füßen an der gefliesten Wand Halt zu finden. Ihre Zehen rutschten herum, stießen gegen Shampooflaschen, warfen sie dumpf polternd um. Dann gelang es ihr, den linken Fuß gegen ein Seifenbrett zu stemmen. Sie drückte sich keuchend hoch, reckte ihren Kopf ins Freie und atmete zum ersten Mal seit Ewigkeiten saubere Luft, die nach Sommer und Wald roch, sie lockte und in die Freiheit rief. Unter den Schmerzen ihrer gebrochenen Hand und den frischen Wunden, die ihr Rohan zugefügt hatte, wuchtete sie sich Stück für Stück hinaus, bis sie schließlich vornüberkippte und fiel. Unsanft landete sie im feuchten Gras, das sich kitzelnd in ihre Nase schob.

Sie konnte es nicht fassen. Sie war draußen, hatte es tatsächlich geschafft, diesem furchtbaren Ort zu entkommen! Unendlich starke Glücksgefühle bahnten sich einen Weg in ihr Herz, verdrängten sogar für einen Moment den Schmerz und die Angst. Die Luft war herrlich rein, warm und unverbraucht, ganz anders als in ihrer stinkenden Zelle. Fort war der modrige Geruch, die Kälte. Sie atmete tief ein und aus und genoss jeden Zug. Eine sanfte Brise streifte ihren Körper. Ihre Armhärchen stellten sich auf.

Plötzlich hörte sie ein gläsernes Klirren aus dem Inneren des Hauses. Schlagartig besann sie sich und preschte los, tauchte ein in die vom Mond erhellte Nacht. Sie rannte auf Bäume zu, die dicht an dicht standen. Fegte über altes Laub, lockere Erde, abgebrochene Stöcke und einen umgestürzten Baumstamm, den sie mit einem beherzten Sprung überwand. *Wo zum Teufel war sie?*

Die Blätter unter ihren Füßen raschelten trocken, stoben auf und flogen in alle Richtungen davon. Sie atmete angestrengt, keuchte elendig. Sie war es nicht mehr gewohnt, sich weiter als von der Zelle bis zum Waschraum zu bewegen. Die Schmerzen, die von frischen und alten Wunden ausgingen, wurden mit jedem Meter stärker und pochten durch den malträtierten Körper. Lange würde sie nicht mehr durchhalten, nur das Adrenalin hielt sie aufrecht. Wenn sie doch nur den schnellsten Weg zu einer Straße, einer Menschenseele, *irgendetwas* wüsste, das ihr helfen würde!

Mit einem Mal blieb sie mit dem Fuß an etwas hängen. Ein Ruck durchfuhr sie und Larissa stürzte mit einem gellenden Schrei der Länge nach hin. Alles drehte sich, und es wummerte im Takt ihres Pulsschlages von innen gegen ihre Schädeldecke. Ein scharfes Brennen breitete sich auf ihren Knien und Handflächen aus, dort, wo sie aufgeschlagen war und sich während ihres Sturzes abgestützt hatte. Unter ihr knirschte Kies. Sie legte sich auf die Seite und weinte still, wollte nicht mehr Lärm machen, als sie es ohnehin schon getan hatte.

In der Ferne bellte ein Hund. Sie erkannte es sofort. Rohans donnergleiches Kläffen. Sekunden vergingen, dann erklang es erneut, dieses Mal dichter. Ihr fuhr die Angst in die Glieder. Er kam näher, hatte irgendwie einen Weg aus dem Haus gefunden.

Panisch stöhnend sprang sie auf und rannte um ihr Leben. Jeder Atemzug war eine Qual, jeder Schritt schmerzte wie ein Knochenbruch. Ihre kaputte Hand pulsierte. Hinter ihr knackte und polterte es im Unterholz. Immer wieder warf sie einen Blick über die Schulter, verlor dabei zahllose Male das Gleichgewicht. Und dann, als die Wolken den Mond vollends freigaben und sich das silbrige Licht durch die Baumreihen zwängte, sah sie ihn. Rohan.

Der Rottweiler schoss wie ein schwarzer Schatten durch die Nacht und raste mit weiten Sätzen auf sie zu. Nicht mehr lang und er war bei ihr.

Sie brach durch einen Busch. Der Boden veränderte sich, das Laub wich einem sandigen Kiesweg. Endlich ein Zeichen von Zivilisation! Ihr Blick fiel auf einen Zaun, der sich mannshoch vor ihr aufbaute. Sie bremste abrupt ab, kam gerade noch rechtzeitig davor zum Stehen und starrte in die reflektierenden Augen zahlloser Gesichter.

Reflexartig schlug sie sich die Hand vor den Mund, um ihren Entsetzensschrei zu unterdrücken, erkannte aber schnell, dass es nur Rehe waren, die innerhalb einer Umzäunung standen und sie verwundert ansahen. Plötzlich machte es *Klick* und sie wusste genau, wo sie sich befand: im Niendorfer Gehege, einem weitläufigen Park im Hamburger Norden. Es passte alles. Die offensichtliche Nähe zum Flughafen, auch die Bäume und Tiere ließen keinen Zweifel daran. Larissa war oft hier gewesen, zusammen mit Jessica oder allein. Dieses Wissen verschaffte ihr einen enormen Vorteil, denn nun wusste sie auch, in welche Richtung sie laufen musste, um auf eine gut befahrene Straße zu treffen.

Sie bog nach rechts und raste los. Und dann geschah es. Rohan brach aus der Dunkelheit und setzte zum Sprung an. Die Masse seines Körpers warf sie mit voller Wucht um. Sie stürzte hart zu Boden und schlitterte ein Stück, spürte, wie Kies ihre Haut aufriss. Auch der Hund rutschte einige Meter, bevor er in den Zaun des Geheges prallte und dort für den Bruchteil einer Sekunde liegen blieb. Er schüttelte den massiven Kopf und fokussierte sie. Dann schoss er donnernd und geifernd auf sie zu.

Larissa drehte sich auf den Rücken und hob abwehrend die Füße. Sie trat nach dem Untier, als es sich auf sie stürzen wollte, traf es hart am Kopf. Der Rottweiler jaulte, zeigte sich ansonsten jedoch gänzlich unbeeindruckt. Scharfe Krallen kratzten über ihre Haut, heißer Speichel schleuderte in ihr Gesicht. Sein Bellen ließ ihre Ohren klingeln. Dann schaffte er es, ihren Tritten auszuweichen, und landete auf ihrer Brust.

Jetzt war es um sie geschehen. Sie wusste es. Er öffnete sein riesiges Maul und bellte, gab einen Blick auf die spitzen, gelben Zähne frei. Doch biss er sie nicht. Sollte er sie nur stellen? Würde Henning den Rest erledigen? In diesem Moment stießen die Finger ihrer gesunden Hand am Boden auf etwas Hartes. Ohne darüber nachzudenken, griff sie nach dem Gegenstand und holte aus, bevor Rohan seine Zähne doch noch in ihr Gesicht schlagen konnte. Sie traf ihn direkt am Kopf. Ein ekelhaftes Knacken erklang, gefolgt von einem elendigen Heulen.

Der Rüde hielt inne. Larissa, die den Stein in ihrer Hand erkannte, kalt und scharfkantig, schlug wieder zu. Und noch einmal. Warme Tropfen prasselten auf ihre Stirn. Dann kippte das Tier zur Seite. Sie sprang auf, versuchte so viel Abstand wie möglich zwischen sich und den bebenden Fleischklotz zu bringen. Doch dieser gab nicht auf. Rohan kroch schnaubend auf sie zu, zog sich nur noch mit den Vorderläufen vorwärts. Die schwarzen Augen hatte er auf sie geheftet. Trotz seiner Verletzungen hatte Rohan seine Beute noch fest im Blick. Er bleckte die gelben Zähne. Sie hatte keine andere Wahl, musste es beenden.

Mutig trat sie an den Rüden heran und ließ schreiend den Stein auf seinen Schädel niederfahren. Blut spritzte, ein elendes Fiepen hallte durch die Nacht. Nach einem weiteren Schlag erschlaffte das Tier und blieb reglos liegen.

Jessicas Mörder war tot.

Angewidert betrachtete sie den Hund und ließ den Stein fallen. Ihre Knie zitterten und drohten, unter ihr nachzugeben. Aber sie durfte nicht fallen, musste weiter. Sollte Henning ihr, allen Verletzungen zum Trotz, auf den Fersen sein, zählte jede Sekunde. Der Kampf mit Rohan hatte bereits zu lange gedauert. So humpelte sie vorwärts, ließ lautstark keuchend den Kadaver zurück und folgte dem Weg, bis sie zwei leuchtende, gelbe Punkte sah, die sich hinter den Baumreihen bewegten. Ein Auto. Dort war die Straße. Es waren nur noch wenige hundert Meter!

Sie beschleunigte ihre Schritte, legte all ihre Kraft in ihre Beine und rannte, so schnell es ging, den menschenleeren

Weg entlang. Sie hörte das leise Rauschen des Fahrzeuges, das so nah war, und doch in schier unerreichbarer Ferne. Dann schrie sie, rief um Hilfe, hoffte, dass der Mensch am Steuer sie hörte, dass seine Fenster der Sommerhitze sei Dank heruntergekurbelt waren. Doch das Auto hielt nicht an und folgte stur seinem Weg, bis es langsam um eine Kurve bog und nur noch die roten Rücklichter zu sehen waren.

Schräg hinter ihr erklangen dumpfe Geräusche, Schritten gleich. Äste knackten, Laub raschelte. *Das darf nicht wahr sein!*, fluchte sie verzweifelt. *Er kann nicht mehr leben! Niemand würde eine solche Verletzung überstehen! Warum verblutet er nicht einfach?*

Und doch waren die Schritte ganz nah, drangen aus dem Schwarz des Waldes zu ihr vor. In diesem Moment berührten ihre Füße den Asphalt der Straße.

Panisch blickte sie zu allen Seiten, doch es war kein weiteres Auto zu sehen. Sie war allein, musste sich für eine Richtung entscheiden. Plötzlich leuchteten in der Ferne abermals Scheinwerfer auf. Sie stieß einen Freudenschrei aus. Doch dieser währte nicht lange.

»Rissaaaa«, erklang es brüchig in ihrem Rücken. Sie fuhr herum und sah Henning, der sich an einem Baum abgestützt hatte, nur wenige Meter von ihr entfernt, und schmerzerfüllt keuchte. Dort, wo ihn die Rippe durchdrungen hatte, klaffte ein fingerdickes Loch, färbte seinen Oberkörper beinahe schwarz vor lauter Blut. Sein Blick war glasig, die Haut weiß wie Schnee. Er trat einen Schritt auf sie zu.

»Bleib weg von mir!«, kreischte sie schrill und wich zurück, die Arme abwehrend vor sich ausgestreckt. Doch er ließ sich nicht beirren, kam stöhnend näher.

»Sei ... doch nicht so«, presste er zwischen den Zähnen hervor. Nasses Rot suppte aus seinem Mund und tropfte vom Kinn herab auf die Straße. »Schau, was ... was du ... mir angetan hast!«

Er machte einen unerwartet großen Schritt auf sie zu. Dann packte er sie an ihrer gebrochenen Hand und zog sie zu sich heran. Der Schmerz ließ sie beinahe blind werden. Sie schrie und wandte sich, wich zurück und zog. Doch vergebens. Sein Griff war stark wie Schraubzwingen. »Ich nehme dich mit«, gurgelte er mit irren Augen, die sich in die ihren bohrten. »Wir sterben beide!«

Er zückte das Taschenmesser, mit dem er schon Jessica schwer verletzt hatte, und holte aus. Sie konnte ausweichen, ihr Becken im letzten Moment zur Seite drehen. Die Klinge glitt ins Leere, er taumelte, blieb an einem Schlagloch hängen und kippte mit einem überraschten Stöhnen nach vorn. Sein Kopf schlug hart am Boden auf. Ein leises Stöhnen entfuhr seinem Mund. Er versuchte sich aufzurichten, doch fand er nicht mehr die Kraft dazu.

Larissa starrte wie gebannt auf ihn hinunter, während das Rauschen des herannahenden Autos stetig lauter wurde. Die Zeit verlor jegliche Bedeutung. Sie sah, wie sich der Mörder – ihr Bruder – abermals aufrichten wollte. Sah, wie er es nicht schaffte, wie er bei jedem Versuch schwächer wurde. Er röchelte, ballte die Hände zu Fäusten, spuckte Blut und Galle. Schließlich wurden Hennings Atemzüge schwerer, immer langsamer und abgehackter. Das Gurgeln erstarb. Seine Hände krampften sich ein letztes Mal zusammen, dann rührte er sich nicht mehr.

Mehrere Sekunden vergingen, bis sie es verstand: Er war tot. Sie wusste es. War sich absolut sicher. Und trotzdem stand sie da wie versteinert, jeglicher Kraft beraubt. Wie gern hätte sie sich auf ihn gestürzt, ihn bis zur Unkenntlichkeit verstümmelt, all den Schmerz und die Angst der letzten Wochen an ihm ausgelassen. Einfach nur, damit sie sich besser fühlte, so sinnlos es auch war. Sie wollte ihr Überleben mit Gewalt versüßen. Gewalt gegenüber dem Menschen, der die Schuld an allem trug, was ihr zugestoßen war. Aber sie hatte keine Chance. Ihre Energie reichte nicht mehr.

Die wummernden Bässe eines Radios rissen sie aus ihrer Trance. Das Auto. Unendlich starke Glücksgefühle wallten durch ihren Körper. Sie wandte sich dem Fahrzeug zu, das nur noch zwanzig Meter von ihr entfernt war, lachte laut und setzte sich euphorisch in Bewegung. Sie hob die Arme und versuchte, winkend auf sich aufmerksam zu machen. Doch das Fahrzeug wurde nicht langsamer.

Sie blieb stehen. Ihre Miene gefror. Erst im letzten Moment erkannte sie den Fahrer, der auf ein leuchtendes Handy-Display hinab starrte und direkt auf sie zusteuerte.

35.

Rudolph Fassner stand vor einem grauen Grabstein aus Marmor, die Augen tränennass und gerötet. Er konnte den Blick nicht von dem abwenden, was vor ihm lag. Seine Hand zitterte, als er sie nach dem Stein ausstreckte und die kalte, glatt polierte Oberfläche berührte. Die frische Erde zu seinen Füßen duftete nach Leben, was im krassen Gegensatz zu dem stand, was sich gute anderthalb Meter darunter befand.

Es begann zu regnen, und nur eine Minute später schüttete es wie aus Kübeln. Eine junge Frau spannte einen Schirm über ihm auf, um ihn vor dem Gröbsten zu schützen. Und dennoch gelang es dem Regen schnell, ihn von der Hüfte abwärts zu durchnässen.

Rudolph trug einen schwarzen Traueranzug, während seine Tochter Michelle normale Sommerkleidung gewählt hatte, das helle Haar zu einem strengen Zopf gebunden. Ihre Augen waren rot gerändert und verquollen, vereinzelte Tränen tropften von ihrem Kinn auf das saftig grüne Gras des Friedhofes.

»Ich kann es immer noch nicht glauben«, presste Rudolph angestrengt zwischen den Zähnen hervor. Seine Tochter tätschelte ihm die Schulter und flüsterte Beruhigendes, während der Wind die Regentropfen in ihr Gesicht wehte. So standen sie da, ganze fünf Minuten – oder waren es zehn? – und schwiegen, den Blick auf die Erde gerichtet.

Als der Regen nachließ, faltete Michelle den Schirm zusammen und stieß mit der von Plastik verstärkten Spitze zweimal hart auf den Boden, um die letzten Tropfen abzuklopfen. Dann hakte sie sich bei ihrem Vater unter. Sie wollte diesen furchtbaren Ort, dieses furchtbare Grab, endlich verlassen.

»Papi«, flüsterte sie fürsorglich und zog leicht an seinem Arm. »Wir müssen langsam.«

Doch Rudolph konnte nicht. Seine Knie waren weich und drohten, jederzeit nachzugeben. Er stöhnte gequält. Dabei stammelte er etwas Unverständliches vor sich hin. Die Verwirrung in seinem Herzen war eine unbändige Qual. Er musste den Satz abbrechen und von vorne anfangen. Er wandte sich Michelle zu und sah ihr direkt in die Augen. »Was wäre aus ihm geworden, wenn wir ihn großgezogen hätten? Wenn er bei uns aufgewachsen wäre?«

Sie überlegte, doch schien sie keine Antwort zu finden. »Das werden wir nie erfahren«, sagte sie schließlich und zog Rudolph sanft vom Grab weg. »Lass uns gehen. Vor uns liegt jetzt eine andere Aufgabe.«

Er nickte einsichtig und folgte ihrer Aufforderung. Doch einen letzten Blick musste er noch wagen.

Henning Wagner
** 02.04.1993*
† 15.07.2021

Rudolph stieß ein wütendes Lachen aus, das in einem seltsamen Kontrast zu den zuvor vergossenen Tränen stand. Den Grabstein hatte die Kriminalpolizei bei der Durchsuchung des *Schlachthauses*, wie es die Presse fortan nannte, gefunden. Hennings Daten waren bereits als Gravur im Stein vorhanden gewesen, sodass der Steinmetz nur noch das Todesdatum des Mörders eingravieren musste.

Rudolph ballte die Hände zu Fäusten. *Zum Teufel!* Er wollte nicht länger über diesen Mann nachdenken, diesen Mörder, *seinen Sohn*, den er nie kennengelernt hatte. Einen Sohn, der Frauen entführt und gefoltert hatte.

Seine Larissa gefoltert hatte.

Bei diesem Gedanken sah er auf. Sein Blick fiel auf eine schlanke Frau in Jeans und grauer Strickjacke, die in einigem Abstand zu dem Grab an einem Baum lehnte. Mit einer Hand stützte sie sich auf eine Krücke, die andere lag in einer Schlinge um ihren Hals. Ihr Blick war finster, doch als sie ihn und Michelle näher kommen sah, erhellte sich ihre Miene und sie rang sich sogar zu einem Lächeln durch.

»Lasst uns hier verschwinden«, drängte sie voller Unbehagen. Ihre Augen lagen auf dem Grab des Fleischers und verfinsterten sich. Sie war blass und erinnerte eher an eine Porzellanpuppe als an einen Menschen. Schorfige Kratzer auf der Stirn und den Wangen zeugten von dem, was ihr widerfahren war. Ein schwarzes Hämatom prangte auf ihrem linken Wangenknochen, in einem ihrer Augen waren Adern geplatzt und färbten Teile der Bindehaut dunkelrot.

Rudolphs Herz machte bei diesem Anblick einen schmerzerfüllten Satz. Ihm fiel es schwer, zu verstehen, was sein Sohn Larissa angetan hatte. Er begriff nicht, wie ein Mensch zu solchen Taten fähig sein konnte. Seine Augen blieben auf den verheilenden Schürfwunden ihres Halses hängen, die feucht glänzten.

»Ist schon gut, Papa«, flüsterte Larissa, die seinen Blick bemerkt hatte, und schenkte ihm ein Lächeln.

Ihm wurde warm ums Herz. *Wie kann ein Mensch, der all dies ertragen musste, jemals wieder lächeln, geschweige denn das Grab seines Peinigers besuchen?*

Mit jäh aufflammender Entschlossenheit legte er eine Hand auf Larissas, die andere Hand auf Michelles Schulter. Niemals wieder würde einer seiner Töchter etwas derart Furchtbares zustoßen. Niemals wieder. Dafür würde er schon sorgen.

Weitere Titel des Autoren:

Thriller: KOOREMO – Betreten auf eigene Gefahr

Fantasy: DÄMONENHOLZ – Der Wald ist böse

ISBN 978-3-7549-2829-5

9 783754 928295 00003

www.epubli.de

Printed in Poland
by Amazon Fulfillment
Poland Sp. z o.o., Wrocław

86773637R00197